KB251820

악양루에 오르다 登岳陽樓

가까운 친구들에게서는 편지 한 통 없으되
늙고 병든 내게는 외로운 배 한 척 있을 뿐
관산의 북쪽에는 전쟁이 한창이니
난간에 기대어 눈물 흩뿌린다

親朋無一字, 老病有孤舟.
戎馬關山北, 憑軒涕泗流.

황규영 新무협 판타지소설

초판 1쇄 찍은 날 § 2005년 7월 11일
초판 1쇄 펴낸 날 § 2005년 7월 21일

지은이 § 황규영
펴낸이 § 서경석

편집장 § 문혜영
편집책임 § 유경화
편집 § 이재권

펴낸곳 § 도서출판 청어람
등록번호 § 제1081-1-89호
등록일자 § 1999. 5. 31
어람번호 § 제2-0644호

주소 § 경기도 부천시 원미구 심곡1동 350-1 남성B/D 3F (우) 420-011
전화 § 032-656-4452 팩스 § 032-656-4453
E-mail § eoram99@chollian.net

ⓒ 황규영, 2004

ISBN 89-5831-626-8 04810
ISBN 89-5831-261-0 (세트)

Fantastic Oriental Heroes

瓢師

황규영 新무협 판타지 소설

표사

8
완결

도서출판
청어람

목차

第一章

[광룡이 사라졌다.]

소문이 발 없는 말이 되어 바람처럼 퍼졌다.

한 개인이 종적을 감추는 것으로 듣고 넘길 수준의 일이 아니었다. 그가 실종된 것은 무림의 판도에 막대한 영향을 끼치고 있었다.

북무림맹은 자신들이 광룡이 실종될 수밖에 없도록 만들었다는 것은 꿈에도 짐작하지 못했다.

"말도 안 되는 소리예요. 매화이십사수의 절반을 혼자서 죽인 자예요. 그리고 나머지 절반의 추적을 피해 몸을 숨긴 자이지요. 그 정도면 천하에 나를 빼면 무서울 게 없을 거예요. 결정적으로 매화이십사수가 광룡의 수색을 포기한 이유가 바로 전룡대와 조우했기 때문이잖아요.

광룡 그자는, 처음부터 전룡대와 만나기로 하고 거기로 달아난 것이 틀림없어요. 그 정도 계획을 세우는 정도는 광룡에게는 식은 죽 먹기에요. 실종? 흥! 개 풀 뜯어먹는 소리예요. 이건 다 광룡의 수작이지요."

소림사의 폭호 지원이 콧방귀를 뀌면서 말했다.

"하지만 광룡은 부상이 심했다고 합니다. 어쩌면 그때 전룡대와 만날 수 없을 만큼 부상이 악화된 건 아닐까요? 그래서 전룡대가 그를 발견하지 못한 것은 아닐까요?"

동훈이 다른 가능성을 고려하면서 의견을 냈다.

"동 도장, 생각을 좀 하세요. 광룡이 부상이 아니라 쓰러져 죽었다고 하더라도 전룡대에게 발견되지 않을 수는 없어요. 그 자리에서 조각나서 죽었어도 전룡대는 광룡을 찾아냈어야 해요. 전룡대가 그 장소에 대해서 수색하는 시늉을 얼마나 했어요? 잃어버린 것이 모래사장의 바늘이라도 찾아낼 만큼 했어요. 몽땅 파헤치는 바람에 그 지역의 지형 자체가 변했다는 말까지 있어요. 사람 하나 찾는 데 그 정도 작업을 했어요. 지나친 것 같지요? 인위적인 냄새가 나지요?"

지원이 법칙을 가르치는 사람처럼 말했다.

"뭐, 그렇게 말씀하시니 그런 것 같기도 합니다만……."

동훈이 조금 물러섰다.

"그러고도 못 찾았어요. 이건 앞뒤가 안 맞는 말이에요. 그러니까 광룡이 뭔가 계략을 꾸미는 거라니까요. 이제 우리는 모든 정보력을 투입해서 그자가 무슨 생각을 하는 건지 알아내야 해요. 그래야 그자의 다음 계획을 미리 알고 대비할 수 있어요. 이 정보가 모든 것에 우선해요. 다들 수고해 주세요."

지원이 동훈의 의견을 무시했다. 자신의 생각을 확신했다. 사람들을 둘러보며 한 설명이었다.

아미파의 현정 사태도 의문은 많았다.

"오는 길에 물어보니 일단 남무림맹에 있는 우리 첩자들로부터는 별다른 보고가 없다더군요. 광룡이 당당히 돌아왔다면 첩자들이 모를 리가 없는데. 그럼 어디에 있을지……."

그녀가 고개를 갸우뚱거리면서 말했다.

"다 뒤져 봐야지요. 정의문에도 첩자를 새로 보내세요. 그가 들렀던 모든 곳에 사람을 보내서 알아보세요. 아, 칠성표국에는 굳이 첩자를 보낼 필요가 없어요. 그곳에는 첩자 대신에 이름깨나 떨치는 사람을 보내서 신분을 밝히고 대놓고 물어보라고 하세요. 차라리 그게 진위 여부를 파악하기 좋을 거예요."

지원이 말했다. 그는 광룡이 칠성표국에서 자신의 신분을 밝히지 않고 활동했다고 믿고 있었다. 엉뚱한 오해를 한 정배와 달리 지영이라고 하는 훌륭한 첩자를 뒀던 그는 광룡과 칠성표국에 대해서 적어도 몇 달 전까지는 고급의 정보를 확보했다.

그리고 바로 그런 이유 때문에 칠성표국에 광룡의 신분을 터뜨리려하고 있었다. 칠성표국에서 함부로 대할 수 없을 만큼 유명한 사람을 보내 광룡이 어디 있느냐고 물어보게 하려고 했다. 그러면 칠성표국은 광룡이 곧 표사 한민택임을 모를래야 모를 수 없었다. 그것이 그동안 당한 것에 대한 작은 복수라고 생각했다. 그건 자신에게 패배감이란 감정을 어렴풋이나마 알게 해준 광룡에 대한 보복이기도 했다.

＊　　　＊　　　＊

"말도 안 되는 소리지요. 그에게 죽은 매화이십사수가 열둘입니다. 무려 절반이라는 말입니다. 매화이십사수의 절반을 잡으려면 날고 기는 전투 부대 하나를 통째로 녹여도 어려운 일입니다. 우리 오대세가의 전투 부대 중 하나가 몰살당해도 이뤄낸다고 보장할 수 없는 그런 전과란 말입니다. 그는 절대고수가 왜 무서운지 몸으로 보여준 사람입니다. 그런 그가 실종이라니. 누가 있어서 감히 그를 제압하고 데려갈 수 있다는 말입니까? 그는 아무도 손댈 수 없는 존재입니다."

제갈화일이 단호하게 부정했다.

"하지만 북무림맹 놈들이 그를 붙잡은 것일 수도 있지 않습니까?"

남궁전성이 혹시나 해서 말했다.

"그럴 리가요. 광룡을 찾던 매화이십사수를 쫓아버린 것이 바로 전룡대입니다. 그 말은 그 시점까지 그들은 광룡을 확보하지 못했다는 뜻이지요. 그리고 그 이후로는 말할 것도 없습니다. 북무림맹에서 온 놈들은 모두 후퇴하기 바빴으니까요. 감히 광룡을 붙잡아갈 수 있는 처지가 아니었습니다."

제갈화일이 확신을 가지고 말했다.

"아무리 광룡이라도 부상이 너무 심하면 복귀가 어려웠을 수도 있지 않소?"

하북팽가의 가주인 팽도수가 딴지를 걸었다. 제갈화일의 말에는 뭔지 모르게 시비를 걸고 싶은 팽도수였다.

"춧. 부상이 심해서라니. 광룡과 매화이십사수가 싸웠던 장소 근처를 아예 엎어버리면서 찾았소이다. 광룡의 손톱 조각이라도 떨어져 있으면 찾았을 거요. 원, 생각없이 말하는 건 여전하다니까.”

제갈화일이 비웃으면서 말했다.

“뭐시라? 생각이 없어?”

열혈의 팽도수가 순식간에 달아올라 소리쳤다.

“그만, 그만 합시다. 지금 싸울 때가 아니잖습니까? 얼른 그를 찾아야지요. 그래, 무슨 좋은 수가 없겠습니까?”

남궁전성이 급히 둘 사이를 말리면서 말했다. 이젠 이렇게 뜯어말리는 것이 조건 반사적으로 일어났다.

“일단 그는 전룡대와도 연락을 하지 않은 것 같습니다. 전룡대도 지금 광룡을 찾느라 난리가 났습니다. 아니면 전룡대가 연락받지 못한 척하고 설치는 것일지도.”

제갈화일이 다시 차분하게 말했다. 씩씩거리는 팽도수는 가볍게 무시했다.

“근거는 있소? 헛다리 짚는 건 아니고?”

팽도수가 분을 참지 못하고 한마디 더 던졌다. 제갈화일이 피식 웃었다. 팽도수가 걸려들었다고 생각했다. 이제 자신이 말로 팽도수를 누를 차례였다.

“근거라. 현재 가능한 가정이 한 세 가지 있지요. 일단 첫째로, 광룡이 죽거나 그 비슷한 상태에 빠졌을 가능성이 있습니다. 그러나 그건 불가능합니다. 그렇다면 그의 시체든 뭐든 발견되어야 했습니다. 그러나 그러지 않았지요. 발견된 시체는 모두 그가 아니었지요. 그건 그가 자의든 타의든 우리 앞마당에서 떠났다는 뜻입니다. 즉, 광룡은 지금이 근처에 없습니다."

제갈화일이 느긋하게 첫 번째 가정을 부인했다.

"둘째로, 혹시 누군가가 그를 제압해서 데려갔을 가능성이 있습니다. 그런데 당금 무림에서, 매화이십사수의 절반을 날려 버린 그를 제압할 수 있는 자가 누가 있겠습니까? 광룡 혼자라면 모를까 전룡대가 지척에서 설치고 다니던 때입니다. 따라서 이것도 말도 안 됩니다."

두 번째 가정도 부인했지만 아무도 반박하지 못했다.

"셋째로, 이게 가장 중요한데, 제갈석민이란 아이가 사라졌습니다. 광룡의 곁에서 그를 보필하던 아이였지요. 광룡이 북무림맹의 함정으로 갔으니 빨리 가서 도와달라고 하던 그 아이입니다. 그런데 그 아이가 사라졌습니다. 아무 말도 없이. 이것이 무슨 뜻이겠습니까?"

제갈화일이 팽도수를 보고 네가 감히 알겠느냐는 듯한 표정으로 말했다. 그 모습을 보고 팽도수가 발끈했다.

"내가 모를 줄 아는 게요? 첫째, 광룡은 사라졌고, 둘째, 감히 그를 제압할 자가 없고, 셋째, 그의 심부름꾼이 동시에 사라졌소. 그러니 그는 결국 자기 발로 떠났다는 뜻 아니오?"

팽도수가 제갈화일의 말에 조목조목 대답했다.

"참 잘하셨습니다. 그걸 알아채시다니."

제갈화일이 박수를 딱 치면서 말했다. 잠깐 기분이 좋아지던 팽도수의 얼굴이 다시 시뻘게졌다.

"네가 감히 나를 놀린 것이냐!"

팽도수가 버럭 화를 냈다. 그는 결국 제가화일이 의도한 대로의 답을 내놓았다. 게다가 제갈화일의 말투는 어린아이를 칭찬하는 어른의 것이었다.

"잘해서 잘했다고 해도 화를 내다니. 그렇게 밴댕이 소갈딱지를 가지고 있어서야 어디 한 문파의 주인이라고 할 수 있을는지."

제갈화일이 팽도수의 화를 조금 더 돋우며 투덜거렸다.

"자, 자, 진정들 하시지요. 지금 우리가 이럴 때가 아니지 않습니까? 북무림맹은 강성해지고 우린 광룡이 사라졌습니다. 대안을 세워야지요, 대안을."

남궁전성이 둘을 또다시 말리며 말했다.

"대안이라고 할 것도 없습니다. 우리가 할 일은 하나입니다."

제갈화일이 간단히 대답했다.

"하나라고요? 그래, 그것이 무엇인지요?"

남궁전성이 반색을 하며 물었다.

"찾아야지요."

제갈화일은 너무나 당연하다는 듯이 말했다.

"네? 우리가 지금 그 문제로 논의를 하고 있는 것 아닙니까?"

남궁전성이 의아해하면서 말했다.

"별것 아닙니다. 아이가 없어지면 가장 먼저 무엇을 하십니까? 아이가 갈 만한 곳에 사람을 풀어서 찾아보지 않습니까? 광룡도 마찬가지입니다. 사람을 최대한 풀어 그가 갈 만한 곳은 다 뒤지도록 해봅시다. 그리고 그 일을 가능한 한 크게 소문 내면서 합시다. 소문이 충분히 퍼지면 광룡도 다시 돌아오겠지요. 무슨 일로 사라진 건지는 몰라도 그만큼 귀가 따갑게 되면 안 돌아올 리가 없습니다."

제갈화일이 자신있게 말했다.

“음, 역시 그 방법뿐인가요? 다 생각이 있어서 사라진 것일 텐데 나중에 화내지나 않을지.”

남궁전성이 떨떠름하게 말했다. 그도 이제 광룡의 가치에 대해서 제대로 인식해 가고 있었다. 같이 지내보니 알 수 있는 일이었다. 그 광룡과 사이가 나빠지기는 싫었다.

그러나 제갈화일은 신경 쓰지 않았다. 욕은 어차피 남무림맹이 골고루 나눠먹는 것이었다. 남무림맹을 방패막이로 삼으면 제갈화일 자신에게까지 오는 욕은 많지 않으리라 생각했다.

“아, 특히 칠성표국에는 확실한 사람을 보내야 합니다. 우리가 알아본 바에 의하면 그는 그동안 칠성표국에 있으면서 자신의 신분을 따로 밝히지 않은 것 같으니까요. 그가 왜 그랬는지는 몰라도 그걸 역이용해야 합니다. 숨기고 싶어한 그곳에서까지 그의 신분을 알게 되면 정말로 숨고 싶어도 숨을 수 없을 겁니다. 억울하게 되지 않으려면 뭔가 변명을 해야 할 테니까요.”

광룡이 신분을 숨기고 칠성표국에 있다는 이야기는 제갈금일이 석민에게 술을 먹이고 겨우 얻어들은 이야기였다. 제갈화일은 그 이야기를 잘 부풀려서 사람들에게 말했다. 어찌 됐든 그에게는 광룡을 당장 찾는 일이 가장 급했다. 상대는 소림의 두뇌라는 폭호 지원이었다. 전력이 대등하다면 모를까 남무림맹이 밀리는 상황에서는 감당하기 어려웠다. 작전 계획에는 광룡의 도움이 필요했다.

“뭐, 제갈가주께서 어련히 좋은 방법을 생각해 내셨으려구요.”

남궁전성이 고개를 끄덕거리며 말했다. 최악의 경우에는 제갈화일을 광룡의 항의에 대한 방패막이로 내세울 생각이었다.

“칠성표국은 내가 간다. 몇 명만 따라와라.”

섭병삼이 말했다.

“그래라. 나도 거기가 가장 의심스럽다만 다른 곳도 알아봐야 하니까.”

원종목이 대답했다. 전룡대원들은 인원을 나눠서 광룡을 찾기로 결정했다. 싸움이 아닌 수색이니 몰려다닐 필요는 없었다. 여러 조로 나눠서 의심스러운 곳은 모두 뒤져 보기로 했다. 그들도 석민이 같이 사라졌다는 것에 의심을 가졌다. 광룡 혼자라면 모를까 후방에 있던 석민이 동시에 사라졌다. 그들은 광룡이 석민을 데려간 것이라고 추측했다. 그리고 그들은 다시 대장을 잃기가 싫었다.

광룡은 이미 한번 만사 다 버려두고 사라진 적이 있었다. 그때는 마냥 기다리기만 했다. 광룡의 배경에 대해서 아는 것이 없었기 때문이다. 이번에는 달랐다. 광룡의 고향을 알았다. 혹시 거기 없다면 그들은 중원 전체를 뒤져서라도 광룡을 찾아낼 각오였다.

무림의 주요 인사들은 광룡이 정말로 심하게 다쳐서 적을 피해 숨어들어 간 것이라고 상상도 하지 못했다. 그렇게 생각하기에는 광룡이 그 싸움에서 혼자 이뤄놓은 전과가 너무 엄청났다. 게다가 북무림맹이나 남무림맹 어느 쪽에서 생각하기에도 광룡이 아군인 남무림맹을 피해서 숨을 이유는 전혀 없었다.

第二章

칠성표국은 평화롭고 시끄러웠다.

칠성표국은 평화로웠다. 지금 무림에서 칠성표국만큼 탄탄한 표국을 건드릴 여유가 있는 사파는 없었다. 살생부에 오른 문파는 그들대로, 그리고 오르지 않은 곳은 또 자기들 나름대로 한 목숨 간수하기 바쁜 처지였다.

북무림맹이 신경 쓰지 않을 만한 잡도적들은 전력에 여유가 있었다. 하지만 그들은 도저히 칠성표국의 상대가 되지 않았다. 고수인 소표두 하나만 나서도 쫓아낼 만큼 허약한 상대들이었다. 그래서 평화로웠다.

그리고 시끄러웠다. 칠성표국은 비 맞은 뒤 죽순 자라듯이 쑥쑥 크고 있었다. 세 개 성에 마련한 지부는 급속도로 안정화되고 있었다. 그리고 다른 지역의 지부 확장도 계획 단계를 벗어나 슬슬 본격적인 궤

도에 접어들고 있었다. 검군장이 보유 무사들을 제한없이 빌려주었기 때문에 가능한 일이었다.

물론 칠성표국은 그에 대한 금전적 대가를 꽤 많이 지불했다. 각각의 지국은 손익을 계산해 보면 지금은 명백한 적자로 운영되고 있었다. 그러나 당장 나가는 돈이 많다고 해서 손해는 아니었다. 검군장에 지불하는 대가는 무사를 빌리는 동안만 지불하는 것이었다. 지국은 앞으로 쭉 돈을 벌어줄 곳이었다. 칠성표국의 요사이 명성을 생각해 볼 때, 안정화만 되면 즉시 흑자로 돌아서는 곳이었다. 그래서 칠성표국 총표두 강대영은 검군장에 퍼붓듯이 주는 돈이 조금도 아깝지 않았다. 오히려 신규 표사 채용에 공을 들이고 있는 칠성표국이었다.

"누구라고?"

칠성표국 총표두 일수삼검 강대영이 귀를 의심하며 물었다. 잘못 들었나 싶었다.

"무당번천장이라고 합니다."

녹림맹 정보대 출신 칠성표국 소표두인 조장림이 다시 말했다.

"무당번천장 역권선? 정말 그가 사람을 보냈단 말이냐?"

강대영이 놀라면서 말했다.

"저, 그게 아니라……."

조장림이 머뭇거렸다. 광룡의 어르신인 총표두 앞에서는 항상 조심스러워지는 조장림이었다.

"후, 역시 그렇구나. 그가 뭐가 아쉬워서 우리를 쓰겠느냐? 그래, 그럼 그에게 물건을 보내는 일이냐? 꽤 유명한 분에게 보내는 것이니 어지간하면 받아들여야겠구나."

강대영이 미소를 지으며 말했다. 유명인과 관련된 표행은 돈 이외에 남는 것이 있었다. 그것도 상대가 무당번천장 같은 고수라면 더 짭짤한 것이 남았다. 그런 무력을 가진 사람에게 가는 표행을 맡았다는 것은 표국이 그에게 도움이 되었다는 뜻이었다. 그건 표국의 명성 향상에 조금이라도 도움이 되는 일이었다.

"그게 아니라 무당번천장이 직접 찾아왔단 말입니다."

답답해진 조장림이 재빨리 말을 했다. 강대영이 억측을 하고 말을 끊는 것이 갑갑했다. 그것을 막기 위한 의도였다.

"뭐? 그가 직접?"

강대영이 자리에서 벌떡 일어섰다.

"아니, 그가 왜?"

강대영이 믿어지지 않는다는 듯이 말했다. 역권선은 그 개인의 무공도 대단하지만 제자들이나 거느리고 있는 무사들 역시 만만치 않았다. 표국에 표물을 맡길 필요가 별로 없었다. 혹시 그런 일이 생긴다 하더라도 군이 표행을 위해서 본인이 찾아올 필요는 없었다. 칠성표국의 명성이 꽤 대단해지기는 했지만 역권선을 직접 움직일 만큼은 아니었다.

"내가 그를 직접 만나보겠다. 어디에 계시냐?"

강대영이 말했다.

"접객당입니다. 지금 석 조장이 상대하고 있습니다."

조장림이 대답했다.

연일 건물을 새로 짓는 칠성표국이었다. 그중에서 새롭게 신축한 고객 접대 담당 건물이 접객당이었다.

“차가 향이 좋습니다.”

역권선이 예의상 말했다.

“향이 나쁘면 그게 차겠소? 잡초지.”

정의문 암룡대의 대장이었고 현재 칠성표국 소표두인 암룡대장이 유쾌하지 않은 표정으로 말했다.

역권선도 기분이 좋지는 않았다. 임무가 중해서 참고 있었지만 암룡대장은 노골적으로 그에게 기분 나쁘다는 표현을 하고 있었다.

그래도 역권선은 그런 암룡대장에게 내심 감탄하고 있었다. 암룡대장의 몸가짐 하나하나가 예사롭지 않았다. 역권선은 암룡대장이 평범한 고수의 수준은 넘었을 거라고 짐작했다. 물론 자신의 상대는 아닐 거라고 자신했다. 무당번천장이라는 무림명은 아무에게나 붙여주는 것이 아니었다. 그는 무림명에 대한 자부심이 있었다. 그는 무당 속가 제자들의 자부심이었다.

“표사시오?”

역권선이 암룡대장을 슬쩍 떠보았다. 그는 임무에 관계된 것 말고는 칠성표국에 대한 세부적인 정보를 별로 가지고 있지 않았다. 따라서 눈앞의 남자가 정말로 표사라면 대단한 일이라고 생각했다.

“표국에서 칼 든 놈이 표사가 아니면 뭐겠소? 설마 칼장수겠소?”

암룡대장은 곱게 대답하는 법이 없었다. 그는 역권선이 무당번천장임을 잘 알고 있었다. 대단한 고수라는 것은 알았지만 그렇다고 자신이 밀린다고 생각하지는 않았다. 자신은 정의문의 비밀 무력 부대인 암룡대의 대장이었다. 그 신분이 비밀이라 아는 사람이 거의 없어서 그렇지 사실 역권선보다 부족할 것은 없었다.

그가 기분 나쁜 것은 무당번천장이 북무림맹의 인물이라는 것이었다. 광룡은 현재 남무림맹에 가 있었다. 북무림맹은 광룡의 적이었고 광룡은 정의문의 문주 권한 대행이었다. 그것은 무당번천장이 암룡대장의 적이라는 뜻이었다. 말이 곱게 나갈 리가 없었다.

"끄응."

역권선이 불편한 심기를 더 이상 감추지 못하고 신음 소리를 냈다.

"보아하니 일신의 무공이 낮은 경지가 아닐 듯한데 어째서 표사를 하고 계시오?"

역권선이 다시 물었다. 이건 그가 이곳에 찾아온 것과도 관계된 중요한 질문이었다. 정보를 좀 얻을까 해서 찔러보았다.

"표사가 어때서? 그러는 당신은 얼마나 대단한 일을 하는데 표사를 무시하시오? 도라도 깨우치고 계시오?"

암룡대장이 맞받아쳤다.

역권선은 기분이 확 상했다. 그는 속가제자였다. 그는 무당 전체를 통틀어서 비교해 봐도 꽤 높은 수준으로 꼽을 만한 무공 실력을 가지고 있었다. 그래도 그의 출신이 속가라는 사실은 변하지 않았다. 무당의 정식 제자들은 역권선을 속가 출신이라 하여 은근히 깔보고는 했다. 실력이 자기들보다 좋으니 대놓고 뭐라 하지 못할 뿐이었다. 무당에서 속가제자들이 받는 차별과 무시는 꽤 많았다. 그가 공연히 속가제자들의 자부심이 된 것은 아니었다. 속가제자들은 그를 이야기하며 자존심을 위로받았다.

기분이 상한 역권선이 암룡대장을 노려보았다. 공연히 말을 걸었다가 손해만 본 기분이었다.

"무당번천장 역권선 역 대인이십니까?"

그들이 서로를 노려보는 와중에 총표두 강대영이 들어서면서 말했다. 암룡대장은 즉시 눈빛을 풀고 강대영을 향해 공손히 고개를 숙였다.

"총표두님을 뵙습니다."

"수고했네, 석 조장."

강대영이 암룡대장의 인사를 가볍게 받았다.

암룡대장의 인상의 변화를 본 무당번천장은 놀라움을 느꼈다. 자신의 앞에서는 그토록 당당하고 땍땍거리던 암룡대장이 언제 그랬냐는 듯이 총표두에게 고개를 숙이고 있었다. 풍기던 기세와 자신의 앞에서의 모습을 생각하면 예상 못한 상황이었다. 적어도 칠성표국이 돈질을 해서 이 고수를 고용한 건 아니라는 것을 깨달았다. 역권선은 무엇이 눈앞의 사내가 광룡이 아니라 총표두에게 이런 공손한 자세를 취하게 하는지 궁금했다.

"역권선이라고 합니다."

역권선이 일어서서 강대영에게 포권을 하면서 말했다.

"강대영입니다. 대접이 부족하지는 않았나 걱정입니다."

강대영이 마주 포권을 하며 말했다.

"대접은 아주 화려하게 받았습니다. 잊지 못할 겁니다."

역권선이 뼈있는 한마디를 했다. 암룡대장이 강대영의 뒤에서 눈을 부릅떴다. 그러나 강대영이 그런 상황을 알 수는 없었다. 조금 이상한 공기를 느끼기는 했지만 칠성표국 소표두가 무당번천장과 시비가 붙는 상상을 하기는 힘들었다.

둘 사이에 우선 무당이나 기타 간단한 이야깃거리들이 오갔다. 그건 절차나 다름없었다.

"그런데 어떤 물건을 표행에 맡기러 오셨습니까?"

예의상의 이야기가 끝나고 나서 강대영이 물었다. 그것이 본론이었다.

"물건이 아니라 사람을 찾으러 왔습니다."

역권선이 가볍게 부정했다.

"사람이요? 우리가 보표 일은 가끔 받습니다. 하지만 사람을 찾는 일이라니. 그런 건 정보를 파는 문파를 찾으셔야지 왜 우리한테 오셨는지?"

강대영이 고개를 갸우뚱거렸다.

"칠성표국이라면 쉽게 찾을 것 같은 사람입니다."

역권선이 긴장하면서 말했다. 소림의 지원에게서 직접 받은 임무는 앞으로 하는 몇 마디 말에 대한 칠성표국의 반응에 따라서 성공 여부가 결정되었다.

"우리가 할 일이 아닌 것 같습니다. 하지만 예까지 오셨는데 말이나 들어보지요. 그래, 누구를 찾으십니까?"

강대영이 마음을 비우고 말했다. 무당번천장과 얽히는 일거리인가 싶었는데 아무래도 아닌 것 같았다. 약간 실망했지만 가벼운 마음으로 듣기로 했다.

"광룡입니다."

역권선이 말했다.

“네 이놈!”

암룡대장이 반사적으로 호통을 쳤다. 광룡이 곧 한민택이고 한민택이 곧 광룡임은 칠성표국 표사들 중에서 적어도 열한 명은 알고 있었다. 하지만 그것은 칠성표국에서는 입 밖에 꺼내서는 안 되는 말이었다. 그리고 그 한민택은 이제 정의문의 문주 대행이었다. 그가 광룡을 상관으로 둔다는 것은 정의문으로 복귀한 것이나 다름없는 일이었다. 정의문은 그의 마음의 고향이었다. 따라서 광룡에게 해가 되는 일은 적극적으로 막아야 했다.

강대영이 잠깐 어이없어하는 표정을 지었다. 역권선이 광룡을 왜 여기서 찾는지도 이해가 가지 않았고 암룡대장의 반응도 예상 못하던 것이었다.

“일보경혼 일도단천? 그 소문의 정의문 전룡대장 광룡을 말씀하시는 겁니까?”

강대영이 확인 삼아 물었다. 무슨 일인지 먼저 파악하는 것이 중요했다.

“그렇습니다. 바로 그가…….”

“이놈! 닥치지 못하겠느냐!”

암룡대장이 역권선의 말을 중간에서 끊으면서 소리쳤다. 어느새 빼어 든 그의 검이 푸르른 살기를 흘렸다.

“석 조장, 무슨 짓이냐! 어서 검을 내리지 못하겠느냐?”

강대영이 깜짝 놀라 암룡대장을 질책했다.

“죄송합니다, 총표두님. 하지만 저자는 지금 우리에게 음해를 하기 위해서 온 자입니다. 가만히 둘 수 없습니다.”

암룡대장이 입으로 사과를 했다. 그의 눈은 여전히 역권선을 노려보고 있었다.

역권선도 크게 놀라고 있었다. 가끔은 기세만으로도 상대의 실력을 가늠할 수 있었다. 그는 암룡대장이 검을 빼 들자 그가 자신의 하수가 아님을 깨달을 수 있었다. 상수라는 생각은 들지 않았지만 적어도 쉽게 제압하기는 어려운 상대였다.

그리고 이 정도 상황이면 역권선도 찾아온 목적을 완수할 수 있었다.

'지원 대사님의 의심은 사실이군. 칠성표국 자체는 광룡의 정체를 모르는 듯하다. 하지만 이곳에 소속된 고수들은 그를 안다니. 묘한 구성이야.'

역권선이 만족스러운 미소를 지었다. 이제 그가 여기 있는지만 확인하면 임무 완수였다.

"이곳에 한민택이란 표사가 있습니까?"

역권선이 다시 물었다.

"네가 정녕 죽고 싶은 게로구나!"

암룡대장이 한 걸음 앞으로 나섰다. 정말로 베어버릴 듯한 기세였다. 역권선 역시 겁먹지 않았다. 암룡대장이 아무리 광룡과 연이 닿은 사람처럼 보인다고 해도 당장은 일개 표사였다. 무당번천장쯤 되는 사람이 겁을 먹을 수는 없었다.

"그만. 석 조장, 진정하지 못하겠나! 어서 칼을 집어넣어!"

마침내 강대영이 호통을 쳤다. 암룡대장은 강대영의 명령을 마냥 거부할 수는 없었다. 어쩔 수 없이 검을 검집에 넣었다. 그러나 그의 눈빛은 여전히 역권선을 잡아먹을 듯했다.

"이거 실례가 많았습니다. 원래는 이런 친구가 아닌데. 민택이를 왜 찾으시는지는 모르겠으나 그 아이는 장기 출장을 간 지 제법 시일이 흘렀습니다. 언제 돌아올지도 정확히 알 수 없습니다. 만나기는 어렵겠습니다."

강대영이 역권선에게 사과했다.

역권선은 필요한 정보는 모두 얻었다. 칠성표국의 고수들 실력이 대단하다는 것을 알았다. 한민택이 광룡임을 아는 사람과 모르는 사람이 섞여 있다는 것을 알았다. 그리고 모르는 사람에 칠성표국 총표두도 포함되어 있다는 것도 알았다. 마지막으로 광룡은 칠성표국에 없다는 것도 확인했다. 그가 원하던 정보 전부였다. 공연히 시비를 일으킬 필요는 없었다. 광룡이 이곳에 무슨 안배를 해놨는지 파악하지 못한 상태에서 싸울 생각은 없었다.

"저도 실례가 많았습니다. 좋게 이야기가 끝났으면 좋으련만 이렇게 되어서 아쉽습니다. 저는 그만 가보도록 하지요."

역권선이 떠날 뜻을 밝히며 말했다.

"그러셔야 할 듯합니다. 너무 마음에 두지 마십시오."

강대영이 대답했다. 이런 유명한 고객과의 관계를 깨버리는 암룡대장을 이해할 수가 없었다. 아마도 과거에 무슨 원한이 있었던 것이 아닐까 짐작해 보는 강대영이었다.

어쨌거나 꾸짖을 수는 있어도 이것으로 암룡대장을 내칠 수는 없었다. 누군가가 개인적인 원한을 공식적인 자리에서 참지 못한 것은 분명한 잘못이었다. 그러나 강대영은 피를 본 것도 아닌데 그 정도 일로 한솥밥 먹던 표사를 쫓아낼 만큼 모진 사람이 아니었다.

"뉘가 오셨다고?"
총표두 강대영이 잘못 들었나 해서 다시 물었다.
"제갈세가의 제갈금일이라는 분이 오셨습니다."
"제갈가의 금일? 신뇌의 동생 아니신가?"
강대영이 즉시 생각해 내고 말했다. 무림 정세에 꽤 예민해야 하는
것이 표국의 입장이었다. 오대세가 핵심 인물들의 기본 신상명세 정도
는 외우고 있었다.

"반갑습니다. 제갈금일이라고 합니다."
제갈금일이 먼저 포권을 하며 인사를 했다.
"어서 오시지요. 표국의 총표두 일을 맡고 있는 강대영입니다. 우리
표국에 찾아와 주셔서 감사합니다."
강대영이 정중히 마주 포권을 했다. 하북의 정사협동문 정도만 해도
칠성표국 입장에서는 친해두면 막대한 이익이 있는 곳이었다. 오대세
가 중 하나인 제갈세가라면 더 말할 필요도 없었다.
"감사라니요. 그런 말씀 마십시오. 오히려 제가 영광인 것을."
제갈금일이 급히 손사래를 쳤다. 광룡이 이곳에 있다는 것을 파악한
이후로 나름대로 자료를 수집한 제갈세가였다. 광룡은 칠성표국에서
일하고 있었고 총표두 강대영은 그의 상관이었다. 그리고 그 둘의 인
연은 한두 해짜리가 아니었다. 광룡에게 미련이 많은 제갈세가의 사람
인 제갈금일이었다. 언행을 조심하지 않을 수 없었다.

“우리 표국까지는 어떤 일로 찾아오셨는지요?”

강대영이 잔뜩 기대를 하고 물었다. 오대세가와 관계를 트는 중요한 순간이었다. 현재 진행 중인 표국 확장에 긍정적인 영향을 끼칠 일이었다. 날려먹은 무당번천장 개인과의 일과 비교할 바가 아니었다.

“우리는 사람을 찾으러 왔습니다.”

제갈금일이 단도직입적으로 말했다.

“사람이요? 설마 전룡대장 광룡이라도 찾으러 오신 것은 아니겠지요? 하하하!”

강대영이 웃으며 말했다. 무당번천장이 광룡을 칠성표국에서 찾던 일이 생각나 한 농담이었다.

“그렇습니다. 바로 그를 찾기 위해서 왔습니다.”

제갈금일이 반색을 하며 말했다. 뭔가 아는 것 같으니 어렵게 이야기를 돌리지 않아도 될 것 같아 좋았다.

“야 이 새끼야! 안 닥칠래?”

강대영을 보필하기 위해서 서 있던 조장림이 기겁을 하며 소리를 질렀다.

강대영의 얼굴이 굳어졌다. 자신은 농담으로 한 말이었는데 다른 사람들의 반응은 그렇지 않았다. 상황이 반복되니 광룡과 관계된 무슨 일이 주변에서 벌어지고 있음을 눈치챘다. 하지만 무슨 일인지 짐작해낼 수 있을 리가 없었다. 광룡이라는 무림명은 칠성표국 같은 작은 곳에서 보기에는 멀고도 먼 곳에 있는 것이었다.

“조 조장, 찾아오신 손님에게 그게 무슨 말버릇인가? 어서 사과하지 못하겠나!”

강대영이 얼굴을 굳히고 엄히 말했다.

조장림으로서는 환장할 노릇이었다. 제갈금일의 목적이 광룡임을 알고 그의 입을 막으려 했다. 조장림도 이제 칠성표국의 정체가 평범한 일개 표국이었음을 파악하고 있었다. 하지만 그건 중요하지 않았다. 광룡은 정체가 밝혀지는 것을 원하지 않음을 알았다. 그리고 총표두가 광룡의 정체를 모른다는 사실도 짐작하고 있었다.

녹림맹 출신 칠성표국 소표두 다섯 명은 광룡의 부하였다. 녹림맹을 배신한 그들은 광룡의 그늘이 아니면 살아남기 어려웠다. 물론 그들을 이곳으로 보냈던 정배는 이미 죽고 없었다. 그러나 녹림맹이 사라진 것은 아니었다. 그리고 그 녹림맹은 광룡이 이끈 정의문에게 걸려서 박살이 난 상태였다. 복수에 불타 있을지도 몰랐다.

이럴 땐 광룡의 그늘이 최고였다. 철저히 당한 녹림맹은 감히 광룡을 건드릴 수 없었다. 그리고 광룡은 이제 정의문주나 다름없는 사람이었다. 따라서 자신들이 광룡의 수하라면 그것은 즉 정의문 소속이라는 뜻과 같았다. 양지였다. 음지를 벗어나 양지에서 살아보니 세상 공기가 달랐다. 사람 사는 것 같았다. 그러나 이 평화도 광룡의 정체가 밝혀지면 어떻게 될지 모르는 일이었다.

그렇다고 총표두에게 개길 수도 없었다. 강대영은 광룡의 어른이었다. 조장림은 총표두가 광룡의 특수관계인이라고 옛날부터 결론을 내려놓은 상태였다.

"미안하외다. 내가 성질이 드러워서 헛소리를 들으면 폭발하니 이해해 주쇼."

조장림이 삐딱하게 말했다. 상대는 제갈세가의 직계였다. 고수임이 분명했다. 그러나 제갈세가는 전통적으로 직접적인 무력에는 약간 손색이 있었다. 그리고 자신도 약하지 않았다. 지금은 표사지만 전직은 녹림맹 정보대의 무력 담당 고수들 중에서도 형님이었다. 그리고 그전에는 녹림맹 녹림혈랑대의 제사조장이었다.

제갈금일은 조장림의 태도를 보고 그가 광룡과 연관이 있는 사람임을 깨달았다. 그리고 칠성표국에서 광룡의 신분이 비밀이라는 것도 확인할 수 있었다. 제갈가 출신인데 그 정도 머리는 기본으로 돌아갔다. 하지만 그렇다고 곱게 물러갈 수는 없었다. 제갈가는 칠성표국의 정체에는 별 관심이 없었다. 광룡의 현 위치를 찾는 것은 중요한 일이었다. 그리고 어차피 다 알려질 일이었다.

"광룡의 이름은 한민택이지요. 혹시 알고 계셨습니까?"

제갈금일이 총표두 강대영에게 재빨리 물었다.

광룡이 정의문에서 활동할 때 그는 자신에 대한 정보를 극도로 숨겼다. 그는 일종의 탈옥을 한 상태였다. 그래서 자신의 신분이 밝혀지면 관청에서 곡부에 있는 아버지에게 해를 끼칠까 걱정했다. 시작은 그랬으나 나중에는 정말로 출신을 숨기는 것이 유리함을 알았다. 싸움에 깊이 관여하다 보니 그의 적은 관청만이 아닌 처지가 되었기 때문이다. 따라서 광룡의 이름이 알려지기 시작한 것 자체가 최근부터였다. 총표두가 들어봤을 리가 없었다.

그리고 총표두 강대영의 머리 속에서 절대고수 광룡과 제자 후보 한민택의 사이에는 십만 리쯤 되는 간격이 있었다. 오히려 무당번천장이 찾아와서 광룡을 언급한 이유가 이해가 갔다.

"하하, 뭔가 오해가 있으셨나 봅니다. 우리 표사들 중에 민택이가 있기는 합니다. 하지만 민택이는 그저 표사일 뿐. 이름이 같다고 무공도 같을 수는 없는 법이지요."

강대영이 웃으면서 말했다. 오해 말고는 설명할 수 없었다.

"그럼 그 한민택이라는 표사는 어디에 있는지요?"

제갈금일이 강대영의 상식을 무너뜨리지 않기 위해 조심해서 물었다. 뒤에서 노려보고 있는 조장림도 부담스러웠다. 게다가 광룡의 정체를 자신의 입으로 밝히지 않아도 된다면 그것도 다행스러운 일이었다.

"장기간 출장 중이지요. 언제 돌아올지 알 수 없답니다. 연락조차 되지 않고 있으니. 하지만 어차피 동명이인 아닙니까? 너무 신경 쓰지 마십시오."

강대영이 가볍게 생각하고 말했다.

'동명동인인데 신경이 안 쓰일 리가 있겠소이까?

제갈금일이 목구멍까지 올라온 소리를 꿀꺽 삼켰다.

"이것 참 아쉬운 일이군요."

제갈금일이 아쉽다는 듯이 말했다. 아쉽기는 했다. 광룡을 찾지 못해서 아쉬웠다. 막연히 누군가를 찾아 중원을 헤맨다는 것은 정말 기약없는 고생길이었다. 또 어디를 돌아다녀야 할지 막막하기만 했다.

그런 제갈금일을 보면서 강대영도 나름대로 고민을 하고 있었다.

'석 조장 한 명은 그와 개인적인 원한이 있을 수 있다. 그러나 조 조장까지? 이건 뭔가 이상하다. 소표두들이 고수임은 알고 있고 그들이 뭔가 사연이 있는 사람임도 알고 있다. 하지만 지금의 반응들은 정상이 아니다. 나는 왜 그들을 믿는 건가? 왜 그들이 한편임을 자신하는 건가? 내가 과연 옳은 걸까?

강대영의 고민이 그의 이마에 주름을 만들었다.

남궁재호와 강대영이 자리를 마주하고 앉아 있었다. 하북의 지국에서 표물을 가지고 곡부로 돌아온 남궁재호였다. 재호가 가져온 것은 하남으로 가는 장거리 표행이었다. 칠성표국의 지국 운용 체계에 의해서 하북의 표물을 곡부의 총국으로 전달하고 돌아가는 것이 남궁재호의 임무였다.

그 후에 개봉에서 다시 다른 소표두가 표사들을 이끌고 표물을 하남의 지국으로 옮길 예정이었다. 그리고 하남의 지국에서는 다시 좀 더 아래쪽의 목표 지점으로 표물을 건네주면 끝이었다. 각각의 표행은 작은 것이었지만 그것이 하나로 이어져서 비싼 장거리 표행으로 변하는 구조였다. 지국을 가지고 있는 대형 표국들만 쓸 수 있는 방법이었다. 그리고 이 구조는 표국의 수익을 극대화했다.

요새 고민이 많던 강대영이 마침 들른 남궁재호를 불러 대화를 하고 있었다.

"남궁 조장, 그대는 왜 우리 표국에 있는 건가?"

강대영이 남궁재호에게 물었다. 칠성표국에 남궁재호를 위시한 고수들이 들어온 지 아직 한 해도 채 흐르지 않았다. 이들이 들어올 때의 칠성표국은 조그마한 곳이었다. 삼십 명의 표사에 더해서 두 명의 신입 표사를 두고, 다시 표사 채용 대회를 열었던 때였다. 비록 나름대로 명성을 얻은 때였지만 표국의 규모는 분명히 소규모였다. 그리고 강대영의 예상을 훨씬 넘어서는 엄청난 숫자의 표사들과 열다섯이나 되는 소표두들을 채용한 때가 남궁재호가 칠성표국에 들어온 때였다.

강대영은 그때 그 상황을 다시 의심하고 있었다. 그동안은 마냥 행복한 일이라 좋게 생각하고 있었다. 각자 사정이 있다 해도 그 이익이 크니 눈감아줄 수 있었다.

그런데 무당번천장이나 제갈금일이 찾아와서 광룡을 찾으며 설친 일이 그의 마음에 부담을 주었다. 이제는 소표두들에 대해서 의심해 보지 않을 수 없는 상황이었다.

강대영이 보기에 가장 의심스러운 것은 바로 남궁재호였다. 중원표국의 본거지로 표행을 갔을 때 남궁재호가 아는 사람이 그곳에 많은 것을 보고 더럭 의심이 생겼다. 그래서 남궁재호를 포함해서 함께 어울리는 다섯을 세 군데의 지국과 총국에 나눠놓았다.

그리고 한창 심란한 때에 남궁재호가 표물을 가지고 들어왔다. 자연히 불러놓고 배경을 알아보고 싶었다.

"물론 총표두님의 위명을 듣고 존경심이 생겨서이지요. 일수삼검 강대영님의 명성은 중원 하늘을 쩌렁쩌렁하게 하지 않습니까? 게다가 그 높으신 이상과 큰 덕은 어떻습니까? 그런 분이 계신 곳이라면 제 한 몸 의탁해도 충분하리라고 생각했습니다."

재호가 재빨리 아부했다. 그도 자신이 의심받고 있는 것은 알고 있었다. 만약에 정체를 들킨다면 그 독한 놈인 민택의 손에 죽을지도 모른다고 생각했다. 꼭 민택이 아니더라도 칠성표국에 숨어 있다는 비밀 고수들의 손에 당할까 봐 두려웠다.

"말도 안 되는 소리를 하라고 남궁 조장을 부른 것이 아니다. 나는 진실을 알고 싶을 뿐이야."

강대영이 재호를 꾸짖었다.

"아니, 그러니까 그게 사실은 어떻게 된 거냐 하면 난처하게도 말입니다."

재호가 횡설수설하기 시작했다.

"이보게, 남궁 조장!"

강대영이 탁자를 탁 치며 소리쳤다.

"옛!"

남궁재호가 즉시 벌떡 일어서며 대답했다. 내심 꽤나 긴장한 상태였다. 그때 운상원이 그를 살렸다.

"총표두님, 손님이 찾아오셨습니다."

운상원이 실내로 들어와 강대영에게 말했다.

"지금 중요한 이야기를 하고 있으니 정 급한 일이 아니시면 좀 기다리시라고 여쭈어라."

강대영이 말했다. 재호를 추궁하는 것이 돈 몇 푼 더 버는 것보다 훨씬 중요한 일이었다. 운상원으로서는 그럴 수가 없었다. 그래도 친구인데 재호를 구해야 했다. 그리고 기다리게 해도 될 만한 손님이 아니었다.

"오신 분이 자신의 신분을 호위대장이라고 밝혔습니다."

운상원이 조심스레 말했다.

"호위대장? 어디의?"

강대영이 의아해하며 물었다. 호위대를 가진 문파는 많았다.

"정의문의 호위대장이라고 합니다."

운상원이 말했다. 기다리시라고 여쭐 만한 신분이 아니었다.

"뭣이? 정의문의 호위대장? 환상정검이 직접 왔다는 말이냐?"

강대영이 벌떡 일어서며 외쳤다. 정의문 호위대장의 환상정검이라는 무림명은 무거웠지만 그게 중요한 것이 아니었다. 그가 정의문의 전투 부대 하나를 지휘한다는 것도 중요했지만 그것도 핵심은 아니었다. 진짜는 그가 현재 정의문을 이끌어가는 주요 지휘부 중 한 명이라는 것이었다. 정의문 호위대장은 정의문의 일에 대해 의사 결정을 하는 사람 중 하나였다. 그것은 무당에 대해 실권이 없는 무당번천장이나 조언을 하는 역할인 제갈세가의 제갈금일과는 확실히 차별화되는 것이었다. 즉, 환상정검은 실권을 가지고 있었다.

평소라면 무슨 좋은 일이 있을지 기대하면서 그를 만났겠지만 지금 강대영의 얼굴은 굳어 있었다. 정의문은 광룡이 있는 곳이었다. 또 광룡을 찾아온 것임을 짐작할 수 있었다.

"왜 여기서 그를 찾는지 이해할 수가 없구나."

강대영이 어이없어하며 중얼거렸다.

"안녕하십니까, 일수삼검 강대영 대인!"

정의문의 호위대장이 사람들의 안내도 없었는데 갑자기 실내로 들어오면서 말했다. 예의없는 짓이었다. 그는 그만큼 마음이 급했다.

"일수삼검의 명성은 많이 들었습니다. 이렇게 만나뵙게 되어 영광입니다."

환상정검이 포권을 하고 허리까지 굽히며 말했다.

"무슨 말씀을. 환상정검의 명성을 들은 지 오래인데 직접 뵙게 되다니 제가 오히려 영광입니다."

강대영도 포권을 하며 호위대장만큼 허리를 숙였다.

“감당할 수 없습니다.”

호위대장이 허리를 더 깊이 숙이며 말했다.

감당할 수 없기는 강대영이 더했다. 환상정검의 명성과 일수삼검의 이름값 사이에는 태산 두 개쯤 되는 차이가 있었다.

“그런데 무슨 일로 여기까지 어려운 걸음을 하셨는지요?”

강대영이 다짜고짜 물었다. 평소라면 이리저리 예의를 차리는 질문이 오가야 했다. 그러나 그는 현 상황에 대해서 충분히 혼란스러워하고 있었다.

“혹시 우리 문주님을 보셨는지요?”

호위대장이 허리를 조심스레 펴며 물었다.

“문주님이라니요? 정의문의 문주 직위는 공석이라고 알고 있습니다만?”

강대영이 고개를 갸웃거리면서 물었다.

“아, 정확히 말하면 문주 대행님이시지요. 하지만 뭐 명칭이야 중요하겠습니까? 어쨌든 문주 대행님이 바로 문주님이신데. 저는 우리 문주 대행님을 찾고 있습니다.”

호위대장이 씩 웃으면서 말했다.

“문주 대행이시라면 전룡대장님을 말씀하시는 건지요?”

정의문에서는 광룡을 광룡이라 부르지 않고 전룡대장이라 부른다는 것을 알고 있던 강대영은 단어 사용에 주의를 하며 물었다.

“그렇습니다. 최근에 화산파의 매화이십사수를 단신으로 반 토막을 쳐버리셨지요.”

호위대장이 뿌듯하다는 듯이 말했다.

“그 이야기는 저도 들었습니다. 정말 대단한 일이 아닐 수 없습니다. 어떻게 한 개인의 무공으로 그게 가능한지.”

강대영이 단순한 인사치레가 아니라 진심을 담아 말했다. 대단한 건 대단한 거였다.

“그렇지요? 그런데 그 후에 도대체 어디로 가셨는지 찾을 수가 없습니다.”

호위대장이 강대영의 말에 기분이 좋아져서 히죽 웃다가 갑자기 인상을 찌푸리며 말했다.

“걱정이시겠습니다. 하지만 누가 감히 그분을 위협할 수 있겠습니까. 그런데 말입니다. 그 전룡대장님을 왜 여기서 찾으시는지요? 여기는 표국입니다. 사람을 찾는 곳이 아니라 상단을 호송하는 곳이지요.”

강대영이 궁금해하며 물었다. 왜들 다 여기 와서 이러는지 알 수 없었다.

“그야 당연히 우리 문주님이 강 대인의 밑에서 표사 일을 하시기 때문이지요. 그분이 없어지셨다면 여기 오셨을 가능성이 가장 높지 않겠습니까? 이미 한 번 선례도 있고요.”

호위대장이 당연하다는 듯이 말했다.

“아, 뭔가 오해가 있는 것 같군요. 사실 우리 표국에 한민택이라는 표사가 하나 있습니다. 민택이가 전룡대장님과 이름이 같다는 것을 저도 최근에야 알았습니다. 하지만 그 아이는 그저 표사일 뿐입니다. 무공도 별로 대단하지 않지요. 전룡대장님이 아닙니다.”

강대영이 친절하게 설명했다.

“뭔가 오해를 하시는 것은 강 대인이 아니신가 합니다. 물론 강 대인이 보시기에는 우리 문주님의 무공이 양에 차지 않으실지 모르겠습니다. 강 대인의 무공이 손짓 한번에 산이라도 무너뜨릴 수 있으시다면 그럴 수도 있겠지요. 그런데 강 대인의 무공이 높은 건 우리에겐 중요하지 않습니다. 어쨌거나 문주님이 지금 칠성표국에 표사로 계신 것도 맞고 함자가 민 자 택 자이신 것도 맞으니까요. 그분이 우리 문주님이십니다."

호위대장이 확신에 찬 얼굴로 강대영을 놀라게 하며 말했다. 광룡을 자꾸 이름을 부르거나 아이라고 하는 것이 거슬려 명확히 말해 준 것이었다.

강대영의 안색이 살짝 변했다. 그의 무공이 산은 고사하고 언덕도 없앨 수 있을 리가 없었다. 잘하면 조그만 흙더미는 한 손으로 어떻게 할 수 있을 것 같았다. 놀림을 받았다는 것을 잘 알았다.

'아차!'

강대영의 안색이 굳어지는 것을 본 호위대장이 속으로 후회했다. 강대영은 광룡의 고향 어른쯤 됐다. 그리고 광룡이 들어앉아 있는 표국의 총표두였다. 예의를 다하기 위해서 계속 조심하고 있었는데 조금 함부로 말했다. 저도 모르게 실수를 했다 싶었다. 돌파구가 필요했다.

"말이 되는 소리를 하십쇼. 그 독종이랑 광룡을 어떻게 같은 사람으로 보십니까? 혹시, 당신 정의문 호위대장이라고 한 것도 거짓말 아뇨?"

옆에서 듣고 있던 남궁재호가 의심에 찬 눈초리로 말했다.

"네놈이 뚫린 입이라고 함부로 말하는구나! 감히 문주님을 그따위로 부르다니! 정녕 내 손에 죽고 싶은 게냐!"

호위대장이 갑자기 살기를 뿜어내며 외쳤다. 광룡 덕분에 목숨도 건지고 정의문까지 살렸다고 생각하는 호위대장이었다. 그가 광룡에게 바치는 충성은 작지 않았다. 게다가 조금 전의 실수를 흩어버릴 수 있는 돌파구를 찾았다.

재호는 호위대장의 살기를 몸으로 뒤집어쓰자 오금이 저렸다. 그가 비록 고수이기는 하지만 호위대장에 비하면 멀고도 멀었다. 다섯 초만 버틸 수 있어도 만세를 부르며 동네방네 자랑해도 좋을 만한 실력 차이였다. 절로 두어 걸음 물러섰다.

옆에서 그 모습을 보고 있던 강대영의 얼굴이 심각해졌다. 호위대장의 반응을 보니 그의 말이 장난이 아님을 알 수 있었다. 다만 워낙 현실로 와 닿지 않는 이야기여서 받아들이지 못하고 있었다.

"하지만 그 아이는 십 년 전에 고향을 떠났다가 최근에 돌아왔습니다. 그간 어디서 무슨 일을 하다 왔는지는 모르지만 사람이 설마 그 사이에 그만한 무공을 닦을 수 있었겠습니까? 그리고 돌아와서 표사 일을 하는 동안에도 그다지 특별한 일은……."

열심히 부정하던 강대영이 갑자기 입을 다물었다. 그동안 민택과 함께 표행을 하면서 겪었던 일들이 떠올랐다.

민택이 강하게 요구해서 사흘짜리 휴가를 준 적이 있었다. 그 후에 녹림맹 산동지부의 몰살 소식이 들렸다. 산동지부는 민택의 아버지가 죽는 원인을 제공한 곳이었다.

검군장의 대환단 호송 임무를 할 때 민택은 당문의 계략을 깨버리고 오히려 오대세가 중 하나인 그곳의 고수를 단칼에 죽였다. 일개 표사가 흔히 할 만한 일은 아니었다.

중원표국이 습격해 왔을 때, 어디선가 날아온 칼에 의해서 중원표국 대표두가 잠깐 동안 무력화되었다. 일수삼검은 그 덕분에 제대로 저항하지 못하는 대표두를 죽일 수 있었다.

검군장과 하가장이 싸우려고 할 때 당문의 문주가 나타났다. 하늘이 무너지는 것 같은 상황이었다. 그러나 그때 당문 문주 천수여래 당태명은 칠성표국을 향해 인사까지 하고 물러났다. 그건 기적이나 다름없었다.

표사 모집 공고를 내니 일개 표국에 고수가 열다섯이나 몰려왔다. 사연이 있는 사람들이려니 생각했다. 그들은 모두 칠성표국에서 군소리없이 일하고 있었다. 그러고 보니 그 고수들이 일개 표국 소표두인 한민택에게 꽤나 깍듯이 대했다는 생각을 했다. 정상적이라면 반대의 상황이 벌어져야 했다. 무공의 격차가 심하게 벌어지면 낮은 자가 높은 자에게 숙이는 것이 보통이었다.

중원표국으로 표행을 나갔을 때, 민택이 섞인 소표두들이 정파 고수 수십 명을 무찔렀다. 중원표국주와 담판까지 짓고 나왔다. 그 일 이후로 중원표국은 더 이상 칠성표국을 괴롭히지 않았다. 오히려 양보하는 분위기였다. 강대영은 고맙게만 생각하던 일이었다. 단지 소표두들이 모두 고수들이니 가능한 일이려니 생각했다. 담판을 지은 사람이 민택이라는 사실이 놀라웠지만 다만 말을 할 사람이 필요해서 떠민 것이라 생각했다. 그것이 그 상황을 설명할 수 있는 유일한 것이었기 때문이다. 그러나 보통의 경우는 그 무리의 우두머리가 담판을 짓는 법이었다.

그런 일들뿐만이 아니었다. 민택이 없을 때 무림에 큰일이 여럿 일어났다.

어느 날 민택이 표행 중 이탈을 하고 사라졌을 때가 있었다. 그 후 정의문은 세 개의 탄탄한 사파의 연합군을 압도적인 전력 차로 무찔렀다. 그리고 그 선두에는 사라졌다던 광룡이 있었다. 강대영도 그 이야기는 들어 알고 있었다. 그리고 그 이야기가 들려온 후, 조장림을 비롯한 일부 소표두들이 뭐가 그리 좋은지 신이 나서 술이 떡이 되도록 먹고 돌아온 것이 생각났다.

민택이 갚을 빚이 있다고 하며 휴가를 받아 떠난 후 하남을 향해 진격해 오던 만사대행문이 박살이 났다. 공식적으로는 정사협동문이 그 일을 했다고 알려졌다. 그런데 그 당시 무림에는 만사대행문이 칠성표국에게 깨졌다는 소문도 제법 돌았다. 그것은 칠성표국의 명성이 올라가는 데 큰 기여를 했다.

그러나 강대영은 그 소문을 듣고 콧방귀만 뀌었다. 그 소문에는 석민이 그 일을 주도했다는 것도 있었다. 어느 산골 마을에서부터 시작된 소문이었다. 강대영이 그 소문에 대해서 코웃음을 칠 만한 일이었다.

그때는 그렇게 생각했다. 그러나 지금 이런 상황이 되니 그 일도 의심이 갔다. 석민은 그 당시 민택과 함께 사라졌었다.

정의맹의 위기가 있던 때가 생각났다. 그때 정의문은 녹림맹과의 싸움을 앞두고 있었다. 그리고 민택이 말도 없이 사라졌다. 정의문은 처음 전투에서 녹림맹에게 완전하게 패했다. 그러나 마지막 순간에 본거지를 불태우는 계략을 써서 녹림맹에게 제법 큰 타격을 입혔다.

그 후에 들려온 소식은 광룡이 패배한 정의문을 이끌고 녹림맹에게 화려한 복수를 했다는 소식이었다. 패잔병들을 모아서 싸웠지만 녹림맹은 물론이고 그곳에 협력한 사파들까지 철저하게 박살이 났다. 일부 사파들은 풀 한 포기 남기지 않고 쓸어버렸고 살아남은 문파도 결국은 다른 곳에 먹혀 버리고 말았다. 녹림맹도 본거지가 완전히 날아가 버리고 망하지 않으려고 발버둥 치고 있었다.

녹림맹과 관련된 일이라 강대영도 그 일의 진행 상황에 대해서는 잘 알고 있었다. 민택이 곡부에서 사라진 시간과 광룡이 정의문에 나타난 시간을 계산해 본다면 얼추 들어맞았다.

그리고 지금 민택은 표국을 떠나 있는 상태였다. 지금 다시 광룡이 화산의 매화들을 꺾었다는 이야기가 나돌았다.

지날 때는 모두 그런가 보다 했던 일들이었다. 어떤 일들은 이게 웬 떡이냐며 반겼고 어떤 일은 남의 사정인 줄 알았다. 그렇게만 생각했다.

지금은 무당번천장, 제갈금일, 그리고 정의문 호위대장까지 차례로 와서 광룡의 이름이 한민택이니 그가 지금 어디 있냐고 묻고 있었다. 호위대장은 광룡이 바로 자신의 제자 후보인 표사 한민택과 같은 사람이라고 하고 있었다. 그렇다면 둘 중 하나였다. 찾아온 자들이 사기꾼들이거나 아니면 한민택이 바로 광룡이었다.

그러나 방문객들의 지위나 그들이 데려온 수하들의 규모, 그리고 분위기나 상황으로 볼 때, 답은 간단하게 나왔다.

"그 녀석이 일보경혼 일도단천의 그 광룡이라고? 정의문주 대행인 광룡이라고? 개망나니 한민택이?"

칠성표국 총표두 일수삼검 강대영이 중얼거렸다. 충격이었다. 그의 이해력을 넘어서는 일이었다.

"말도 안 됩니다. 속지 마세요! 그놈은 독종이라니까요. 차라리 제가 남궁세가주라는 말을 믿으시지요! 차라리. 차라리. 이건 뭔가 아닌데. 젠장!"

남궁재호가 적극적으로 부정했다. 도저히 믿을 수가 없었다. 그러나 그도 내심 생각나는 것은 있었다. 칠성표국에 침투했던 중원표국의 숨겨둔 한 수는 총 다섯 명이었다. 모두 고수였다. 그리고 그들 중 넷이 한민택에게 단 두 수 만에 박살났다. 무릎을 꿇고 구경하던 재호는 그 광경을 똑똑히 보았다. 그 불가사의할 정도의 무력 차이를 느꼈다. 무림에 그만한 실력자가 흔할 리가 없었다.

그는 신비 세력의 정말 대단한 고수라고만 생각했다. 그런데 그 신비 세력이 정의문일 수도 있었다.

"정말 광룡인 겁니까?"

재호가 눈을 동그랗게 뜨고 물었다. 그로서는 도저히 믿고 싶지 않은 일이었다.

강대영의 앞에는 고수 소표두들이 죽 늘어서 있었다. 파견 내보낸 소표두들이나 표행 중인 사람들을 제외한 전부였다.

"이야기는 다 들었네. 민택이가 광룡이라더군. 참 어이가 없는 일이지 않는가? 이제 다른 어이없는 일을 확인해야겠군. 그대들이 우리 표국에 온 이유는 무엇인가? 그 녀석과 관계가 있는 일인가?"

강대영이 허탈하니 말했다.

소표두들은 이제 진실이 밝혀진 것을 알았다. 이미 무림에는 소문이 돌기 시작했고 찾아온 사람들이 떠들고 간 것도 있었다.

“사실 우리 다섯은 말입니다.”

주변의 눈치를 살피던 조장림이 먼저 조심스레 말을 꺼냈다. 제일 변명을 많이 해야 하는 것이 그들이었다. 그들은 표국의 적인 녹림 출신이었다. 그들이 표사를 한다는 것은 도둑놈이 포졸을 하는 거나 마찬가지였다.

“전룡대장님의 영향을 받아 칠성표국에 눌러앉은 것이 맞는데 말입니다. 사실 우리는 개가… 아, 개과천선한 게 맞지 말입니다. 표사 일이 우리 적성에 딱 맞는데 말입니다.”

조장림이 약간 횡설수설했다. 중요한 말을 하고 싶지 않았기 때문이다.

“여기 오기 전에는 어디에 있었나?”

강대영이 조장림의 말을 중지시키고 물었다. 그게 이야기의 핵심이었다.

“사실 우리는 그게, 과거에 아주 잠깐 녹림맹에 발끝만 살짜꿍 담갔었는데 말입니다.”

“뭐얏! 녹림? 너희들 산적이었단 말이냐?”

옆에 있던 남궁재호가 깜짝 놀라 소리쳤다. 그건 칠성표국에 와서 꽤 맘에 맞는 친구로 사귄 운상원도 산적이란 뜻이었다. 황당했다. 강대영도 안색이 변했다.

“녹림이 보낸 첩자들이냐?”

강대영이 얼굴을 굳히고 물어보았다.

“아니지 말입니다!”

사실이었다. 하지만 조장림은 급히 부정했다.

"우리는 그저 전룡대장님의 영향을 받아 칠성표국에 취직했습니다. 녹림은 잠깐 있기는 했는데 칠성표국으로 오면서 완전히 정리했습니다. 정말입니다."

조장림이 변명을 늘어놓았다. 어차피 녹림에 남은 것은 없었다. 녹림에 가족이 있는 사람들은 그들을 곡부로 데려다놓은 지 오래였다. 이제 곡부와 칠성표국이 그들의 생활 기반이고 미래였다.

"다른 소표두들은? 다섯이 녹림이라면 아직 열이 남아 있는데?"

강대영이 지끈거리는 머리를 잡고 다시 물었다. 더 듣기 두려웠다.

"저기, 저희들은."

남궁재호가 조심스럽게 입을 열었다. 조장림이 녹림 출신이라고 밝혀도 그리 큰 문제 없이 넘어가는 것처럼 보였다. 적어도 당장은 불호령이 없었다. 같은 표사 출신인 자신은 반응이 훨씬 좋을 것만 같았다.

"저희는 사실 동종업계의 사람들입니다. 중원표국 출신이거든요. 저까지 다섯이지요. 저희도 광룡 대인의 영향을 받아 칠성표국에 취직했습니다."

남궁재호가 억지로 웃음을 띠며 말했다. 조장림이 했던 이야기를 따라 하면 안전빵일 것으로 생각했다.

"그 녀석의 영향을 받았다고? 너는 아까 그 녀석이 광룡일 리가 없다고 소리치지 않았냐?"

강대영이 의심이 가득한 눈초리로 재호를 보며 말했다.

'아차!'

재호는 그때서야 호위대장 앞에서 자신이 했던 행동들이 생각났다.

명백한 실수였다. 주변의 동료들이 질책의 눈빛으로 재호를 쳐다봤다.

"됐다. 그럼 나머지 다섯은? 이보게, 석 조장. 너희들도 모두 한곳에서 왔나?"

강대영이 암룡대장 쪽을 보면서 물었다.

"그렇습니다. 사실 저희들은 정의문 소속입니다. 전룡대장님의 지시에 의해서 칠성표국의 표사가 됐습니다."

암룡대장이 거짓말을 섞어서 진실을 말했다. 그는 앞서 두 명이 어떻게 변명하는지를 잘 봐두었다. 모두 자신처럼 첩자로 칠성표국에 침투했다는 것은 이미 짐작하고 있었다. 그러나 그들의 변명은 배워둘 만했다. 그렇게 보자면 가장 그럴싸한 조건을 가진 것은 자신들이었다. 암룡대가 비록 비밀 무력 부대이고 지저분한 일을 하던 곳이기는 했다. 그래도 정의문 소속이라는 것은 분명한 사실이었다.

암룡대장의 말에 녹림과 중원표국 출신 소표두들의 눈이 날카로워졌다. 광룡과 가장 가까운 것은 같은 정의문 출신일 것 같았다. 경쟁심과 질투가 불같이 일었다.

"그렇단 말이지. 다들 그 녀석이 끌어들인 거란 말이지."

강대영이 의자에 앉아 고개를 젖히고 천장을 쳐다보면서 말했다.

"우리 표국이 급성장해서 좋아했더니 그건 모두 네 녀석이 도와준 덕분이었구나."

강대영이 중얼거렸다. 탓할 일은 아니었다. 미리 말해 주지 않은 것이 서운할 뿐이었다. 소표두들은 그런 강대영의 눈치를 살피며 쭈뼛거리고 있었다.

"이 녀석은 지금 어디에 있을까. 따져 묻고 싶은 일이 많거늘."

　강대영이 혼잣말을 했다. 현 상황은 이해가 안 가는 것이 한두 가지가 아니었다. 하지만 이미 나타난 증거들만 가지고도 한민택이 광룡임은 의심할 여지가 없었다.

　"도대체 지난 십 년간 네 녀석에게는 무슨 일이 있은 거냐?"

第三章

무림에 소문이 퍼지고 있었다. 강대영이 사람들을 만나며 허탈해하고 있는 그사이에도 소문은 빠르게 움직였다.

"그거 들었어?"

주점에서 한 사내가 친구에게 이야기를 꺼냈다.

"뭘?"

맞은편의 사내가 시큰둥하게 말했다. 그 모습을 보고 처음 말을 꺼낸 사내는 의기양양해졌다. 자기도 오늘 들은 참신한 소문이었다.

"광룡 알지?"

"전룡대장 광룡? 당연히 알지."

"그 광룡이 지금 표사 일을 하고 있다면 믿겠냐?"

“새끼가 술을 너무 처먹었나. 왜 짖고 난리야?”

맞은편의 사내가 헛소리하지 말라는 듯이 말했다.

“그렇지? 안 믿기지? 나도 안 믿었어. 그런데 아무래도 사실인가 보더라고.”

“말도 안 되는 소리 그만 하고 술이나 드셔.”

“짜식들. 그게 니 녀석들의 한계다. 이 형님은 말이다. 한번 딱 듣고 나니까 배경이 다 파악되더란 말이다.”

사내가 뿌듯해하면서 말했다.

“그럼 배경이 뭔지 한번 풀어봐라. 안주거리나 삼자.”

“일단 광룡은 그 출신이 알려지지 않은 사람이잖아? 말 그대로 신비인이었지. 그런데 이번에 그 출신 배경이 밝혀졌어. 바로 칠성표국이라는 산동 땅에 있는 표국이지.”

“표국 정도에서 어떻게 그런 고수가 나오냐?”

“어허, 말 끊지 말그라. 자잘한 문파에서 절대고수가 나오는 경우가 귀하긴 하지만 아주 없었던 것도 아닌데 왜 안 되겠냐? 표국은 처음이지만 거기도 칼밥 먹고사는 곳인데 아예 불가능한 이야기는 아니지. 하여간 그의 출신이 표국이었고, 최근에 정의문에서 나와서 그 표국으로 돌아갔다고 하더라고. 출신 문파로 돌아가다니. 아니지. 표국은 문파라고 부르기는 좀 부족한가? 하여간 출신 표국으로 돌아갔어. 왜 그런 짓을 했는지는 알려지지 않았지만 말야. 그런데 나는 알 것 같다. 아마도 표국에 애인이라도 있었을 거야. 사랑을 찾아 돌아간 거지.”

사내는 확신에 찬 듯이 말했다.

“그건 니 추측이냐?”

맞은편의 사내가 비웃으며 말했다.

"나니까 이런 추측을 하지, 그럼 니놈이 보기에는 뭐 같냐?"

"그럼 표국에 금덩이라도 숨겨놨나 보지. 하여간 니 말이 진실이라고 치자. 말도 안 되지만 심심하니 그렇다고 치자고. 그럼 그 칠성표국이라고 하는 곳은 광룡이 있는 곳이란 뜻이네? 이야, 그거참 대단하구만."

맞은편의 사내가 박수까지 치면서 말했다. 생각해 보니 재미있는 이야깃거리였다.

"그렇지? 칠성표국을 친다는 건 광룡에게 시비를 건다는 뜻이고, 그 말은 그 무섭다는 전룡대나 사파 척살 전문 문파인 정의문과 한 판 붙자는 소리지. 중원표국 같은 곳을 보라고. 거기가 그렇게 큰 이유는 구대문파와 선이 닿아 있어서라고 하잖아. 그런데 칠성표국은 아예 광룡이 직접 표사 일을 하는 곳이야. 지금까지 이런 표국은 없었어. 이건 완전히 돈만 주면 정의문이 물건을 호송해 준다는 거랑 마찬가지 이야기잖아. 그야말로 확실한 표행이지. 그래서 지금 세상의 상인들이 칠성표국과 줄을 대려고 난리라 하더라고."

"상인들이? 표물 때문에?"

"그라지. 싼 거는 몰라도 중요한 물건은 가려서 맡겨야지. 칠성표국이 맡아주기만 한다면 감히 어떤 도적 놈이 건드리겠어? 녹림맹조차도 광룡에게 박살났는데 말야."

"하긴, 이야. 칠성표국 쥔장이 누군지 몰라도 떼돈을 벌고 있겠구만. 정말 부럽다."

맞은편 사내가 술을 들이켰다.

*   *   *

　"우하하하! 어서 드시지요. 오늘 내가 쏩니다. 우하하하!"

　칠성표국주 윤길이 크게 웃으면서 말했다. 제법 큰 규모의 상단 소속 사람들이 칠성표국의 국주인 윤길을 계속 찾아왔다. 연일 많은 수의 사람들이 그를 못 만나 안달했다. 그 때문에 윤길은 기분이 째지도록 좋았다.

　"하하, 사실 한민택, 아니, 광룡 그 형이 말이죠. 내가 어릴 때부터 형님 동생 하면서 지내던 분이란 말입니다. 우리 광룡 형님이 일을 하실 때는 항상 나를 같이 데리고 다니셨죠. 으하하!"

　윤길이 연신 웃음을 참지 못하고 떠들었다. 진실도 조금은 있는 이야기였다. 민택은 윤길보다 나이가 좀 많았다. 윤길이 어릴 때는 아저씨라고 하기는 좀 적고 형이라고 하기는 차이가 좀 나서 형님이라고 부르곤 했다. 그러니 그의 말은 분명한 사실이었다. 그러나 윤길도 이번 일이 있고서야 겨우 기억해 낸 일이었다. 물론 기억이 살아난 순간 그것은 확고불변한 진실이 되어버렸다. 이제 윤길의 머리 속에 민택은 그의 형님이었다.

　그런 윤길을 찾아오는 것은 보통 두 부류의 상인들이었다. 하나는 칠성표국에 대해서 확실한 정보 없이 인연을 트기 위해서 온 상인들이었다. 자신들의 소속 상단이 표물 운송을 의뢰할 때 칠성표국과의 계약 체결이 쉽도록 미리 안면을 트고 기름칠을 하러 온 사람들이었다. 그들은 처음부터 국주를 찾았다.

다른 한 부류는 칠성표국에 대해서 나름대로 정보를 수집한 사람들이었다. 그들은 칠성표국을 실제로 이끄는 것은 총표두 일수삼검 강대영이며 국주는 단지 표국을 물려받았을 뿐 그 운영에는 손톱만큼도 관심이 없다는 것을 알았다. 정보력이 좋은 곳은 광룡이 어른으로 대우하는 것이 국주가 아니라 총표두인 것도 파악하고 있었다.

그러나 그들이 그 사실을 알면서도 윤길의 앞에 앉아 있는 것은 한 발 늦었기 때문이다. 총표두는 그들보다 더 발이 빠른 자들을 만나고 있었다. 그나마도 극히 제한된 숫자만을 만났다. 순번이 느린 상인들은 총표두를 만나기 위해서 마냥 기다려야 했다. 그들에게 윤길은 닭이었다. 꿩 대신이었다.

"대단하십니다. 그분의 아우시라니."

상인 하나가 감탄하는 척하면서 말했다.

칠성표국에 관심을 가지는 상인들은 두 가지로 나눌 수 있었다. 칠성표국에 일을 맡기고 싶어하지 않는 상인과 맡기고 싶어 안달이 난 상인이었다.

맡기지 않으려고 하는 곳은 보통 구대문파와 관계가 있는 곳이었다. 구대문파가 만든 북무림맹과 충돌한 광룡이었다. 따라서 그 광룡이 있는 칠성표국에 일을 맡기지는 않았다. 맡기고야 싶었지만 그러면 뒤가 껄끄러웠다. 거기에 더해서 구대문파와 관련이 없는 표국 일부도 칠성표국을 택하지 않았다. 혹시 칠성표국의 표행이 구대문파의 해꼬지를 당하지나 않을까 걱정하는 상인들이었다.

그러나 그런 상인들보다 훨씬 많은 숫자는 칠성표국에 물건을 맡기고 싶어했다. 북무림맹은 구대문파가 주도해서 만든 곳이었다. 이 땅에 정의를 세우는 것을 지상 목표로 하는 곳이었다. 그들은 어지간한 일로는 다른 정파를 공격하기 어려웠다.

그리고 표국이라고 하는 곳은 정파 성향이었다. 표국의 적은 녹림 같은 도적들이었고 그들은 모두 사파였다. 따라서 사파의 적인 표국은 정파라고 볼 수밖에 없었다.

광룡이 칠성표국을 이용해서 구대문파와 싸우는 것도 아니었다. 광룡은 남무림맹으로 훌쩍 떠나서 싸움을 벌이고 있었다. 구대문파에서 칠성표국을 공격할 명분이 없었다. 죄없는 정파를 공격하는 것은 자신들의 명분을 깨는 자살 행위였다. 표국을 공격하는 것은 사파다운 짓, 사파에게 공격당하는 표국을 지켜주는 것은 정파다운 짓이었다.

그래서 안심하는 상인들이 칠성표국으로 몰려들었다.

매일매일 면담 요청을 하는 상인들의 대부분을 거절하고 하루에 두어 번만 상담을 하는 총표두 강대영이었다. 그리고 일단 계약부터 하기를 원하는 상인들을 좋은 말로 돌려보내는 것도 매일 벌어지는 일과였다. 그는 아직도 현실이 잘 믿어지지 않았다.

그리고 이제 정말 믿을 수밖에 없는 일이 일어났다.

섭병삼이 십여 명의 전룡대원들과 함께 그를 방문했다. 전룡대가 직접 찾아왔고 칠성표국 주변에서 어슬렁거리던 상인들 중 그들을 알아본 사람도 있었다.

"낯이 익은 분이시군요."

강대영이 물었다. 섭병삼의 얼굴이 설지가 않았다.

"곡부에서 대장님과 꽤 많은 접촉을 했습니다. 대인께서는 신경 쓰지 않으셔서 모르셨겠지만 우린 몇 번쯤 스쳐 지나쳤지요."

섭병삼이 공손히 말했다. 광룡이 강대영을 어떻게 생각하는지 잘 아는 섭병삼이었다. 그의 자세에서는 진심이 우러나왔다.

이제 더 이상 의심할 수도 없었다. 섭병삼의 모습을 보고 말을 들으니 생각났다. 광룡과 같이 걸어가는 모습을 몇 번 본 기억이 났다. 그때는 그저 새로 만든 똘마니라고 생각했다. 그런데 그 똘마니가 그 무섭다는 전룡대원이었다.

"그래, 당신들도 그 녀석이 여기 있는지 알아보러 찾아오셨소?"

강대영이 걱정스레 물었다. 현실을 피할 수는 없었다. 그러고 나니 새로운 문제가 다가왔다. 광룡은 현재 매화이십사수를 부수고 실종된 상태였다. 그의 안전이 걱정되었다.

"예. 혹시 아시는 것이 있으신지요?"

섭병삼이 그다지 기대하지 않으면서 물었다. 이미 칠성표국에서 일어난 일에 대해 소문을 들었다. 자신의 앞에 많은 사람들이 들렀지만 누구도 광룡의 행방에 대해서 알아내지 못했다. 곡부에 서점들을 만든 전룡대였다. 칠성표국에서 일어나는 일에 귀를 기울일 정보원 몇 명쯤은 고용해 두고 있었다. 곡부에서 전룡대의 귀는 어둡지 않았다.

"휴우. 알지 못하니 걱정이군요. 어디서 해라도 입은 것은 아닐지."

강대영이 한숨을 쉬었다.

"대장님은 불패무적이십니다. 누가 감히 그분께 해를 끼칠 수 있겠습니까? 지금 반격을 위한 작전을 만드시느라 잠시 모습을 감추신 것이 틀림없습니다. 석민이가 함께 사라졌습니다. 그분이 원해서 떠났다는 뜻입니다. 우리를 아예 떠난 것은 아니라는 뜻입니다."

섭병삼이 주먹을 꽉 쥐고 말했다. 그는 그렇게 믿었다.

"석민이? 그놈의 자식. 돌아오기만 해봐라. 지옥을 경험시켜 줄 테다."

강대영이 같이 주먹을 쥐었다. 민택이 딴 길로 빠지지 않도록 해야 하는 임무를 가진 것이 석민이었다. 이번 일에는 몰라도 예전에는 그런 이유로 동행을 허락했다. 그런데 오히려 같이 사라졌다. 강대영이 이를 갈았다. 목검이라도 몇 자루 더 준비해 놓을 생각이었다.

"소식은 들었는가? 진짠가?"

검군장주 손우철이 아직도 믿어지지 않는다는 표정으로 말했다.

"예. 그간 알아본 바에 의하면 틀림없는 사실입니다. 의심의 여지가 없습니다. 칠성표국으로 몰려드는 상인들은 그렇다 칠 수 있습니다. 하지만 칠성표국을 방문한 사람들은 예사롭게 넘길 수 없는 자들입니다. 무당번천장이나 제갈세가의 사람이 찾아왔을 뿐 아니라 정의문의 호위대장, 그리고 전룡대원들까지 칠성표국을 방문했습니다."

낙화검 함성호가 침착하게 대답했다.

"정말 사실이란 말인가?"

손우철이 연신 중얼거렸다. 도저히 믿어지지 않았다.

"장주님, 이 상황에서 의심은 미친 짓입니다."

함성호가 검군장주 손우철에게 충고했다.

"그가, 그 표사가 광룡이었다니. 칠성표국. 뭔가 있는 놈들이라고는 생각했지만 이건 정도를 넘어서잖아. 감당이 안 돼. 혹시 그동안 우리가 광룡에게 박대한 적은 없는지 걱정이 되는군. 세상에. 감히 광룡을 박대하다니. 만약 그랬다면 그건 정말 큰일이야."

손우철이 겁을 집어먹고 말했다.

"장주, 걱정하지 마십시오. 우리 검군장과 칠성표국은 지금 좋은 관계를 유지하고 있습니다. 생각해 보십시오. 칠성표국의 표행에 우리 무사들이 참여하고 있습니다. 칠성표국의 지국 확장 계획은 우리 검군장 무사들의 도움을 기반으로 하고 있습니다. 한솥밥만 먹지 않았다 뿐이지 이 정도면 한편이나 다름없습니다."

낙화검 함성호가 강하게 말했다. 검군장주가 그런 함성호의 손을 와락 잡았다.

"그렇지. 우리는 광룡과 남이 아니야. 한편이야. 하하! 그래, 그러면 되는 거야. 이건 모두 성호 네 공이다. 네가 있어 우리가 칠성표국과 좋은 관계가 된 거야. 정말 장하다."

검군장주 손우철이 진심으로 말했다. 한때 검군장이 칠성표국을 질시하며 관계를 멀리하려고 한 때가 있었다. 그때 앞장서서 칠성표국과의 관계 개선을 위해 뛰어다닌 것이 함성호였다. 칠성표국의 가치를 일부나마 미리 파악했다. 손우철은 그 사실을 잊지 않고 있었다.

"지금은 검군장 최대의 기회입니다. 잘만 하면 우리 검군장이 크게 성장할 수 있습니다. 등에 광룡을 업을 수 있습니다. 앞으로 잘하셔야 합니다."

함성호가 눈을 반짝이며 말했다.

"장하다, 장해. 내 너를 전적으로 믿으마. 앞으로 칠성표국에게는 모든 일을 양보하고… 아 참, 우리 지명이가 칠성표국 표사와 안 좋은 일이 있지 않았나? 그 표사가 광룡이었던 것 같은데? 설마 아니겠지?"

손우철이 갑자기 얼굴을 창백하게 굳히며 말했다.

"소장주는… 지금 이불을 뒤집어쓰고 떨고 있습니다. 강제로 이불을 벗겨보면 계속 머리를 만져 보면서 쪼개지지 않았는지 확인하고 있다고 합니다."

함성호가 말했다. 그 말을 들은 검군장주는 안타까웠다. 자신의 하나밖에 없는 아들은 천하의 광룡과 시비를 붙었던 사이였다. 그것도 그를 음해하기 위해서 사람을 쓰다가 깨졌다. 광룡의 무림에서의 지위와 권력은 고사하고 그가 가진 개인적인 능력만 생각하더라도 검군장을 엎어버리고도 남았다.

검군장이 매화이십사수 전체와 정면으로 부딪친다면 매화 한 송이라도 제대로 꺾을 수 있을까 의심스러운 상태였다. 검군장은 그야말로 광룡의 콧방귀에도 날아갈 판이었다. 검군장주는 눈을 질끈 감았다. 가만 놔두면 아들은 끝장일 것 같았다. 생각은 짧았다. 해법은 있었다. 선택의 여지는 없었다.

"성호야."

검군장주가 눈을 뜨고 함성호를 간절히 불렀다. 성호의 손은 꼭 쥔 채였다.

"말씀하시지요, 장주님."

"다음 대의 검군장주는 너다."

검군장주가 신중하게 말했다.

"헛! 장주님, 그게 무슨 말씀이십니까?"

함성호가 기겁을 하고 손을 빼며 물었다. 검군장은 연합체가 아니었다. 손씨 성을 가진 사람들의 가문이었다. 단지 손씨가 별로 없어 손가장이 아닐 뿐 소유는 분명히 손우철 개인의 것으로 되어 있었다.

"어차피 내 아들놈은 광룡에게 죄를 지었다. 그 녀석이 전면에 나서서 내 다음 대의 검군장주가 된다면 어떻게 되겠느냐? 광룡이 어느 날 옛 기억이 생각날 수도 있다. 아니지. 그가 유감이 있었다면 벌써 일을 치렀겠지. 그냥 어느 날 술이라도 마시다가 그 이야기를 부하들에게 말한다고 생각해 봐라. 그들이 화를 참지 못한다고 생각해 봐라. 지명이가 장주로 있는 검군장은 그걸로 끝이다. 검군장은 정의문은 고사하고 전룡대의 한 끼 식사거리도 되지 못한다."

손우철이 걱정을 한가득 담고 말했다.

"장주, 걱정 마십시오. 소장주가 광룡을 건드린 후에 우리를 습격했던 복면인들이 있잖습니까? 그자들은 경고만 하고 물러갔습니다. 지금 생각해 보면 그들은 아마 전룡대 아니면 정의문의 고수들일 겁니다. 일은 그것으로 된 것입니다. 알고도 넘어갔습니다. 그들이 설마 속이 그렇게 좁겠습니까?"

함성호가 손우철을 설득했다.

"아니다. 그냥 잊고 지내기에는 너무 위험한 일이다. 언제 불씨가 돼서 우리 검군장이 불타 버릴지 모른다. 그들에게 걸리면 문파 하나쯤은 기왓장 하나 남지 않는다. 광룡과 전룡대의 복수가 얼마나 대단한지 잘 알지 않느냐? 당문의 복수는 양반이지. 차라리 네가 검군장의 후계자가 되어라. 그리고 나중에 검군장주가 되어라. 너는 우리 검군장에서 칠성표국과 가장 관계가 좋은 사람이다. 네가 검군장주가 되는 것이 장이 살아나는 길이고, 후환을 없애는 길이고, 우리 검군장이 크게 성장하는 길이다."

손우철은 간절했다.

"하지만 소장주는 어떻게 하라고 그런 말을 하십니까?"

함성호가 당황하며 말했다.

"지명이에게는 한재산 넉넉히 떼줄 테니 걱정 말아라. 평생 놀고먹을 수 있을 만큼 주겠다. 그리고 나중에 그 녀석이 무력을 필요로 하거든 네가 검군장의 힘으로 도움을 주면 된다. 지명이가 검군장주의 자리는 차지하지 못하지만 대신에 배 두들기며 속 편하게 살 수 있다. 네 도움이 있으니 누구에게 꿀릴 일도 없겠지. 차라리 그게 그 녀석에게는 가장 이익이다. 지금 상태로는 제 명에 못 죽는다."

검군장주가 냉정하게 말했다.

함성호는 그 말이 사실임을 알 수 있었다. 그들은 광룡에 대해서 잘 알지 못했다. 광룡의 마음이 언제 변할지 두려웠다. 어쩌면 이미 변했을지도 모른다는 걱정도 있었다. 예전에는 신분을 숨기느라 넘어갔지만 모든 것이 밝혀진 지금 그는 거리낄 것이 없어 보였다. 당장이라도 검군장의 소장주인 손지명을 내놓으라고 하면 어떻게 대처해야 할지 감도 잡지 못했다.

차라리 손지명을 소장주 자리에서 쫓아내는 것이 나았다. 지위는 잃되 실리는 얻는 것이 이익이었다. 그리고 해결법이 아예 없는 것도 아니었다.

"알겠습니다. 일단 후계자 자리는 제가 맡도록 하겠습니다. 그리고 이 한 몸 부서지는 한이 있더라도 검군장을 훌륭한 문파로 키우겠습니다. 그 누구도 우습게 보지 못하는 문파를 만들겠습니다. 하지만 걱정하시는 문제는 장주님이 장수하시면 다 해결되는 것입니다. 오래오래

사십시오."

함성호가 장주에게 고개를 숙이며 말했다. 모든 원한이 사라지고 광룡이 이 일을 까맣게 잊을 때까지 검군장주가 오래오래 살아남으면 해결되는 일이었다.

"그래, 오래 살아야지. 그게 나를 위하는 일이고 검군장을 위하는 일이고 내 못난 자식놈을 위하는 일이니까."

검군장주 손우철이 다짐했다.

중원 전역에서 칠성표국의 명성이 하늘을 찌르다 못해서 꿰뚫고 솟아올랐다. 한때 산동 지역을 울렸던 명성보다 훨씬 더 대단한 수준으로 전 중원을 뒤덮었다. 표국으로서의 명성은 중원표국을 넘어섰다. 넘치는 건 표행 요청이고 부족한 것은 표사들이었다.

"광룡이 나를 찾아왔던 그날 이후로 언젠가는 이렇게 될 줄 알았지. 에휴."

중원표국주의 한숨만 늘어갔다. 칠성표국 혼자 천하의 표물을 다 해먹을 수는 없었다. 애초에 불가능한 일이었다. 중원표국이 밥 굶을 걱정은 없었다. 하지만 중원에서 제일가는 표국이라는 간판이 위태로웠다. 그 걱정에 한숨이 늘어가는 중원표국주였다.

어차피 광룡은 일개 표국이 상대할 수 있는 사람이 아니었다.

석민의 이동 속도는 느렸다. 광룡을 업어야 했고 다른 사람의 눈을 피해야 했으며 산길로 이동해야 했다. 그래서 이제야 겨우 개봉 근처에 도착할 수 있었다.

"대장님, 개봉이 코앞입니다."

거지꼴이 된 석민이 말했다.

"나를 내려놓아라."

광룡이 말했다. 그의 부상은 대단히 심했다. 온몸에 칼을 맞고 피를 흘렸다. 내공을 지나치게 쥐어짠 후유증으로 운기조식이 제대로 되지 않았다. 그의 몸을 움직이는 것은 내공이 아니었다. 정신력이었다. 그는 의식을 잃지 않기 위해서 최선을 다하고 있었다.

"예."

석민이 광룡의 명령을 듣고 가슴의 매듭을 풀었다. 광룡을 그의 등에 묶어놓은 끈이었다. 광룡이 조심스럽게 땅으로 내려섰다.

광룡의 전신에는 칼에 의한 상처가 있었다. 매화이십사수와 싸우며 입은 상처였다.

석민이 광룡의 옷을 벗기고 상처 부위들을 조심스레 살폈다. 출혈은 석민이 처음 광룡을 구한 직후의 응급 처치로 모두 멈추었다. 석민이 사용한 것은 제왕금창산이기 때문이었다. 제왕금창산은 칼에 맞은 상처에 대해서는 최고의 약이었다. 그가 가진 것은 예전에 섭병삼이 전룡대원을 치료하라며 줬던 약이었다. 그때 석민은 전룡대원 치료에는 꼭 필요한 만큼만 사용하고 남은 약을 꼬불쳐 두었다. 언젠가는 팔아서 도박 밑천으로라도 쓰려고 깊게 숨겨둔 약이었다. 그리고 그것이 광룡의 상처를 치료하기 위해서 사용되었다.

그러나 제왕금창산으로 치료가 가능한 것은 외상이었다. 몸의 겉에 칼을 맞은 것은 치료할 수 있어도 속에 입은 상처까지 어쩔 수는 없었다. 그나마 지혈만 한 수준이었다.

내상을 입은 것이 더 문제였다. 내공을 운기해 내상을 다스려야 했다. 그러나 단전은 무리했고 기혈은 손상되었다. 막대한 출혈로 인해 피가 모자랐다.

"이제부터는 걸어가자."

광룡이 말했다.

"대장님, 그러다 쓰러지십니다요."

석민이 진심으로 말했다. 광룡의 상태는 서 있는 것조차 어려운 상태였다. 석민이라면 죽어도 백번은 죽었다. 광룡은 정신력의 한계를 보여주고 있었다.

“우리는 적의 심장부로 숨어들고 있다. 네가 나를 업고 간다면 의심을 살 수밖에 없다.”

광룡이 말했다. 사실이었다. 개봉은 북무림맹의 본부가 있는 곳이었다.

“알겠습니다.”

석민이 할 수 없이 대답했다. 광룡이 그렇다고 하면 그런 것이었다. 달리 무슨 방법이 있는 것도 아니었다.

일단 겉보기로는 아무도 광룡을 알아볼 수 없었다. 석민이 오는 도중에 훔쳐 둔 옷을 광룡과 함께 갈아입었다. 삿갓도 구해서 머리에 썼다. 그걸 쓰지 않았다고 하더라도 자신들의 얼굴을 알아볼 사람은 없으리라 생각했다. 그들이 화공을 데려다놓고 초상화를 그리게 한 적이 있는 것도 아닌데 처음 보고 알아볼 만한 수준의 용모파기가 존재할 리가 없었다. 있어봐야 선으로 대충 그려진 얼굴 그림이 고작이었다. 그런 것으로 초면의 사람을 알아볼 수는 없었다. 하지만 석민은 못내 불안해서 기어이 광룡의 머리에 삿갓을 씌웠다.

광룡은 비틀거리지 않기 위해서 최선을 다했다. 다리를 드는 동작이 천 근처럼 무거웠고 한 걸음 걸을 때마다 날카로운 고통이 전신을 자극했다. 아문 것은 피부뿐, 속의 상처는 그대로였다. 그의 몸에서 땀이 흐르기 시작했다. 슬슬 겨울에 들어서는 날씨를 생각할 때 정상은 아닌 모습이었다.

찬바람이 땀을 말리니 몸이 절로 떨렸다.

석민은 옆에서 안절부절못하고 있었다. 광룡이 얼마나 힘들게 걷는

지 충분히 짐작하고 있었다. 제왕금창산을 바르며 광룡을 치료할 때 상처의 정도를 보았다. 자신은 그 많은 상처 중에 하나만 당했어도 죽었을 것 같았다. 역시 절대고수는 아무나 하는 것이 아니라고 고개를 끄덕이기까지 했다.

그런 중상자가 걷고 있었다. 주변에 칼 든 무사들이 지나갈 때마다 그들이 자기들을 의심하지 않을까 심장이 쿵쿵거리는 석민이었다. 광룡이 땀까지 흘리자 그 걱정은 극에 달했다. 이제는 석민의 이마에서도 땀이 주룩 흘러내리기 시작했다.

광룡은 한 걸음 한 걸음이 괴로웠다. 석민의 등에 업혀서 움직일 때도 충분히 고통스러웠지만 지금도 힘들었다. 마음속에서는 포기하고 드러누우라는 유혹이 끝없이 일었다. 견뎌야 했다. 유혹에 지는 순간 죽을 것임을 예감했다.

그러나 광룡의 눈앞은 시간이 지날수록 점점 흐릿해졌다. 정말로 한계에 도달하고 있었다. 겉으로 보기에는 멀쩡히 걷는 것처럼 보였다. 하지만 그의 몸의 상처들은 조금씩 갈라지기 시작했다. 피가 다시 배어 나오고 있었다. 겨우 지혈한 것들이 터지기 시작했다. 피가 옷 위로 조금씩 번졌다.

"헉! 대장님!"

석민이 경악을 하며 광룡을 불렀다. 뭔가 조치를 취해야 했다. 하지만 방법이 생각나지 않았다.

광룡이 갑자기 근처의 집으로 쓱 걸어 들어갔다. 화들짝 놀란 석민이 얼른 광룡의 뒤를 따랐다. 석민은 좋은 생각이라고 보았다. 집주인을 잡아서 묶어두는 한이 있어도 광룡이 쉴 곳이 필요했다.

광룡의 눈앞에 노인의 모습이 보였다. 이미 눈이 흐려져 표정까지는 볼 수 없었다. 소리도 제대로 들리지 않았다. 하지만 옥지기노인이 틀림없었다.

"그간 잘 지내… 셨습니까?"

광룡이 힘겹게 한마디 했다. 그리고 풀썩 쓰러졌다.

*　　　　*　　　　*

"언니, 대인은 어디서 뭐 하고 계실까? 건강하실까? 혹시 어려움을 겪고 계신 건 아닐까?"

미진이 젓가락을 깨작거리면서 말했다. 그리운 님이 걱정되니 입맛도 없었다.

"천하의 대장님이야. 아무도 건드릴 수 없어. 걱정하지 마."

지영이 고기를 잘근잘근 잘도 씹어 삼키며 말했다. 전룡대원들에게 광룡은 말 그대로 절대적인 존재였다. 광룡이 위험해지는 경우 같은 것은 상상할 수도 없었다.

"폭호도 어쩌지 못한 대장님이야."

지영이 다시 한 번 다짐하듯 말했다. 스스로에게 하는 말이었다.

*　　　　*　　　　*

"어르신, 의원이십니까?"

석민이 조심스레 물었다. 광룡을 치료하는 노인의 손길이 꽤나 익숙

64

해 보였다. 노인은 성분이 뭔지 알 수 없는 약초나 고약 등을 광룡의 몸에 발라주었다. 그리고 정체를 알 수 없는 약을 혼수상태에 빠진 광룡에게 조심해서 조금씩 먹였다. 하는 손이 익숙한 것이 틀림없이 의원이었다.

"병은 치료할 줄 모르나 상처는 조금 만질 줄 안다네."

마침내 오랜 시간이 걸린 상처 치료를 마친 옥지기노인이 석민을 돌아보고 말했다.

"사람 치료하면 그게 의원이지 별게 있을라구요? 어쨌든 의방에 가기도 곤란했는데 다행이네요."

석민이 안도의 한숨을 쉬며 말했다.

"그렇게 곤란한 일을 한 건가?"

노인이 석민을 물끄러미 보고 물었다. 그 말을 듣고 무슨 소린가 의아해하던 석민이 잠시 후에 화들짝 놀랐다.

"아니, 난 그냥 말이 그렇다는 거지요, 말이. 의원은 돈도 많이 들고 말입죠."

석민이 급히 궁색한 변명을 했다. 이곳은 북무림맹의 본거지였다. 당연히 상처 입은 부상자들을 조사하는 자들이 있을 법했다. 그리고 광룡은 자신의 이동 경로를 철저히 숨기도록 명령했다. 그런데 자신은 정체를 완전히 파악하지 못한 노인에게 너무 쉽게 속내를 드러냈다는 생각이 들었다.

힘은 석민이 더 세지만 노인을 때리거나 협박해서 말을 듣게 할 수는 없었다. 석민이 아무리 돌대가리라 하더라도 눈치란 것이 있었다. 광룡이 그렇게 필사적으로 찾아왔고, 또 인사까지 하고서야 정신을 잃었다. 그 인사를 받은 사람이었다. 보통 신분은 아닐 거라고 생각했다. 그리고 광룡과 대단히 가까운 사람일 것 같았다. 어쩌면 숨겨둔 세력 같은 게 있지 않을까 하는 기대까지 했다. 그런 생각들이 석민을 방심하게 만들어 말이 쉽게 나오도록 했다.

"걱정 말게나. 내 다른 사람은 몰라도 이 사람은 믿지. 자네들이 무슨 일을 했는지는 모르나 그것이 악행은 아니라 확신한다네."

노인이 미소를 지으며 말했다.

"하하, 그것참. 잘 아시네요. 쩝."

석민이 무안한 듯이 머리를 긁적이며 말했다.

"그런데 대장님께 사용하신 약재는 도대체 뭔지요? 많이 쓰시는 것 같은데 혹 꼬랑지가 밟히지 않을까요?"

금방 다시 안심한 석민이 노인에게 캐물었다. 노인은 무슨 약초인지는 몰라도 꽤나 넉넉하게 쓰고 있었다.

"호오. 이 친구가 자네 대장인가? 표사 대장인가 보구만."

노인이 감탄하며 말했다.

"아, 예. 그렇지요. 하하."

석민이 반가워하며 대답했다. 노인은 광룡이 표사인 것을 알고 있었다. 그것이 석민을 아주 크게 안심시켰다. 광룡을 표사 한민택으로 알고 있나 보다 생각했다. 그리고 광룡이 표사인 것은 진실이었다. 같은 표사라고 생각하자 죽었던 자부심이 꿈틀거리고 일어났다. 그리고 노인은 석민이 자신의 말을 듣고 자랑스러워한다는 것을 표정에서 읽었다.

"뿌듯하군. 이 친구가 세상에 나간 지 겨우 사 년이 좀 넘은 것 같은

데 말일세. 길다면 긴 시간이지만 짧다면 짧은 시간인데 벌써 표사를 거느리는 대장을 하다니. 표사 대장이면 표두라는 뜻인가?"

노인이 기뻐하며 말했다.

"하하, 그렇지요. 우리 표국의 소표두이시거든요. 저랑 같은 소표두이지요. 제가 가장 존경하는 분이구요. 아, 우리 표국이 어디냐 하면."

석민이 신이 나서 말을 하기 시작했다. 입이 헤픈 석민이었다.

"그만 하게나."

노인이 석민의 말을 끊었다. 석민이 왜 그러냐는 눈으로 노인을 쳐다보았다.

"자네, 입이 꽤 싸군. 자네들은 쫓기고 있는 것 같은데, 그렇게 쉽게 신분을 떠들고 다녀서 어찌하려는 건가?"

노인의 말에 석민이 또 화들짝 놀랐다. 어느새 마음이 풀어져서 너무 많은 것을 떠들었다.

"죄송합니다요."

석민이 급히 머리를 꾸벅 숙였다. 원래 석민은 불우한 성장 환경의 원인으로 위아래가 별로 없었다. 그리고 그나마 있는 위에도 자기보다 약한 자는 두지 않았다. 그러나 그런 그도 노인에게는 뭔지 모르게 조심스러워했다. 그래야 할 것 같았다.

"됐네. 그리고 약재 문제는 걱정 말게나. 특별히 귀한 약재가 들어가는 것도 아니라네. 그나마 약방에서 돈 주고 산 것은 얼마 없고 주로 쓰는 것은 상처에 좋다는 민간 처방들이라네."

노인이 다시 미소 지으며 말했다.

보통의 옥지기와는 달리 그는 죄수들의 건강 상태에 관심이 많았다.

고문을 받고 상처투성이가 되어 들어오거나 체포 과정에서 저항하다가 칼을 맞고 들어오는 자들을 그냥 보고 있지는 않았다. 죄인이 많았지만 그래도 사람의 생명이니 살리고 싶었다.

그러나 옥지기의 봉급으로 그 많은 죄수들을 치료할 약을 살 수는 없었다. 돈이 있더라도 감옥으로 일반 의원을 데려와 치료를 시키는 것은 아예 불가능한 일이었다. 그래서 그는 상처 치료에 좋은 민간요법을 열심히 익혔다. 치료에 필요한 기본적인 약재와 그 사용법도 배웠다. 가르칠 사람은 얼마든지 구할 수 있었다. 오랜 세월 옥지기 생활을 하는 동안 투옥된 죄수들 중에는 의술에 능통한 사람도 여럿 있었다.

그런 식으로 노인에게서 여러 가지 도움을 받은 죄수들 중 일부는 풀려나고 나서도 곧잘 찾아와서 인사를 하고는 했다. 그중에는 삼류잡배도 있었고 도적 놈도 있었으며 누명을 벗은 고급 관리도 있었다. 그리고 광룡과 같은 무공고수도 있었다. 노인은 그들 모두를 반갑게 맞았다.

노인의 치료법은 수십 년을 상처 입은 죄수들에게 실습과 함께 보완해 온 것이었다. 수많은 죄수들을 상대로 실습한 실력이었다. 그 과정에서 나름대로 의술에 대한 깨달음도 있었다.

병을 고치는 재주는 평범했지만 상처 치료에 한해서는 일반 의원보다 훨씬 나았다. 잡초나 다름없는 싸구려 약초나 곰팡이 따위로 만들어내는 성과로는 경이적인 것이었다.

“예.”

석민은 그저 고개를 꾸벅일 뿐이었다. 어떤 길로 가든 광룡만 치료

돼서 일어나면 그만이었다. 어서 일어나서 그 눈빛으로 세상을 내려다 보고 적을 단칼에 쳐 죽이기만을 바랄 뿐이었다. 그렇게 해서 자신의 실수가 웃어넘길 수 있는 일이 되기만 바랐다.

"저, 그런데 그 약, 남은 거 좀 없나요? 남는 거 있으면 조금 주시면 좋을 텐데."

석민이 조심스럽게 말을 꺼냈다. 겨우 꼬불쳐 두었던 제왕금창산은 광룡을 응급 처치하는 데 모두 썼다. 이제 수중에는 싸구려 금창약 하나도 없었다.

"허허, 뭐 대단한 거라고 이걸 아끼겠는가? 하지만 지금은 이 친구 치료가 급하니 나중에 따로 챙겨주겠네."

노인이 시원하게 말했다.

"헤헤, 감사합니다요."

석민이 진심으로 말했다.

"감사는 무슨. 사람은 누구나 남을 돕고 살아야 한다네. 그리고 정의를 지키며 살아야지. 자네는 어떤 인생을 살았나? 스스로의 인생에 대해 만족하는가?"

시간이 남아도는 노인이 석민에게 질문을 했다.

"저 같은 놈이 남을 돕기는요. 그저 한 목숨 챙기기도 버거운데요."

석민이 쑥스러운 듯이 말했다.

"그럴 리가. 자네는 저 친구를 여기까지 데려오지 않았나? 그것으로 이미 하나의 덕을 쌓았다고 할 수 있지. 그건 저 친구가 자네에게 덕을 쌓았기 때문일 게야. 사람의 관계란 건 그런 거란 말일세."

노인이 석민에게 인생에 대해서 말하기 시작했다.

누가 뭐래도 그는 개망나니 한민택을 정의의 길로 인도한 사람이었
다. 석민은 노인의 말에 멋모르고 빠져들기 시작했다. 석민이 조금쯤
은 사람같이 될지도 모르는 기회였다.

*　　　　*　　　　*

"강남유성검, 정히 이렇게 나오셔야겠소이까?"

점창 적포검객이 눈썹을 세우며 말했다. 그의 뒤에는 십여 명의 무
사들이 늘어서서 똑같이 인상을 쓰고 있었다.

"흥! 점창은 나 같은 필부의 일에는 신경 쓰지 말고 그만 갈 길을 가
보시오."

강남유성검이 점창 적포검객을 보고 코웃음을 치면서 말했다. 그의
뒤에도 십여 명의 무사들이 코웃음을 치고 있었다.

"우리가 예전에 만나면 그래도 인사말 정도는 건네는 관계라고 생각
했는데 어찌 이럴 수가 있소이까? 그만 양보하시오."

점창 적포검객이 다시 강하게 요구했다.

"우리는 그럴 생각이 없으니 그만 가보시오."

강남유성검이 축객령을 내렸다.

"우리가 가긴 어디를 간단 말이오? 간다면 당신들이 가야 하지 않소
이까!"

점창 적포검객이 화를 내기 시작했다.

"저, 저기요."

둘 사이에 끼어 있던 십여 명의 무사들 중 하나가 조심스럽게 그들

70

을 불렀다.

"뭐냐!"

점창 적포검객이 매섭게 노려보며 물었다.

"두 분의 이야기는 천천히 하시고요, 우리는 그만 가도 될까요?"

무사가 조심스럽게 이야기를 꺼냈다.

"이놈! 지금 네놈들의 처분 때문에 우리가 이리 언쟁을 하는 것이 보이지 않느냐? 너희들은 가만히 있다가 우리 칼을 맞던지 순순히 묶이던지 하란 말이닷!"

점창 적포검객이 소리를 와락 질렀다.

점창 적포검객과 강남유성검 사이에는 별다른 은원은 없었다. 오히려 약간의 안면까지 있는 사이였다. 문제라면 점창 적포검객은 북무림맹에 소속되어 있고 강남유성검은 남무림맹에 소속되었다는 것뿐이었다. 그런데 그 한 가지 문제가 지금의 사태를 일으키고 있었다.

애초에 사혈련에 소속된 십여 명의 무사들을 쫓아온 것은 북무림맹의 점창 적포검객이었다. 십여 명의 무사들은 민가를 침입해 사람을 죽이고 돈을 빼앗는 짓을 저질렀다. 점창 적포검객은 부하들과 함께 이들을 추격해서 마침내 덜미를 잡았다. 객관적인 전력은 점창 적포검객 쪽이 우위에 있었으니 처치하는 데는 문제가 없어 보였다.

물론 사혈련의 무사들이라고 해서 저항을 쉽게 포기하지는 않았다. 객관적인 전력은 다소 밀렸지만 그렇다고 해서 싸워보지도 못할 만큼의 차이는 아니었다.

그런데 거기에 강남유성검 일행이 나타났다. 한 떼의 무사들이 급히 달려가는 것을 보고 무슨 일인가 싶어 추적해 온 것이었다.

북무림맹이든 남무림맹이든 지금은 창립 초기였다. 아직 공을 세운 자가 그리 많지 않았다. 따라서 일단 공을 세웠다 하면 그 결과보다 더 큰 인정을 받을 수 있었다. 그리고 초기에 인정을 받고 좋은 자리를 잡으면 더 큰 공을 세울 기회가 주어졌다. 나중에 가서는 공을 세우지 못한 자와 큰 차이를 벌릴 수 있었다.

그래서 점창 적포검객이나 강남유성검 모두 공을 세우는 데 눈이 벌게져 있었다. 먹잇감을 발견한 강남유성검이 이 좋은 기회를 포기할 리가 없었다.

사혈련의 무사들은 완전히 기가 죽었다. 두 무리 중 하나도 상대하기에 버거웠다. 이제는 선처만 바라고 있었다. 혹시 도망갈 기회가 없을지 눈만 두리번거렸다.

"정말 그렇게 나온다면 내 그냥 넘어가지 않겠소이다. 위에서는 뭐라고 하든 같은 정파의 사람. 그대를 그리 박대하고 싶지는 않았소. 하지만 남의 밥그릇을 빼앗아가는데도 구경만 하고 있다면 사나이라고 할 수 없지."

점창 적포검객이 결심을 한 듯 쇳소리를 요란하게 내면서 칼을 뽑았다.

"핑계 대지 마시오. 싸움에 자신이 없으면 없다고 할 일이지 무슨 말을 그리 거창하게 하시오? 점창의 검이 잘 벼려진 검인지 아니면 녹슨 쇳조각인지 오늘 한번 견식해 보겠소. 내 칼에 눈이 없으니 혹시 실수로 죽어도 후회하지 마시오!"

강남유성검도 거칠게 칼을 뽑으면서 맞대응했다.

"그대가 자처한 일! 하앗!"

점창 적포검객이 소리를 지르며 몸을 날렸다. 그의 검이 강남유성검을 향해서 뻗어나갔다.

구대문파 중에서 칼 좀 쓴다는 점창파였다. 점창파 장문인의 사제의 대제자가 검군장주와 맞먹을 정도로 검에 일가견이 있는 문파였다. 거기서 나름대로 이름을 얻은 점창 적포검객의 검이었다. 검끝이 펄펄 살아 있었다.

"제법이군!"

강남유성검이 감탄하며 몸을 재빨리 뒤로 뺐다. 점창 적포검객의 검이 하늘을 갈랐다.

곧바로 강남유성검의 검이 점창 적포검객을 노리고 화려한 직선을 그렸다. 천하에 유성검이라는 무림명을 쓸 수 있는 고수는 몇 명 없었다. 그중에서 강남유성검이라 불리는 그였다. 강남에서는 유성과 닮은 검법을 쓰는 자들 중 제일 유명하다는 뜻이었다. 그의 검이 한줄기 빛을 만들며 점창 적포검객의 가슴을 노리고 쏘아졌다.

점창 적포검객이 즉시 왼손을 뻗어 유성검의 검면을 후려쳤다. 내공이 실린 손이었다. 유성검이 빠르다 하지만 그의 손도 빨랐다. 검쯤은 손쉽게 밀어냈다. 충격에 밀려 강남유성검의 오른손이 왼쪽으로 젖혀졌다. 적포검객이 오른손에 든 검으로 솟아오르는 나선을 그리며 찔렀다. 유성검의 텅 빈 오른 어깨 뒤를 노렸다. 강남유성검이 허리를 부드럽게 숙였다. 어깨가 따라 내려갔다. 그의 허리가 굽혀지며 등이 드러났다. 점창 적포검객의 검이 강남유성검의 등 위를 스치듯 지나갔다. 나풀거린 강남유성검의 머리카락 몇 가닥이 잘렸다.

유성검이 허리를 숙인 상태에서 그의 오른손에 들린 검이 움직였다.

점창 적포검객의 다리를 노리고 땅을 낮게 깔며 지나갔다. 점창 적포검객이 그 검을 피해 허공으로 풀쩍 뛰었다. 강남유성검이 허리를 쭉 펴고 몸을 솟구치며 왼손을 갈고리처럼 만들어 점창 적포검객의 발목을 노렸다. 붙잡아서 메치려는 생각이었다. 점창 적포검객이 허공에서 떨어지기 전 두 발로 연환퇴를 화려하게 펼쳤다. 무수한 발 그림자가 강남유성검의 손을 공격했다. 강남유성검은 급히 팔을 당기며 한 걸음 물러섰다. 점창 적포검객도 일단 떠올랐던 몸에 연환퇴까지 펼친 결과로 한 걸음 뒤쪽으로 내려섰다.

둘은 서로 호각지세임을 느꼈다. 몇 수 교환해 봤더니 만만치 않은 상대였다. 싸워서 질 건 아니었지만 그렇다고 이긴다는 보장도 없었다. 목숨을 걸고 싸우면 승률은 오 할이었다.

"에잇, 공격하라. 정파라고 보지 마라. 우리의 공을 탐내는 도적 놈들이라고 생각해라!"

점창 적포검객이 먼저 선수를 쳤다. 부하들이 강남유성검을 상대할 동안 자신은 상대의 무사들과 싸울 생각이었다.

"놈들이 먼저 움직였다. 한 놈도 살려 보내지 마라!"

강남유성검이 더 강한 명령을 내렸다. 남무림맹에는 북무림맹의 기준으로는 정파가 아닌 문파들도 다수 섞여 있었다. 그만큼 명분도 덜 따졌다. 그의 명령이 조금 더 험악한 이유였다.

게다가 강남유성검의 생각은 점창 적포검객과 그리 다르지 않았다. 그도 위험한 상대인 점창 적포검객보다는 만만해 보이는 북무림맹의 무사들 쪽을 노리고 검을 날렸다.

"조장님, 이거 분위기가."

"시끄럿. 야, 튀자. 조용히."

사혈련의 무사들이 그 모습을 보고 조심스레 몸을 빼기 시작했다. 그들은 두 마리의 호랑이가 서로 먹이를 노리고 싸우는 동안 조심해서 달아났다. 싸움의 결과를 보고 약해진 쪽으로 노리거나 하고 싶은 생각은 조금도 없었다. 그러다 상황이 변하면 끝장이었다. 지금은 그저 달아날 때였다.

중원 전체에서 남북무림맹은 크고 작은 충돌을 일으켰다. 싸움의 대부분은 그들의 총단이 있는 동쪽에서 주로 이루어졌다. 하남이나 산동, 하북, 강소 등등에서 치열한 경쟁이 이루어졌다. 곳곳에서 피를 흘리고 목숨을 잃었다. 남북무림맹의 갈등 상태는 점점 심해졌다.

그렇다고 사혈련이 안전해진 것은 아니었다. 다만 벼랑 끝에 몰려 있다가 이제 몇 걸음 안쪽으로 움직인 정도였다. 바람만 불어도 벼랑 아래로 떨어질 처지에서 엉덩이 깔고 앉을 자리만 겨우 마련한 상황이었다. 어차피 넘어지면 벼랑 아래로 갈 운명이었다.

*　　　　*　　　　*

"대장님이 계속 앓고 계신데 이런 것만 해서 되려나. 어르신 혹시 돌팔이 아녜요?"

석민이 투덜거렸다. 광룡이 노인에게 행한 태도를 보고 가졌던 신비감과 공경심이 조금씩 흐려지고 있었다.

"허허. 돌팔이지. 내가 그럼 의원이라도 되는 줄 알았는가?"

팔을 다쳐서 울고 있는 동네 아이의 상처를 치료해 준 노인이 웃으며 말했다. 아이의 엉덩이를 손바닥으로 철썩 때렸다.

"다 됐다. 상처에 흙이 들어가지 않게 조심만 하면 될 게다. 얼른 가보거라."

노인의 말에 아이는 빼액 울음소리를 내며 달려갔다. 열 걸음쯤 달리다가 뭐가 생각났는지 돌아섰다. 노인을 향해서 허리를 꾸벅 숙이고는 다시 뛰어갔다.

"아니, 돌팔이라면서 어떻게 우리 대장님을 치료한다는 거요?"

석민이 성질대로 버럭 화를 냈다.

"그 친구 참. 걱정 말게. 죽지는 않네. 그리고 의원을 찾아가면 안 되는 처지 아니었나?"

노인이 피식 웃으며 말했다. 그 말에 석민이 할 말이 없어졌다.

"그런데 왜 저렇게 못 일어나고 계세요? 아, 그러고 보니 대장님의 상처에도 흙이 꽤 많이 들어갔는데."

금방 기가 죽은 석민이 걱정스레 말했다. 아이의 상처에 흙이 좋지 않다는 말이 생각났다.

"상처에 좋은 약을 써서 지혈을 한 것은 좋았네. 그런데 넘치면 모자람만 못하다 하던가. 상처를 깨끗한 뜨거운 물로 잘 씻고 치료했으면 좋았으련만. 아니면 먼저 냇물에라도 씻고 나서 했다면 괜찮았을 것을. 상처에 흙이 잔뜩 들어간 것을 제대로 씻어내지도 않고 치료를 했더군. 상처를 오염시킨 흙도 썩은 흙 같고. 아마 진흙 같은 거겠지. 저 친구는 그것이 상처의 새 살과 뒤엉켜 있는 황당한 경우라네. 그 흙들은 결국은 몸 밖으로 밀려나겠지만 당장 그것들이 병을 일으켰네.

저 친구는 지금 심하게 앓고 있어.”

노인이 광룡의 상황을 설명했다.

“그게, 그게 나 때문이란 거요? 그때 어떤 상황인지 알고 그래요? 그
땐 그럴 수밖에 없었다니까!”

석민이 눈을 치뜨고 소리쳤다. 자기가 잘못해서 광룡이 앓고 있다는
말로 들었다. 버럭 성질을 냈다.

“진정하게나. 죽지는 않는다니까. 이런 종류의 상처에 대한 치료 경
험은 충분하니 걱정 말게. 그건 그렇고 내 집에서 자네 너무 큰소리를
치는군.”

웃던 노인이 얼굴을 굳히며 말했다. 그 말을 들은 석민은 뜨끔했다.
금방 자신의 신세를 생각해 냈다. 광룡은 치료를 받아야 했다. 노인을
강제로 억압해서 치료를 시킬 수도 없었다. 광룡은 정성을 다해서 치
료해도 부족해 보일 만큼 심하게 앓고 있었다. 그리고 노인은 광룡이
그 부상 속에서도 예의를 다한 사람이었다.

결정적으로 자기는 지금 개봉에서 믿을 수 있는 사람이 눈앞의 노인
밖에 없었다.

“아니요. 그게 아니구요. 사실은, 음. 죄송합니다.”

석민이 결국 고개를 꾸벅 숙이며 사과를 했다.

“괜찮네.”

노인이 다시 미소를 지으며 말했다.

“그런데 대장님과는 어떤 관계이신가요?”

석민이 그걸 확인하고 싶어서 노인에게 물었다. 그걸 알아야 앞으로
노인에 대한 대우를 결정할 수 있었다.

"그러는 자네는 저 친구와 어떤 관계인가?"

노인이 석민에게 다시 물었다. 그도 석민과 민택의 관계를 알아야 했다. 민택은 어떻게 보면 탈옥수였다. 물론 기록에는 없는 탈옥수였다. 하지만 석민이 예전의 개봉부윤을 찾아가서 밀고를 할지 모르는 일이었다. 서로의 관계를 알아야 했다.

"아, 저요? 저는 사실 말이죠. 음. 어디부터 이야기해야 할래나. 가문 이야기를 먼저 해야 설명이 될 텐데. 그럼 할 말이 너무 많은데."

석민이 중얼거렸다. 요새는 숨어 있느라 워낙 대화가 없으니 그 큰 입이 심심한 석민이었다. 게다가 입이 싼 석민이었다. 노인에게는 민택이 광룡임을 털어놔도 괜찮을 것 같았다.

"남는 것이 시간인데 뭐 그리 급한가. 천천히 풀어놔 보게."

노인이 말했다. 그 말에 석민이 피식 웃었다.

"하긴 그렇네요. 그럼, 어려서부터요. 사실 제가 태어난 곳은 제갈세가거든요. 제갈세가 아세요? 무림인이 아니시라도 아실 거예요. 더럽게 유명하니까. 그런데 거기서……."

석민이 자신이 처음 태어났을 때부터의 이야기를 시작했다. 그렇게 제갈세가 출신이란 것과 어떻게 자랐는지를 말했다. 그리고 어떻게 떠돌다 칠성표국에 들어갔는지를 말했다. 표사 생활이 어땠는지 이야기를 하느라 한참의 시간을 소비했다. 노인은 지루해하지 않고 잘 들어주었다.

그리고 광룡과 만난 이야기를 했다. 광룡을 따라 모험을 하며 사파들을 무찌른 이야기를 했다. 그사이에 팽지영이라는 아주 예쁜 아가씨 이야기를 했다. 마침내 긴 이야기가 최근으로 넘어와서 광룡이 적을 홀로 찾아가는 곳까지 왔다. 그는 전룡대를 찾아 광룡을 도우러 가야 했다. 그리고 거기서 왕기훈에게 붙잡혀 임무를 완수하지 못했고 그래서 광룡이 중상을 입은 이야기를 했다.

"그런데 겨우 찾은 대장님이 여기로 가라고 하시더라구요. 그래서 저는 일단 대장님을 업고, 혹. 산길을 타고 개봉으로, 으허엉."

신나게 이야기하던 석민이 말미에 이르러 급격히 침울해지더니 급기야 대성통곡을 시작했다.

"제가 죽일 놈이에요. 제가 그 왕가 씨발놈한테 잡히지만 않았어도. 으헝. 으허엉."

석민은 아예 넋을 놓고 울었다. 자신은 고수가 아니라는 절망감과 광룡을 저 지경으로 만들었다는 죄송함을 마음속에 품고 있던 석민은 더 이상 참지 못하고 어린아이처럼 울어댔다.

노인은 그런 석민을 보다가 민택이 누워 있는 방을 쳐다보았다.

'큰 사람이 되었구나.'

노인이 생각했다. 그는 민택을 육 년간이나 보았다. 육 년 동안 민택이 얼마나 강해지는지 충분히 보았다. 단지 그 수준을 알아볼 눈이 없어 그저 뛰어난 고수의 범주에 든 것이라 추측했을 뿐이었다.

민택에게 자신이 가진 지식을 넘겨주던 그는 좋은 제자를 키우는 것이 스승의 즐거움이라는 것을 이해할 수 있었다. 하나를 가르치면 열을 익히고 깨닫는 민택이었다. 설사 자신이 이해하지 못하는 내용을 전해주어도 민택은 고심을 하다가 해답을 깨닫고 다시 설명해 주었다.

노인은 그 당시 민택에 대해서 걱정을 했다. 자신이 전해주는 지식들은 한 분야에서 일가를 이루었던 사람들에게서 전해 들은 것이었다.

그중에는 높은 직위에 오른 관리가 감옥에 갇힌 채 후회하며 전해준 정치의 비법도 있었다. 반면에 사기꾼이 심심파적으로 풀어놓은 남의 등 쳐 먹는 비법도 있었다. 다양한 분야의 살아 있는 지식이었다.

노인은 어떤 지식이든 쓰는 사람이 누구냐에 따라서 그 용도가 달라지는 법이라고 생각했다. 부엌칼이 주부의 손에 있으면 요리 도구가 되지만 도적 놈의 손에 있으면 사람을 찌르는 무기로 변하는 것과 같다고 믿었다.

그래서 그는 자신이 구할 수 있는 모든 정보를 전해주면서 민택에게 정의를 설파했다. 육 년 동안 왜 정의가 필요한지를 가르쳤다. 처음에는 삐딱하던 민택도 마침내는 교화되어 지하 감옥을 나갈 때는 정의가 왜 필요한지를 알게 되었다.

그런 민택이 표사가 되어서 돌아오자 조금 실망한 것도 사실이었다. 큰 사람이 되어 큰일을 할 줄 알았는데 평범한 일을 하는 것에 아쉬움을 느꼈다. 하지만 곧바로 마음을 달리 먹었다. 사람이 무엇을 하든 옳은 일을 하고 자신의 삶에 충실하면 그것도 좋다고 생각했다. 표사라고 하는 직업은 남의 짐을 지켜주는 일이니 민택이 맡은 표행의 상인들은 다리 쭉 펴겠다고 생각하며 축하해 주었다.

그런데 지금 그 민택이 사실은 광룡이라는 말을 들었다. 광룡이 누구인지는 노인도 알았다. 워낙에 유명한 존재인지라 무림인이 아닌 그도 그 명성 정도는 들어 알고 있었다.

다시 고개를 돌려 석민을 보았다. 어려서부터 쌓여온 세상에 대한 불만이 성격을 비뚤어뜨린 사람이 보였다. 감옥에서 사람들을 만나면서 이런 경우를 곧잘 보았다. 자신의 분을 참지 못하고 남을 배려할 줄 모르며 이익을 위해서는 언제든지 친구의 등을 칠 수 있는 자였다. 단칼에 베어버리는 것이 세상에 이익이었다. 해악만 끼치는 인간이었다.

하지만 노인이 보기에 석민은 개선의 여지가 있었다. 자신의 행동에 대해서 이렇게 후회할 수 있으면 가능성이 있었다. 남을 위해서 울어줄 수 있는 사람은 살아갈 가치가 있었다.

"엄마 아버지도 이젠 누군지 모르겠고. 나 같은 건 그냥. 으헝."

석민은 울음을 멈출 줄 몰랐다. 마음 깊은 곳에 잠자고 있던 의혹과 좌절이 뭉클뭉클 일어나서 그의 영혼을 손상시키고 있었다.

"그분들이 자네의 부모님이 맞다네."

노인이 석민에게 이야기했다. 조금이나마 사람처럼 만들어보기로 했다.

"에? 그게 무슨 말이십니까요? 훌쩍."

석민이 눈물이 떨어지는 눈으로 노인을 보면서 물었다.

"자네가 부모님이라고 믿는다면 충분하지, 더 무엇을 바란다는 말인가? 혹시 제갈씨인지 아닌지가 중요하다는 말인가?"

"그럴 리가 없죠. 제갈 따위 관심도 없어요."

석민이 즉시 부인했다.

"그것 보게. 자네가 생각하는 부모님이 누구인지가 중요하지 그분들의 신분이 무엇이냐가 중요한 것은 아니지 않은가?"

노인의 말에 석민이 고개를 열심히 끄덕였다.

"그렇습죠. 제갈 가문 따위는, 힝, 개나 주워가라지."

석민이 콧방귀까지 뀌며 말했다. 그의 민감한 부분을 건드리는 노인의 이야기에 어느새 말려들어 눈물도 멈췄다.

"그럼 그것으로 충분하지 않은가?"

노인이 미소 지으며 말했다.

"히히. 그렇지요. 충분하지요."

석민이 웃으며 말했다.

"그럼 제갈세가에서 받은 억울함을 좀 이야기해 보세나."

노인이 석민의 인생 이야기를 언급하기 시작했다. 과거의 상처부터 치료해야 미래에 쓸 만한 사람으로 만들 수 있었다. 미련은 털어버려야 아쉬움이 없었다. 과거에 발목을 잡혀서 미래를 망가뜨릴 수는 없었다. 울 줄 아는 남자를 위해서였다.

석민은 언제 울었냐는 듯이 신이 나서 떠들기 시작했다. 단순한 석민은 어느새 노인이 이끄는 분위기에 빠져들고 있었다. 노인은 그의 가슴속 막힌 것들을 시원하게 뚫어주고 있었다. 석민은 세상사를 모조리 잊고 노인과의 대화에 집중했다.

*   *   *

"이게 어떻게 된 거야? 우리가 밀리잖소. 그들을 끌어들이면 지지는 않을 거라며? 그게 제갈가의 방법이라며?"

속이 잔뜩 꼬인 하북팽가의 가주 팽도수가 제갈화일에게 따졌다.

"그거야 일시적인 전력 운용의 장애로 인해서 그런 거지요. 기다리면 곧 풀립니다."

제갈화일이 애써 별것 아니라는 듯이 말했다.

"전룡대는 광룡 찾는다고 싸돌아다니느라 전력에 도움이 안 되잖소?

당신이 큰소리치던 황궁의 사람들은 자잘한 전투에나 움직이고. 이놈이나 저놈이나 적극적이지가 않아, 적극적이지가."

팽도수가 연신 투덜거렸다.

"그건 모두 광룡만 찾으면 해결되는 일이지요. 그가 돌아오면 전룡대가 돌아옵니다. 그리고 전룡대가 공을 세우면 자극을 받은 황궁의 무사들도 적극적으로 싸움에 참여하겠지요. 둘의 전력 구조나 입장이 비슷하니 황궁 입장에서는 자존심 때문에라도 밀리고 싶지 않을 테니까요."

"그러니까 그 빌어먹을 광룡이 도대체 어디에 있냐니까?"

팽도수가 짜증을 버럭 냈다.

"자, 진정들 하시오. 상황이 이리된 것이 어찌 제갈가주의 탓이겠소? 우리 현 사태를 잘 헤쳐 나갈 길을 찾아봅시다."

남궁전성이 둘을 달랬다.

"사태가 어떤지 아시잖습니까? 아직은 같은 정파라고 해서 서로 간에 손을 쓰는 것이 조금 여유가 있습니다. 그럼에도 불구하고 꽤 많은 피해가 나고 있습니다. 벌써 많은 무사들이 죽었습니다. 이제 제갈가에서 그 잘난 머리로 해법을 내야 하지 않겠습니까?"

팽도수가 남궁전성을 향해 말했다. 하지만 눈은 제갈화일을 힐끗거리고 있었다. 비난의 의도가 보였다.

"좋은 방안을 강구 중이오. 쉽게 나온다면 어찌 좋은 방안이라고 할 수 있겠소? 우리 제갈세가 최고의 두뇌들이 작전을 구상하고 있으니 머지않아 좋은 결과가 있을 것이오."

제갈화일이 변명처럼 말했다.

제갈화일도 답답했다. 싸움은 조금씩 심해지고 있었다. 처음에는 한 번 붙어도 몇 명 다치는 수준이 고작이었다. 그러나 그런 일이 잦아지자 무사들의 감정이 악화되었다. 이젠 한번 붙었다 하면 사상자가 십여 명씩 나왔다. 그리고 그런 충돌은 허구한 날 벌어지고 있었다. 은연중에 소모되는 무사들의 수가 상당했다. 그중에는 전력의 핵심이라고 할 수 있는 고수들도 여럿 끼어 있었다.

제갈세가에서는 그에 대한 대안으로 북무림맹을 어르고 혼란시키는 작전들을 내놓았다. 성동격서도 써보고 허장성세도 사용했다. 하지만 자잘한 충돌이라면 모를까 큰 싸움이 되면 어느 것도 통하지 않았다. 북무림맹 지휘부가 관심을 가질 만큼 규모가 커지는 작전은 모두 지원에 의해서 간파되었기 때문이다.

'역시 광룡과 힘을 합쳐야 하거늘. 이 사람은 도대체 어디에 가 있길래 코빼기도 보이지 않는 거야? 정말 죽은 거 아냐? 젠장.'

초조한 제갈화일이 속으로 투덜거렸다. 그러나 사람들 앞에서는 느긋한 모습을 유지하고 있었다.

"우리 대인의 소식은 아직도 없나요?"

막 돌아온 섭병삼을 보고 미진이 눈물을 글썽이며 물었다.

"죄송합니다."

섭병삼이 고개를 꾸벅 숙이며 사과하는 것으로 대답을 대신했다.

"소녀 걱정이에요. 우리 대인이 무슨 큰일은 겪으신 건 아닌지."

미진이 안타까워하며 말했다.

"걱정 마십시오. 대장님 혼자 없어지셨으면 혹시 몰라도 아시다시피 지금 상황은 그리 나쁘지 않습니다. 일단 곰탱이가 같이 없어졌으니까요."

섭병삼이 확신을 가지고 말했다. 스스로에게 하는 다짐이었다.

"그리고 하가 그 여자도 같이 없어졌어요. 소녀, 차라리 그 여자의 꾐에 우리 대인이 넘어간 것이기를 빌어요. 그게 우리 대인에게 무슨 일이 생기는 것보다는 낫잖아요?"

미진이 슬픈 얼굴로 말했다.

"대장님이 미진 낭자를 생각하는 마음이 작진 않을 겁니다. 곧 돌아오시겠지요. 그리고 우리가 이렇게 찾고 있으니 어디 계시든 금방 소식을 알 수 있을 겁니다."

섭병삼이 미진을 위로했다. 미진의 우울한 얼굴을 보고 있으니 그까지 다 슬퍼질 지경이었다.

"정말 그럴까요?"

미진이 활짝 웃으며 말했다. 웃고 있는 그녀의 큰 눈에서 눈물이 뚝뚝 떨어졌다.

*   *   *

"그래서 남무림맹이랑 북무림맹이 맨날 머리가 깨져 가면서 싸우고 있다고 합니다요."

석민이 광룡의 옆에 앉아서 말했다.

광룡은 깨어났다. 노인의 말처럼 죽을 지경은 아니었는지, 아니면 그가 가진 생명력이 그만큼 강했는지는 알 수 없었다. 어쨌든 그는 살아났다. 그러나 정력을 소모한 몸을 일으키지 못하고 있었다. 온몸의 기운이 빠진 채로 멍하니 누워서 생각에 잠겨 있었다.

석민은 그런 광룡을 위해서 세상이 돌아가는 이야기를 물어왔다.

"그리고 싸움은 북무림맹에게 훨씬 유리하게 돌아간다고 하네요. 그 놈들이 연일 이기고 있다고 합니다. 작은 피해만 보고 남무림맹을 유린하고 있다고 소문이 돕니다요."

멍하니 있던 광룡이 조금 관심을 보였다. 석민은 그 모습을 보고는 신이 났다.

"어르신은 눈으로 본 진실도 사실은 거짓일 수 있다고 하시네요. 눈이 그 정돈데 귀로 들은 것을 어떻게 다 믿느냐고 하세요. 뭐, 어르신 말씀이니까 아마 맞겠지요. 그러니까 소문은 이래도 사실은 북무림맹이 그렇게까지 압도적으로 이기는 건 아닐 것 같다는 게 어르신의 판단이자 저의 생각이기도 하거든요. 하지만 지들이 관청도 아닌데 소문을 통제하면 얼마나 통제할 수 있겠어요? 소문이 이렇게 일방적으로 흐르면 북무림맹이 유리한 상황이기는 하다고 하시더라구요. 남북을 오가는 상인들도 많잖아요? 무림인들만 가지고는 지고 있는데도 이긴다고 소문을 낼 수는 없으니까요."

석민은 전직 옥지기노인에게 꽤 많은 교화를 받고 있었다. 그가 자신보다 무력이나 권력이 약한 사람을 자리에 없는데도 어르신이라고 부르는 것은 노인이 유일했다.

"물론 사혈련은 지금 완전히 초상집 분위기예요. 남북무림맹이 서로에게 쌓인 감정을 사혈련 소속 문파를 박살 내면서 풀거든요. 지금까지 생겼던 사혈련 중에서 이렇게 힘을 못 쓰는 곳은 없었다네요."

사혈련의 사정은 정말 최악이었다. 그들은 작은 승리는 거둬도 큰 싸움에서는 계속 박살이 났다. 사혈련은 병력을 집중하여 정파와 일전을 벌이는 일을 회피했다. 그 일에는 깊게 관여한 문파일수록 큰 피해를 입기 때문이었다. 그 덕분에 각각의 문파가 각개격파당하고 있었다.

"개를 잘못 패면 오히려 물리는 법이지."

광룡이 중얼거렸다.

"앗, 대장님!"

광룡의 말을 들은 석민이 반색을 했다. 광룡이 하루에 말을 하는 횟수는 극히 적었다. 종일 뭔 생각을 하는지 천장만을 바라보고 있었다. 그래서 석민은 광룡의 말 하나하나에 즉시 반응해 주었다.

"어르신도 비슷한 말을 하셨거든요. 궁지에 몰린 쥐는 고양이를 문다고 하시더라구요. 지금의 흐름은 정상이 아니라고 하시걸랑요."

석민이 노인에게서 들은 말을 전해주면서 속으로 감탄했다. 역시 뭔가 있는 사람들은 생각하는 것도 비슷하다고 느꼈다.

석민은 계속 떠들고 광룡은 멍하니 천장만 바라보았다.

광룡은 자신의 무공에 대해서 돌아보고 있었다. 그리고 그가 본 지원의 무공에 대해서 분석했다. 지원의 무공은 대단했다. 가진 초식은 몇 개 보지 못했지만 그것만으로도 미루어 짐작하는 데 부족함이 없었다. 걸음걸이는 무거웠고 봉은 가벼웠다. 봉은 가벼웠고 힘은 무거웠다. 힘은 무거웠고 몸은 가벼웠다. 가볍고 무거운 힘의 운용이 극에 달해 있었다. 거기에 속도까지 가지고 있었다.

광룡 자신의 무공도 못지않았다. 그의 도는 강했고 그의 발은 빨랐다. 광룡 역시 그 몇 개 초식의 끝을 보고 있는 사람이었다.

'그것만으로는 부족하지.'

광룡이 속으로 생각했다. 아무리 생각해도 자신의 무공이 지원보다 낮지는 않았다. 그렇다고 압도적으로 높다고 말하기도 어려웠다. 그것이 문제였다.

'단숨에 제압할 방법이 없다.'

광룡의 고민이었다. 지원은 소림의 주요 인사였고 정의회의 핵심이었으며 북무림맹을 이끄는 자였다. 그리고 절대고수였다. 그런 그와 싸워서 백중지세나 유지해서는 곤란했다. 오히려 초식의 다양함에 있어서는 광룡이 많이 밀렸다. 그는 자신의 내려치기와 올려치기, 그리고 한 걸음 걷기가 지원의 어떤 무공보다 뛰어나다고 자부했다. 그러나 그가 가진 필살기는 그게 다였다. 반면에 지원은 소림의 칠십이종 절예 다수를 익히고 그중에서 다섯 가지나 대성한 사람이었다. 무공의 다양함에서 광룡은 그의 상대가 되지 못했다.

가장 충격적인 것은 남들이 일도단천이라고 부르는 내려치기가 최초로 칼의 길을 가지 못했다는 점이었다. 예전에는 아무도 피한 자가 없었다. 최근에 겨룬 절대고수들도 피하기는 했을망정 막지는 못했다. 그러나 지원은 그것을 막아냈다. 그게 문제였다.

광룡은 자신의 무공의 위력을 재점검했다. 그리고 현재 상황에서는 지원을 단칼에 처치하기는 불가능하다는 결론을 얻었다. 지원은 어설픈 함정에 빠질 사람이 아니었다. 하지만 전장을 제압하기 위해서는 지원과의 싸움에서 일방적으로 이기지 못하면 곤란했다.

남무림맹이 밀리고 있다는 소문도 생각해 보았다. 자신이 쓰러지기 전의 정세를 고려한다면 소문은 아마도 사실일 것 같았다. 남무림맹의 물리적인 전력은 북무림맹보다 부족함이 있었다. 비록 남무림맹에는 머리로 유명한 제갈세가의 제갈화일이 있었지만 북무림맹에는 그 유명한 폭호 지원이 있었다. 머리로 이득을 얻기는 애당초 글러먹은 상황이었다.

어떻게든 전력비를 뒤집거나, 아니면 북무림맹의 두뇌를 없애야 남무림맹에 기회가 있었다.

무공이 아니라면 전투 부대의 힘으로 뭉개 버리는 수가 있었다. 그러나 그것도 쉽지 않았다. 광룡은 전룡대를 운용할 수 있었다. 그 전룡대는 기동력이 극히 뛰어난 부대이므로 적을 습격하는 재주가 탁월했다. 그러나 지원에게는 백팔나한대가 있었다.

광룡에게 있어서 전룡대가 백팔나한대를 이기느냐 못하느냐는 그다지 중요하지 않았다. 핵심은 전룡대가 별 피해 없이 백팔나한대를 깨뜨릴 수 있느냐였다. 그리고 그것 역시 불가능했다. 지원은 대단한 지장이며 맹장이었다. 그런 자가 이끄는 최고의 정예 부대를 상대하려면 넉넉하게 피를 흘려야 했다.

전룡대의 피를 보고 싶은 마음은 손톱만큼도 없었다.

그리고 설사 백팔나한대를 깨는 것이 가능하다고 하더라도 하고 싶지 않았다. 일단 해야 하는 상황이 온다면 상대를 몰살시켜 버리겠지만 그런 상황을 만들고 싶지 않았다. 백팔나한대는 정파의 상징 중 하나다. 가능하면 정파의 정기를 크게 손상시키고 싶지 않았다.

'어떻게 해야 하는가?'

몸의 기력을 회복하기 위해서 누워 있는 광룡의 고민이었다.

그를 괴롭히는 것은 또 있었다. 무엇이 정의이고 무엇이 악인지에 대한 혼란이었다. 북무림맹의 주축인 구대문파는 대표적인 정파였다. 그들은 중원무림의 정의의 기준이었다. 그러나 그들이 자신을 죽이려고 했다. 광룡 자신은 정의를 추구하는 사람이었다. 그리고 남들도 그렇게 생각해 준다고 알고 있었다. 그런 자신을 공격하는 북무림맹은 악이어야 했다. 그러나 사회의 인식은 그렇지 않았다. 그것이 그를 혼란스럽게 했다.

'정의란 무엇인가?'

그것이 광룡의 두 번째 고민이었다.

"자네가 하기 싫은 일은 남도 하기 싫은 법. 자네가 하기 싫은 일을 남에게 강요한다면 그것이 악행이 아니고 무엇인고?"

노인이 말했다.

"하지만 저도 하기 싫고 남도 하기 싫으면 우짜지요?"

석민이 질문을 했다.

"세상에는 흑과 백만이 있는 것이 아니지. 사물을 둘 중 하나로만 판단하는 우를 범하지는 말아야지."

노인이 다시 말했다. 그러나 석민은 머리를 긁적거렸다.

"그게 무슨 소리신지."

석민을 보면서 노인도 깨달은 것이 있었다. 석민은 민택이 아니었다. 민택과 같은 일문지십은 고사하고 십문지일도 되지 않았다. 그렇다고 석민이 집중력이 좋은 것도 아니었다. 열심히 노력하지도 않았다. 무작정 놀기만 좋아했다. 꿈과 목표를 위해서 지금의 고통을 참는 인내심도 없었다.

그래도 말을 듣는 귀는 있었다. 그마저도 없는 사람이 널려 있는 세상에서 그만하면 대화할 가치는 있었다.

"그것이 자네 일이라면, 남에게 시키는 것은 옳지 않아. 자네가 하기 싫은 일이라면 남도 하기 싫기 때문이거든. 하지만 모든 것을 그렇게만 볼 수는 없지. 사람이 물에 빠져 죽게 생겼고 자네는 수영을 할 줄 모른다면 주변의 물질 좀 하는 사람에게 지시를 해서라도 살려야 하겠지."

"물론 그렇긴 하지요."

"하지만 눈앞의 일이 자네가 해야 하는 일이라면 남이 해서 쉽다고 하더라도 무작정 강요하지 말아야 할 게야. 부탁은 하더라도 그것이 당연하다고 생각하지 말아야 한다는 뜻이지. 남은 그걸 하든 말든 상관이 없는 사람이지 않은가? 자네 일로 남에게 피해를 주는 것은 옳지 않은 일이야. 일을 시키더라도 상대가 납득할 만한 대가는 지불해야지. 그리고 대가가 없다면 적어도 미안해하기는 해야지. 그나마도 안 하는 사람이 많거든. 하여간 자네가 한 시진 할 일을 남이 하면 일각만에 끝난다고 해서 그걸 남에게 떠넘기는 것은 좋지 않아. 그건 자네 일이거든. 물론 예외도 있지. 그 일이 세상을 위해서 필요한 일이라면 이야기가 다르지. 그것을 하는 것이 정의이고 하지 않는 것이 불의라면 남이 하도록 만들어야겠지. 그러니."

노인이 싱긋 웃었다. 얼굴에 적당히 자리잡은 주름이 보기 좋게 모였다.

"어서 장작을 패게나. 이건 자네 밥값 아닌가? 남은 장작이 별로 없다네. 이걸 누구에게 미루려는 건가?"

노인이 말했다.

"알겠습니다요, 알겠어요. 이건 제 일이지요. 얼른 패지요."

석민이 도끼자루를 잡으며 말했다.

그때 방문이 덜컥 열렸다. 민택이 방에서 걸어나왔다. 심하게 잃아 창백한 얼굴이었지만 걸음걸이에 흔들림은 없었다.

"대장님!"

깜짝 놀란 석민이 민택을 불렀다.

자리를 털고 일어난 민택은 기본적인 활동을 했다. 우선 약해진 체력을 보강하기 위해서 몸을 움직였다. 칼을 휘둘러 자신의 무공을 점검했다. 그의 도를 따라 바람이 요동을 쳤고 땅이 진동했다. 그 모습을 보는 석민은 뜨끔뜨끔했다. 비록 사방이 막힌 창고 안에서 한다고 하지만 혹시나 누가 눈치채지나 않을까 두려웠다. 그렇다고 광룡이 하는 일에 딴지를 걸 수는 없었다.

광룡의 체력은 급속도로 회복되었다. 일단 자리에서 일어난 그의 몸은 빠른 시간 안에 단단해졌다. 단전과 기혈도 회복되어 내공이 운기되었다. 그만한 부상을 당했으면 신체적으로 약화될 법도 하지만 광룡에게는 해당되지 않는 일이었다. 그는 때릴수록 단단해지는 용광로에서 나온 강철 같은 사람이었다.

체력과 무공을 회복한 광룡이 자리에 멍하니 앉아 있었다. 그의 손에는 미진에게 주기 위해서 준비한 머리장식이 들려 있었다. 그의 피에 절어 있는 비단 주머니는 이미 변색된 핏자국에 의해서 검붉게 변해 있었다. 그리고 그 속에서 꺼낸 머리장식도 마른 피가 덕지덕지 붙어 있었다.

광룡은 그릇에 물을 준비했다. 그리고 머리장식을 정성스레 닦기 시작했다. 꼼꼼한 손길로 조그마한 흔적도 남기지 않았다. 핏자국을 다 씻어내고 마른 천으로 조심해서 닦자 머리장식이 반짝거리기 시작했다. 언제 그런 험한 일을 겪었냐는 듯이 빛을 반사시켰다.

그 머리장식을 물끄러미 바라보던 광룡이 그것을 비단 주머니에 다시 넣었다. 비단 주머니는 씻어서 해결하기 어려운 상태였다. 곡부에 돌아가서 예쁘게 다시 포장할 때까지 임시로 머리장식을 넣어두었다.

그리고 자리에서 일어났다. 이제 돌아갈 준비가 되었다.

민택과 노인은 방에 마주 앉아 있었다. 앞에는 민택이 예전에 선물한 차가 놓여 있었다. 차향이 방 안을 맴돌았다.

"정의를 추구하는 자들이라 생각한 북무림맹이 저를 죽이려 했습니다. 역시 정의를 추구하겠다고 선언한 남무림맹의 힘을 약화시키기 위해서였습니다. 그들은 정의로운 자들입니까? 아니면 정의의 탈을 쓴 악입니까?"

광룡이 노인에게 질문했다. 누워 있는 동안 그를 괴롭힌 문제였다.

"정의를 주장한다 하여 모두 정의로운 사람은 아니며 악을 편다 하여 모두 악인은 아니지. 겉으로 정의를 주장하는 자가 사실은 악을 품고 있다면 그것만큼 위험한 것도 없다네."

“그럼 악인이 정인보다 나을 수도 있다는 말씀이십니까?”

“악을 행하는데 사실은 정의를 품고 있는 경우는 극히 드물다네. 그리고 그렇다고 해서 그 정의가 악을 용서할 만큼 대단한 경우는 거기서 또 아주 드물다네. 그리고 그 귀한 경우를 모두 감수한다고 하더라도 악한 일을 했으면 그 업이 어디로 가는 것은 아니지. 더 중요한 일을 위해서 악을 행할 때는 그 대가를 감수할 각오를 해야 하지. 대가가 무섭다는 걸 알고서도 해야 할 만큼 중요한 일이라면 대가를 감수하면 그만인 것이야. 그것이 면죄부가 되지는 않아. 그러니 악은 모두 참해 버리게나.”

노인이 명쾌하게 답변했다.

“그럼 북무림맹은 정의를 행한다 하며 사실은 악인인 것입니까?”

“북무림맹이란 곳을 구성하는 자들 전부가 악을 품고 있는 것은 아니겠지. 어떤 것이든 한 가지만으로 만들어진 것은 없지 않겠나? 다만 그들 중에 악이 섞여 있는 것이야. 어쩌면 자신이 악인지도 모르고 있을지도 모르지. 자기가 하는 일이 정의라고 믿고 있을 수도 있다네. 자신이 스스로 정의라 믿고 남의 말에 도통 귀를 기울이지 않는다면 잘못된 길을 걸을 가능성도 많지.”

“그럼 저도 악일 수 있습니까?”

“일전에도 했던 말이네만, 자네가 정의라고 믿고 행하면, 그리고 그 일을 세상 사람들이 모두 옳다고 인정해 준다면. 그것으로 충분하지 않겠는가? 그만하면 정의라고 해도 좋지 않을까? 그럼에도 행하지 않는다면 오히려 그것이 비겁함이 아니겠는가?”

노인이 질문 섞인 대답을 했다.

“그렇지요. 제 양심에 비추어 스스로가 옳고 세상도 나를 옳다 말해
준다면, 그것으로 충분하지요. 그것이 나의 의무라면 반드시 해야지
요.”

광룡이 스스로의 기준을 다듬었다.

“누가 정의인가?”

노인이 물었다.

“제가 정의입니다.”

광룡이 대답했다. 그를 괴롭히던 두 번째 갈등이 사라졌다.

"첩자 이십팔호에 대한 소식이 들어왔습니다."

승려가 보고했다.

"이십팔호?"

북무림맹 수뇌부 중 하나가 의아해하며 물었다.

"광룡의 곁에 심어두었던 아이지요. 아주 믿을 만한 아이예요. 이번 일에 공도 크고요. 그동안 광룡과 전룡대의 감시가 심해서 우리에게 정보 보고를 하지 못했지요. 그래, 무슨 이야기가 들어왔느냐? 광룡의 소식이라도 알아온 게냐?"

지원이 기대하면서 말했다.

"그게."

승려가 머뭇거렸다.

"왜 그러느냐? 어서 말하지 않고?"

동훈이 옆에서 거들었다.

"이십팔호가 남무림맹에서 발견되었습니다."

"광룡이 그곳으로 갔으니 따라간 게로군. 정말 성실한 아이야. 그 아이의 가족들에게 상이라도 내려야겠군."

지원이 뿌듯해하며 말했다.

"그런데 그곳에서 이십팔호의 위장 신분이 평범하지 않습니다."

승려가 난처해하며 말했다.

"원래 평범한 아이는 아니었다. 전룡대에까지 들어갔던 아이 아니냐? 그래, 지금 신분은 무엇인고?"

지원이 온화하게 웃으며 물었다.

"이십팔호의 지금 신분은… 하북팽가 가주의 딸입니다."

승려가 조심스레 말했다.

"뭣이!"

지원이 자리에서 벌떡 일어섰다.

"그게 말이 되는 소리냐? 팽가 가주의 딸이라니. 팽가의 사람이 남무림맹에 없다는 말이냐? 그것이 위장이 가능한 신분이냐는 말이다!"

지원이 소리를 버럭 질렀다. 충격이었다. 믿는 도끼에 발등을 찍힌 기분이었다.

"그 아이는 배신할 수 없다고 하셨잖습니까? 하지만 하북팽가 가주의 딸의 신분이라면?"

동훈이 지원에게 물었다.

"그렇지요. 그 아이의 가족이 우리 통제 하에 있으니까요. 그리고 가족 간의 우애가 돈독한 아이였으니까요. 당했어요, 당했어. 그럼 그 아이의 가족들은 확보했느냐?"

지원이 승려에게 물었다.

"붙잡아 확인한 결과 돈을 받고 부모 역할을 해줬다고 합니다. 그저 좋은 자리 취직하고 싶어 그러는 줄 알고 시키는 대로 했다고 주장하는데 아무래도 사실인 것 같습니다."

승려가 죄스러워하며 말했다.

"나를 속이다니! 무식한 팽가의 놈들이 감히 나를 속이다니!"

지원의 수염이 부르르 떨렸다. 광룡이나 제갈화일처럼 머리 좋다고 소문난 사람들에게 속아도 분노할 지원이었다. 평소에 무식하다고 깔보던 팽가에게 당했다는 생각을 하자 도도한 자존심이 박살이 났다.

"진정하시지요. 원래 첩자란 그런 것 아닙니까? 속이지 못하면 첩자가 아니지요. 이제 와서 어쩌겠습니까?"

동훈이 그 정도는 달관한 듯이 말했다. 이중첩자에 당했다는 것은 첩자 운용에서 한 번 졌다는 것이었다. 그러나 동훈은 무공 이외의 것에 그렇게 큰 비중을 두지 않았다. 특히 자신이 직접 운용하지 않은 첩보 조직 같은 곳의 패배는 별 관심이 없었다. 그러나 지원은 그렇지 않았다. 그는 정의회 첩보 조직을 쥐고 있었다.

"나는 용서할 수 없어요. 다른 곳도 아니고 팽가라니. 절대로 용서할 수 없어요."

지원이 중얼거렸다. 패배는 용납하지 않는 지원이었다. 그것이 무공이 아니라도 마찬가지였다. 머리 싸움에 밀려도 자존심이 상했고 조직 운용에서 적보다 못해도 흥분했다. 다른 곳도 아니고 하북팽가에게 첩자 운용에서 당했으니 그의 성격상 폭발해야 했다.

그러나 그간의 수련 덕분에 억지로 참고 있었다. 하지만 충분히 화가 난 것은 온몸의 털이 곤두서 있는 것으로 알 수 있었다. 싸움터가 아닌 곳에서는 살기를 이기지 못하고 털이 곤두서도 금방 가라앉히던 지원이었다. 이런 경우는 흔치 않았다.

'폭호가 정말 화가 났구나.'

동훈이 불안해하면서 생각했다.

갑지기 지원의 바짝 일어선 수염이며 머리카락 등이 사뿐히 내려왔다. 지원의 얼굴에 부드러운 미소가 생겼다.

'헛! 저건.'

동훈이 목구멍까지 올라온 소리를 꿀꺽 삼켰다. 지원이 저렇게 부드러운 미소를 지을 때는 정말 기분이 좋을 때와 정말 악독한 수법을 생각해 냈을 때였다. 지금은 폭발하기 직전 상태였다. 아무리 생각해도 전자는 아니었다.

"벌을 내리겠어요. 감히 나를 속인 것을 후회하게 해주겠어요."

지원이 부처라도 된 듯 온화한 깊은 미소를 지으며 말했다.

*　　　　*　　　　*

팽지영은 남무림맹의 근거지에서 그다지 할 일이 없었다. 이곳에 올 때는 전룡대와 함께였지만 소속은 팽가였다. 전룡대는 한번 배신한 그녀의 손을 빌리지 않았다. 지영이 각오한 일이었다.

팽가 역시 지영을 외인에 가깝게 취급했다. 그녀에게 말을 거는 사람도, 일을 시키는 사람도 없었다. 익숙한 일이었다. 팽가에서 그녀가 유일하게 가족으로 생각하는 소가주 팽천광은 이곳에 없었다. 지영과 떼어놓으려는 팽가주의 명령에 의해서 하북의 팽가를 지키고 있었다.

결국 그녀의 상대는 똑같이 할 일이 없는 미진뿐이었다.

미진의 경우는 할 일이 없는 이유가 지영과 조금 달랐다. 그녀에게는 당문에서 꽤나 적극적으로 접촉해 오고 있었다. 당문의 문주는 미진과 광룡 사이에 뭔가가 있다는 것을 눈치챘다. 당문은 이전부터 하가장과 꽤나 우호적인 관계였다. 당문 문주의 사촌 동생인 당태호가 하가장주의 친구였기 때문에 만들어진 관계였다. 그 인연을 빌미로 당문의 사람들이 미진을 포섭하려고 들었다.

그리고 남무림맹의 본거지로 삼고 있는 남궁세가에는 무인들이 많았다. 남궁세가뿐만이 아니라 남무림맹의 한창 혈기에 넘치는 젊은 무인들이었다. 그들이 알기로 미진은 백장미라는 무림명까지 있는 여고수였다. 무공 좀 하는 여자 찾기도 힘든 판에 무림명까지 있는 여고수는 흔치 않았다.

사실 그녀의 무공은 별 볼일 없었다. 삼류무사보다는 나은 정도였지만 고수의 발끝에도 미치지 못했다. 얼떨결에 광룡을 따라다니다가 얻은 무림명이었다. 그러나 외부인들이 그걸 알 수는 없었다.

남자라 해도 그 나이에 무림명이 있는 고수는 아주 드물었다. 그중에서 젊은 여자는 더 귀했다. 그리고 다시 그중에서 예쁜 여자는 정말 귀했다. 이 예쁜 여고수라는 수준의 대표적인 예가 팽지영이었다. 그리고 팽지영 같은 경우도 이미 충분히 예외적인 상황이었다. 그 나이에 그 정도 무공이면 보통은 남자인지 여자인지 구분이 안 가게 생기기 십상이었다.

그리고 그 귀하디귀한 예쁜 여고수들 중에서 미진만큼 대단한 미인은 아예 찾아보기 힘들었다.

오대세가의 젊은 무인들이 모래알처럼 깔려 있는 남무림맹이었다. 미진의 미모에 대한 명성은 오대세가를 중심으로 확실히 퍼지고 있었다. 천하에 그녀만한 미녀를 찾으면 못 찾을 리 없었다. 당장 오대세가만 해도 그녀만한 젊은 미녀는 각 세가에 한두 명씩은 있었다. 그러나 세가의 그녀들은 무공이 평범했다. 어리다고 해도 좋을 만큼 젊은 무림의 여고수 중에서 미진만한 미녀를 찾기는 극히 힘들었다.

그래서 오대세가의 젊은 무인들은 그녀를 무림제일화 백장미라 칭송하기 시작했다. 겉보기에 미진은 대단한 미모와 높은 무공을 가진 완벽한 여무림인이었다. 그리고 그 소문을 만들고 퍼뜨린 주체가 된 사람은 제갈세가주인 제갈화일이었다. 그는 남무림맹의 정통성을 확보하기 위해서 최선을 다하고 있었다. 무림제일화가 북무림맹이 아닌 남무림맹에 있게 하려고 했다. 그러면 사람들의 인식이 남무림맹 쪽에 조금 더 우호적으로 변하리라 기대했다. 제갈화일이 노린 것은 그것이었다.

그런 저런 이유로 그녀를 연모하는 무사들이 꽤나 많아졌다. 미진의 미모에 눌려 빛을 발하지 못하고 있는 지영에게 연서를 주며 미진에게 전해달라는 사람들이 늘어났다. 물론 미진은 그 연서들을 모아서 불쏘시개로 잘 쓰고 있었다. 봉투를 뜯어보지도 않았다. 불쌍한 젊은 무사들이야 상·상도 못하는 일이지만 미진은 임자 있는 여자에게 이런 것을 주는 사람들을 경멸했다.

그래서 미진은 같이 놀 사람이 없었다. 멋모르고 젊은 무사들과 어울리면 어느새 연서가 날아오고 사랑 고백을 해대니 버틸 수가 없었다. 덕분에 지영과 함께 시간을 때우는 것이 그녀의 일상이었다.

"언니야, 오늘은 술이나 한잔하자."

길을 걸어가던 미진이 갑자기 지영의 팔을 끌며 말했다.

"얘는. 갑자기 웬 술이니? 그리고 나 돈 없어."

지영이 슬쩍 거절했다. 돈은 정말 없었다. 가진 공작금은 모조리 소모된 지 오래였다. 이러다간 밥벌이를 위해 칠성표국에라도 취직해야 할 판이었다.

"얼른 가자. 돈은 걱정 마. 우리 집 부자야. 알면서. 그리고 오늘은 그냥 취하고 싶어. 대인 생각난단 말야."

미진이 지영의 팔을 끌면서 다시 졸랐다. 그녀의 시선은 이미 술집이 있는 방향으로 향하고 있었다.

"대인 생각 안 나는 날이 어디 있다고 그런 소리는. 그래, 어쨌든 오늘은 우리 미진이가……."

지영의 말이 갑자기 끊어졌다. 미진이 이상한 느낌에 지영을 돌아보았다. 지영의 얼굴이 굳어 있었다.

"당신들이 여기에 어떻게……."

지영이 멍하니 중얼거렸다. 아홉 명의 무사가 그녀와 미진을 슬슬 포위하고 있었다.

"오랜만이다. 전룡대원 팽지영. 아니지, 첩자 이십팔호. 대장님이 떠나신 이후로 우리가 만나는 건 처음이지 아마?"

무사 하나가 나서며 말했다.

“철상문. 첩자 칠호. 그래, 오랜만이네. 그런데 모두들 무슨 일로 나를 다 찾아왔어?”

지영이 바짝 긴장하고 말했다.

“별일은 아니고. 위에서 너를 좀 만나보라고 지시가 내려와서 말야. 우리도 이러고 싶지 않다. 하지만 알잖아? 우리 첩자는 명령이 있으면 자기 마누라라도 죽여야 한다는 거.”

철상문이 쓸쓸하게 말했다.

“위에서? 얼마나 위에서?”

“꼭대기의 어르신. 우리를 불러 직접 명령을 내리셨다.”

철상문이 말했다.

“폭호 지원 대사! 그 사람이 직접 명령을 내렸다고? 겨우 나 하나 때문에?”

지영이 믿어지지 않는다는 듯이 말했다.

“겨우가 아니지. 우리도 몰랐다만 너 팽가의 직계라며? 팽가 가주의 딸이라며? 팽씨에 도를 쓴다고 해서 팽가나 찾아가 보라고 놀리기는 했었지만 정말 그게 사실이었을 줄이야. 우리 정말 놀랐다고.”

철상문이 얼굴을 굳혔다. 같은 밑바닥 인생인 줄 알았는데 아니었다. 귀한 집안 아가씨라는 말은 충격이었다. 그녀가 이중첩자라는 말은 더 큰 충격이었다.

“이곳이 어디인지 알면서도 많이 몰려왔네? 무사히 돌아갈 자신은 있어?”

지영이 시비조로 물었다. 곱게 말할 필요는 없었다. 지원이 안부 인사나 전하겠다고 이들을 보냈을 리는 없었다.

“헹. 남무림맹 따위, 우리가 겁먹을 줄 알아? 우린 이래 뵈도 전룡대원이라고. 대장님만 안 계신다면 남무림맹 할애비라도 무섭지 않아.”

철상문이 콧방귀를 뀌며 말했다. 다른 여덟 명도 고개를 끄덕여 긍정을 표시했다. 그들의 얼굴에는 자부심이 흘러넘쳤다.

“전룡대원이라고 하지 마. 나도 이제 감히 그렇게는 말하지 못해. 우리는 이미 전룡대에서 달아났잖아.”

지영이 부정했다.

“아! 누군지 알겠다. 전룡대의 아홉 배신자들!”

지영의 옆에서 떨고 있던 미진이 손뼉을 치면서 말했다.

“배신자라고 하지 마! 우리도 어쩔 수 없었단 말이닷!”

철상문이 소리를 버럭 질렀다. 다른 여덟 명도 화가 난 얼굴이었다.

“딸꾹!”

그 서슬에 놀란 미진이 딸꾹질을 했다. 지영이 그녀의 등을 두드려 주었다.

“우리는 지영이 너처럼 본 가족은 따로 놔두고 고용된 가짜 가족을 정의회에 들이미는 걸 못했단 말이다. 그럴 돈도 없었지. 우리 가족은 지원 대사의 통제 하에 있단 말이다. 너도 지원 대사가 얼마나 무서운 사람인지 잘 알잖아. 그는 중다운 중이 절대로 아니야. 만약 우리가 배신하면 우리 부모 형제 자식들은 모두 죽는다. 알다시피 그게 정의회 첩자 관리의 법칙이다. 배부른 너는 모르겠지. 우리라고 떠나고 싶어서 떠났는지 알아?”

철상문이 눈이 시뻘게지면서 소리쳤다. 그도 원통했다. 하지만 복귀 명령이 내려졌는데도 버틸 수는 없었다. 가족들의 목숨은 그 하기 나름이었다.

"그래서 이제 다시 명령을 받아 나를 찾아온 거군. 그래, 내려진 명령이 뭐야? 그 정도는 가르쳐 줄 수 있지?"

지영이 철상문을 달랬다. 너무 화나게 하면 좋지 않다는 것이 생각났다.

"말살. 가능한 한 처참하게. 최대한 고통스럽게. 눈 뜨고 볼 수 없을 만큼 비참하게 죽일 것. 목은 잘라 팽가주에게 보내고 몸은 찢어 시내 한복판에 널어놓을 것. 지나다니는 사람들이 네 시체를 잘 볼 수 있도록 할 것. 심장은 따로 꺼내 길 한복판에 흔적없이 파묻을 것. 사람들이 네 심장을 밟고 다닐 때 눈치채지 못할 만큼 확실히 할 것. 그 일을 우리 아홉 명이 직접 할 것. 우리가 한다는 것을 네가 알게 할 것. 그것이 우리가 지원 대사에게서 받은 명령이다. 미안하다."

철상문이 사과했다. 그러면서 자신의 검을 꺼냈다. 다른 여덟 명도 마찬가지였다.

"잠깐, 이 아이는 하미진이라고 해. 혹시 이름을 들어봤어?"

지영이 그들에게 물었다.

"백장미 하미진. 무림제일화라는 소문이 퍼지고 있는 여고수. 일신의 무공이 대단하며 미모는 더 대단하다고 하지. 물론 들어봤다. 소문대로군. 아가씨, 좋지 않은 꼴을 보여서 미안한데 재수가 없었다고 생각하시라고. 아무리 고수래도 둘이서 전룡대원 아홉을 상대할 수는 없어."

철상문이 고개까지 살짝 숙이며 말했다.

"이 아가씨는 보내줘. 목적은 나잖아?"

지영이 미진의 어깨를 밀며 말했다.

"언닛!"

깜짝 놀란 미진이 소리쳤다.

"그럴 순 없다. 너도 알잖아. 우리는 첩자야. 저 아가씨는 우리를 평생 못 잊을 거야. 첩자는 신분이 밝혀지기 전에는 최대한 조심스럽게 지내지만 일단 일을 저지를 땐 목격자도 후환도 남겨두지 않는 거야. 게다가 이렇게 지원 대사가 개입한 일은 더 확실히 해야지. 저 아가씨를 풀어줬다가 여기서 본 사실을 소문 내면 우리는 몰라도 가족들은 큰일나. 지원 대사가 다 죽일지도 몰라. 잘 알잖아?"

철상문이 미안하다는 듯이 말했다.

"이 아가씨는 대장님의 애인이야. 대장님이 선물을 사주실 정도로 아끼는 아가씨라고."

지영의 말에 그녀들을 포위하고 있는 전직 전룡대원들의 안색이 일순 급변했다.

"설마 대장님이 여자를? 아무리 미인이라고 해도……."

철상문이 믿어지지 않는다는 듯이 말했다.

"백장미 하미진이 칠성표국 소표두들을 이끌고 중원표국이 모은 고수들을 깨버린 이야기는 들었을 거 아냐? 칠성표국이 어디야? 대장님이 계신 곳이야. 내가 장담하는데 너희들이 이 아가씨의 손가락 하나라도 다치게 하면 대장님이 크게 화내실 거야. 대장님은 지금은 너희들을 용서하고 계셔. 하지만 화를 내시게 되면 너희들을 찾으시겠지. 그럼 너희들은 모두 죽은 목숨이야. 잘 알잖아?"

지영이 무사들을 협박했다.

"대장님이 우리를 용서하셨어?"

다른 전직 전룡대원 하나가 조심스럽게 물어보았다.

"처음부터 뭐라 하지도 않으셨어. 내가 이렇게 대장님 곁에서 멀쩡히 살아 있는 것만 봐도 알잖아?"

지영이 가슴을 내밀며 말했다.

그 말을 들은 전전직 정의회 첩자이자 전직 전룡대원이며 현직 북무림맹 첩자인 아홉 명의 무사들은 서로 눈빛을 교환했다. 만장일치였다.

아홉 무사들이 미진을 향해서 정중히 고개를 숙였다.

"무례를 범해서 죄송합니다. 가족들의 목숨이 걸린 일이라 실례를 했습니다. 너그러이 용서해 주시기를. 우리는 지영이와 볼일이 있어 왔습니다. 이 일에 대해서 함구한다고 약속하신다면 풀어드리겠습니다. 자신과 가문의 명예를 걸고 약속해 주십시오. 약속을 어기시면 아가씨의 본가에 피해가 갈 겁니다. 저희들의 검에는 눈이 없습니다."

철상문이 조심스레 협박 섞인 양해를 구했다.

"안 돼욧! 난 언니를 버릴 수 없어욧!"

미진이 단호하게 거절했다. 자기를 살려보겠다고 하는 지영을 버리고 몸을 뺄 수는 없었다.

아홉 무사들이 난처한 듯이 서로를 쳐다보았다.

"할 수 없다. 아가씨에게 절대 피해가 가지 않도록 주의하면서 지영이를 치자. 지영이를 처리하고 다시 아가씨를 설득한다. 아가씨의 무공은 매섭다고 들었다. 상황이 좋지 않으니 전력을 다해 끝내자."

철상문이 대표로 지시를 내렸다. 전룡대에서는 같은 전룡대원이었지만 첩자의 직위로는 그가 가장 높았다.

그나마 쉽게 죽이는 것이 그가 지영에게 해줄 수 있는 최선의 조치였다. 애초부터 지원의 말처럼 잔인하게 할 생각은 전혀 없었다. 여기는 적지였다. 그에 따른 적당한 평계를 댈 생각이었다.

지영은 바짝 긴장하며 도를 뽑았다. 팽가에서의 수련에 더해서 전룡대에서 광룡의 지도를 받고 실전으로 단련된 도법이었다. 결코 약하지 않았다. 하지만 상대는 똑같이 광룡의 지도를 받은 아홉이었다. 미진의 실력이 얼마나 별 볼일 없는지 잘 아는 그녀는 혼자서 아홉을 상대해야 했다.

불과 사 년 전 지영은 고수라고 할 수 없는 실력이었다. 꽤 뛰어난 무사였지만 그녀의 나이를 감안할 때 그것이 한계였다. 물론 그녀의 동생이자 팽가의 후계자인 참혼패도 팽천광 같은 경우는 젊은 나이에 고수가 되었다. 그러나 그것은 그의 무공에 대한 자질이 뛰어남만으로 이룬 것은 아니었다. 그에게는 지영을 찾겠다는 목적이 있었고 또 팽가의 전폭적인 지원이 있었다. 그렇기 때문에 가능한 일이었다. 팽천광의 무공 수준은 그 당시 주입식 무공 전수를 받은 팽지영이 얻을 수 있는 수준이 아니었다.

그러나 그녀는 이제 고수였다. 그것도 철저하게 실전으로 단련된 고수였다. 진짜배기였다. 그녀가 고수가 된 것은 전룡대원이 된 덕분이었다. 그녀 앞의 아홉 명도 전룡대원 출신이었다. 당연히 그녀와 같은 진짜배기 고수였다.

"대장님의 은혜를 원수로 갚는 배은망덕한 것들."

팽지영이 욕을 했다. 그녀 자신에게 해도 좋은 욕이기는 했다. 이중 첩자란 말은 달리 말하면 팽가와 정의회 양쪽에 광룡에 대한 정보를 제공했다는 뜻이었다. 말하면서도 얼굴이 화끈거렸다.

"대장님의 은혜는 잊지 않아. 하지만 그건 그거고 이건 이거야!"

철상문이 소리쳤다. 그도 광룡을 떠나고 싶지 않았다. 전룡대를 벗어나고 싶지 않았다. 그러나 그들은 처음부터 첩자로 투입된 자들이었다. 만에 하나 변절할 것을 대비해 인질까지 잡힌 처지였다.

전룡대원들을 고수로 만든 것은 광룡이었다. 과거에 광룡은 전룡대원들에게 여러 무공비급을 아낌없이 풀었다.

광룡이란 미친 용이란 뜻이었다. 그 무림명을 얻게 된 데는 정파 소속인 주제에 적을 단칼에 토막 내 죽이는 무공의 참혹함도 한몫했다. 하지만 다른 것도 있었다.

광룡은 전장에서 적의 대장 급 고수를 죽이고 나면 거의 항상 시체의 품을 뒤졌다. 시체에서 나오는 돈이나 귀한 약, 그리고 특히 무공비급 같은 것을 챙겼다. 시체를 뒤지는 것은 정의를 표방하는 정파의 대표 고수가 할 짓은 아니었다. 그러나 광룡은 개망나니 출신이었다. 무림의 명성에는 관심도 없었다. 이름보다는 부하들의 생명을 지켜줄 것이 필요했다.

돈은 전룡대가 독립적인 위치를 유지하는 데 반드시 필요했다. 전룡대는 운용 자금을 정의문에서 타다 쓰지는 않았다. 필요하면 경리부를 털어 자금을 빼앗아가는 한이 있어도 평소에는 그러지 않았다. 설사 자금을 받더라도 지속성이 없었다. 정의문에서 돈이 들어오는지 마는지 신경도 쓰지 않았다. 돈에 종속되지 않기 위해서였다.

전룡대원들이 쓰는 돈은 적을 무찌르고 나온 전리품에서 나왔다. 그 돈은 막대했다. 돈으로부터의 독립이 부대 운영의 독립성을 찾을 기반이 되었다. 누구의 눈치를 보지 않으니 참여할 싸움을 고르고 쳐들어갈

시기와 장소를 스스로 결정할 수 있었다. 정의문주를 제외하고는 전룡대에 대해 마땅한 압력 수단이 없었기 때문이다. 그리고 정의문주의 명령이라고 해도 전룡대에게 불리하다 싶으면 광룡 선에서 차단되었다. 광룡은 먼저 다 이겨놓고 나서야 싸움을 시작하는 사람이기 때문이었다.

고수들이 가진 귀한 약들은 전룡대원들의 부상을 치료하기 위해서 사용되었다. 대부분은 사파에서 날리고 날리는 고수가 목숨 걸고 참여한 싸움이었다. 그 유명 고수들이 만약을 대비해서 가지고 다니는 약들은 보통 귀한 것이 아니었다. 심지어는 대환단까지 나왔다. 물론 아무리 귀한 약이라고 하더라도 그것들은 전룡대원들의 부상을 치료하는 데 아낌없이 사용되었다. 애초에 팔려고 모으는 약이 아니었다. 제왕금창산 같은 것은 일반 고약처럼 써댔다. 심지어 내상 치료에 대환단을 쓴 전룡대원까지 있었다. 상당히 심한 내상이었다고 하지만 어느 문파에서도 일개 대원에게 그런 것을 주지는 않았다. 무림의 상식으로는 상상도 하지 못할 일이었다.

그리고 전리품 중에는 무공비급이 있었다.

광룡과 대결해서 죽은 고수들은 모두 사파에서 이름을 날리던 사람들이었다. 그들의 일신상의 무공이 약할 리가 없었다. 그리고 그들 중 일부는 자신의 무공을 비급으로 만들어 품에 품고 다니고는 했다. 광룡은 그것들을 챙겼다.

그 무공비급들은 모두 전룡대원들의 전력 증가에 사용되었다. 그것은 전룡대원들이 짧은 시간 안에 고수가 되는 비결이 되었다.

"그래, 그건 그거고 이건 이거라 이거지? 간편해서 좋겠네? 그럼 그동안 간편하게 뭐 하면서 살았어? 너희들이 배운 것으로 제이의 전룡대라도 만들고 있었어? 쥐새끼 같은 목숨은 그렇게 부지하면서 살아가는 거야?"

팽지영이 톡 쏘았다. 그녀는 시비를 걸고 있었다. 철상문과 다른 전직 전룡대원들에게 그들이 광룡을 배신하고 있다는 것을 강조해서 심리적으로 압박하려는 생각이었다.

"말도 안 되는 소리 하지 마. 무공비급 따위 아무리 많이 쌓여 있다고 해도 저절로 고수가 되는 건 아니잖아. 소림사에는 칠십이종의 절예가 있지만 그 땡중들이 누구나 고수가 되는 건 아니라고. 우리가 고수가 된 건 대장님이 있었기 때문이야. 그런데 어디 감히 전룡대를 또 만든다는 거야?"

철상문이 즉시 반박했다.

무공비급이 있으면 무공을 익히는 데 많은 도움이 되었다. 그러나 무공비급이라고 하는 것은 한계가 있었다. 비급만 읽고 고수가 될 수 있는 사람은 정말 드물었다. 아무리 절세신공비급이라고 해도 책은 책일 뿐이었다. 검을 이리 꺾고 저리 베며 내공을 잘 운용하면 매화 문양이 그려진다고 써진 말과 그려진 그림을 백날 읽어봐야 그뿐이었다. 지도받지 못하는 독학으로는 어설픈 병신춤이 되기 십상이었다. 잘돼봐야 삼류무공이 될 뿐이었다.

그래서 사부가 중요했다. 사부가 무공의 시범을 보이고 또 제자의 자세를 하나하나 수정해 주어야 무공 전수가 가능한 법이었다. 그리고 그것을 오랜 세월 해야 제자는 비로소 고수가 될 수 있었다. 비급은 그 길을 기록해 놓은 것일 뿐 곧바로 고수가 될 수 있게 해주는 물건이 아니었다. 그것 자체만으로는 고수가 될 수 없었다.

광룡과 만나기 전의 전룡대원들은 인생의 패배자들의 모임이었다. 그들의 대부분은 갈 곳이 없어서 이리 밀리고 저리 끌리다가 정의문의 전룡대까지 간 사람들이었다. 광룡이 그들을 갱생시키기 전의 전룡대는 소모품 부대였다.

광룡은 절대고수였다. 오직 한 걸음과 한 칼만 육 년 동안 죽도록 수련해서 일보경혼과 일도단천을 만들어냈다. 그의 경지는 누구도 의심하지 못하는 절대고수의 경지였다.

무공에서 모든 것은 극에 달하면 서로 통한다고 한다. 일단 광룡의 경지가 극으로 올라가자 그의 무공을 보는 눈도 그게 걸맞게 향상되었다. 절대고수 광룡은 적의 무공을 보고 그 빈틈을 찾아낼 수 있는 능력을 가졌다. 그 능력을 달리 사용하자 어지간한 무공은 비급을 분석하면 비록 익히지는 못할망정 그 오의를 윤곽이라도 잡아낼 수 있었다.

광룡은 그 재능을 버려두지 않았다. 그는 계속해서 수집되는 무공비급들을 분석했다. 그리고 익히기 쉬운 부분들만을 골라냈다. 그리고 거기서 특별히 난해한 부분을 다시 제거했다. 그런 식으로 하면 하나의 무공비급에서 아주 잘해야 두세 초식 정도 건졌다. 재수없으면 한 초식도 건지지 못하는 경우도 왕왕 있었다. 그러나 그것으로 충분했다. 싸움은 많았고 수집한 무공비급도 그만큼 많았다.

비급을 이리저리 꼬아놓아 분석해 내기 어려운 부분이 있으면 아무리 절묘한 초식이라도 아낌없이 버렸다. 광룡의 초식 선택 기준은 단 하나였다. 그는 쉽게 배우고 쉽게 가르치며 위력도 제법 나는 것만 원했다. 그런 것은 거의 없었다.

그는 그것들을 찾아내 전룡대원들에게 전수했다. 각각의 대원들의 신체 조건과 성격, 그리고 원래 익히고 있던 무공과 가장 비슷한 초식들을 골라내 가르쳤다. 각자에게 맞는 내공심법도 찾아내 가르쳤다. 전장에서 살아남을 수 있을 만큼의 무공을 가지게 되는 시간을 가능한 한 짧게 하기 위해서였다. 전룡대원들이 익히고 있는 무공은 모두 각각의 대원들에게 특화된 것이었다.

그렇게 나온 초식과 심법들은 변형이 오는 경우가 대부분이었다. 당연히 원래의 무공에 비해 다소 손색이 있었다. 위력의 감소를 감수하고 초식을 단순화시키는 경우 그 손해가 특히 심했다. 그러나 처음의 무공이 워낙 대단한 것들이었다. 위력의 손실이 있음을 감안해도 모두 괜찮은 초식들이었다.

주설방이 펼치는 한풍요로보법과 서재걸이 펼치는 그것은 분명히 차이가 있었다. 녹림맹 전임 총관이자 신임 맹주인 서재걸의 보법은 갈대가 바람에 흔들리듯 나풀거리는 모습이었다. 그러나 전룡대원 주설방의 것은 회초리를 휘두르는 모습이었다. 위력 감소가 심하게 일어났다. 하지만 광룡에게는 상관없었다. 그만하면 훌륭했다. 그리고 그는 무공이란 얼마나 대단한 것을 익히느냐보다 어느 정도로 완벽하게 익히느냐가 훨씬 중요하다는 것을 몸으로 증명한 사람이었다.

그 끝없는 학습으로 광룡은 수많은 무공에 대한 방대한 지식을 얻었다. 그것을 익히지도 못했고 익힐 필요도 없었지만 그의 무공에 대한 이해는 점점 깊어졌다. 지식이 넓으면 가르치는 것도 깊이가 있는 법이었다.

광룡이 가르치는 것은 절대고수의 가르침이었다. 초식을 완전히 이해한 자의 가르침이었다. 그 두 가지의 상승 효과는 엄청났다. 전룡대원들은 완벽한 사부를 얻었다.

그러나 그렇게까지 해도 부족했다. 그 정도로 해도 전룡대의 패배자 백여 명이 사 년 만에 모두 고수가 될 수 없었다.

전룡대원들은 언제나 사파와 싸워야 했다. 선봉에 나서서 적을 돌파해야 했다. 언제나 사파들을 상대로 죽도록 싸웠다.

광룡은 그 싸움을 무공 수련의 장으로 삼았다. 전룡대원들은 자신들이 배운 무공이 어떤 것인지 실전에서 직접 적과 싸우면서 확인해야 했다. 죽기 싫으면 가르친 무공을 죽도록 익혀야 했다. 이해가 가지 않는 부분 따위는 실전에서 목숨이 오락가락하는 상황에서 저절로 깨달아졌다.

위험한 방법이었다. 특히 초반에는 실력이 일천했기 때문에 더 위험했다. 그러나 약하디약하던 전룡대원들의 뒤에는 광룡이 있었다.

광룡은 미친년 널뛰듯이 뛰어다니며 전룡대원들의 안전을 지켰다. 위험에 빠진 사람이 나타나면 죽어라고 달려가서 구해냈다. 옆의 전룡대원이 위험하면 대신 도를 내밀어 적을 쳤다가 멀찌감치에서 위기에 빠진 대원을 구하기 위해서 그 도를 집어 던지는 식이었다. 손이 비면 주먹을 뻗어 다른 대원을 구했고 적의 검을 빼앗아 휘두르고 던졌다. 무공을 익히던 초반에는 싸움의 시작부터 끝까지 그래야 했다.

절대고수 광룡이라 하더라도 백 명을 지키는 것은 쉬운 일이 아니었다. 완벽한 작전과 절대고수의 무공과 몸을 던지는 광룡의 마음이 모여서 이루어낸 기적이었다.

전룡대원들은 죽음의 위협 속에서 무공을 익혔다. 평소에 익히는 수련은 언제나 실전을 위한 준비였다. 조금이라도 어설프게 하면 적에게

목이 달아난다는 것을 알았기 때문에 그들도 필사적으로 무공을 익혔다. 그리고 어차피 갈 곳도 없는 사람들이었다. 인생 막장에 몰렸다가 밝은 곳으로 나갈 기회를 잡은 사람들이었다. 그들은 진심으로 수련했다.

그리고 그들은 자신들의 수련을 위해서 광룡이 무슨 위험을 감수하는지 너무나도 잘 알았다. 광룡은 그럴 필요가 없었다. 전룡대원들이 늦게 무공을 배우도록 놔두면 그만이었다. 그 과정에서 죽어가는 사람들은 고개를 돌리고 보지 않으면 그만이었다. 애초에 무공을 본격적으로 가르칠 필요도 없었다. 비급은 숨겨 재산으로 삼으면 그게 다 돈이었다. 부하들이 죽으면 새로 보충받으면 그만이었다. 그러나 광룡은 그러지 않았다. 전룡대원들도 그걸 알았다.

광룡은 비록 절대고수였지만 백여 명의 전룡대원들을 지켜야 했다. 실수로 눈먼 칼에 맞으면 아무리 절대고수라고 하더라도 죽었다. 실제로 불필요하게 당한 자잘한 부상이 수없이 많았다. 광룡이 한 일은 목숨을 걸어야 하는 것이었다. 전룡대원들은 자신들이 죽었다 생각할 때마다 광룡의 등을 보았다. 그가 대신 나서 적을 치는 모습을 보았다. 그리고 그 넓은 등에서 흐르는 피를 보았다. 그들은 눈물을 흘리며 무공을 닦았다.

이렇게 모든 조건이 최고로 갖춰졌는데 무공이 빨리 늘지 않는다면 그것이 더 이상한 일이었다. 무공의 초식들은 하나하나가 대단히 뛰어난 무공에서 발췌한 것들이었다. 거기서 각자에게 가장 맞는 것으로 골라 익혔다. 그리고 결정적으로 절대고수의 지킴을 받으며 싸움터에서 실전에 실전을 거듭해 가며 익혔다. 그야말로 모든 것을 걸고 익힌 무공이었다.

그것이 전룡대원들이 사 년 만에 탁월한 고수가 된 비결이었다.

그것이 전룡대원들이 광룡에게 절대적인 충성을 바치는 이유였다.

광룡은 전룡대원들에게 스승이자 생명이었다.

"대장님이 없으면 전룡대도 없지. 그걸 잘 아는 너희들이 미진이를 위협하려는 거야?"

팽지영이 다시 한 번 확인을 했다. 비록 처음부터 첩자로 들어온 자들이니 원래의 전룡대원들보다 충성심이나 소속감이 조금은 부족할 만했다. 입장이 달랐기 때문이다. 그러나 그들은 자신들이 전룡대원이라고 자부하고 있었다. 비록 어쩔 수 없는 처지로 정의회에 소속되어 있었지만 그것은 그들이 원한 것이 아니었다.

"무슨 소리냐. 우리의 목표는 너야. 감히 대장님의 아가씨께 그럴 리가 없잖아? 그러니 순순히 죽어라. 지원 대사가 뭐라고 했든 시체는 보존시켜 줄 테니까."

철상문이 말했다. 지영을 그냥 죽인다는 것은 그로서는 큰 인심을 쓰는 일이었다.

팽지영의 입가에 살짝 웃음이 맺혔다. 그녀는 지푸라기를 하나 잡았다. 미진이었다. 상대를 떠보니 미진의 안전은 절대적이었다. 이들은 어떠한 경우에도 미진을 건드릴 생각이 없어 보였다. 그 말은 미진이 방패막이가 될 수 있다는 뜻이었다. 지금 지영이 잡을 수 있는 유일한 지푸라기였다.

"미진아, 미안."

지영이 미진의 뒤로 등을 붙이며 말했다.

"괜찮아, 언니."

미진도 작은 두 주먹을 꼭 쥐어 가슴 앞으로 올리며 말했다. 영리한 미진도 상황을 파악했다.

"미안하다. 쳐라!"

철상문이 소리쳤다. 그 말을 신호로 전룡대원들이 공격해 오기 시작했다. 미진은 자신의 안전이 확보된 것을 확실히 깨닫고 있었다. 그녀는 치마를 젖히고 화려한 발차기를 뿌리며 전룡대원들을 견제했다. 단검수 하석호라고 하는 하가장 최고의 권법고수로부터 전수받은 각법이었다. 어설픈 삼류의 발질이 아니었다.

물론 산전수전 다 겪은 전직 전룡대원들의 눈에 차지는 않았다. 고수라 소문난 하미진의 무공이 생각 외로 별로라는 것에 대해서 그다지 신경 쓰지 않았다. 만약 미진의 주 무공이 검이나 도라면 무기가 없는 지금은 실력 발휘를 하지 못하는 것일 수도 있었다. 아니면 원래 무공이 별 볼일 없는 것일 수도 있다고 생각했다. 그러나 그런 것에 신경 쓸 여유는 없었다. 명령에 의해서 동료였던 지영을 죽이는 상황이었다. 사소한 것에는 관심을 두지 않았다. 싸움에 집중했다.

전직 전룡대원들은 미진의 공격을 여유있게 피하면서 지영에게 접근하려고 했다. 미진의 공격은 그들에게 위협이 되지 않았다. 그러나 거기에 지영이 끼자 상황이 달라졌다. 지영은 그들과 동급의 고수였다. 게다가 어려서부터 팽가의 무공 교육을 제대로 받았다 그녀는 미진을 방패 삼아 빙빙 돌면서 무사들과 거리를 두려고 애썼다. 효과는 제법 있었다.

미진은 헛발질만 열심히 하고 있었다. 명중하는 것은 하나도 없었다. 하지만 무공을 모르거나 낮은 구경꾼들이 보기에는 꽤 대단해 보이는 무사 아홉이 미진의 발차기를 감당할 수 없어 접근하지 못하는 것으로만 보였다. 백장미 하미진의 명성이 올라가는 순간이었다.

지영의 의도는 시간 끌기였다. 여기는 남무림맹의 본거지였다. 싸움을 하다 보면 다른 고수들이 몰려오기 마련이었다. 그때까지만 버티면 되었다.

그러나 애초에 전력 차이가 너무 컸다. 그녀 혼자의 힘으로는 어려웠다. 미진의 털끝도 다치지 않게 하려고 하는 무사들의 노력에 의해서 시간이 조금 더 걸렸을 뿐이었다. 결국 지영에게 접근하는 전룡대원들이 나왔다.

제일 먼저 다가와 공격을 한 것은 철상문이었다. 미진을 등 뒤에 숨기고 있는 지영에게 그의 검이 가장 먼저 날아갔다. 깊은 공격은 미진에게 위험했다. 얕은 칼질이었다.

지영의 도가 그 칼을 걷어냈다. 그리고 곧바로 도를 날리려고 했다. 하지만 어려웠다. 몸이 미진에게서 멀어지면 위험했다. 서서 날리는 도에는 힘이 충분히 실리지 못했다. 반격을 못하고 멈칫하는 사이에 또 다른 칼이 날아왔다. 도를 휘둘러 그 칼을 막았다. 새로운 칼이 반대 방향에서 날아들었다. 위기였다.

지영의 위기를 본 미진이 칼의 궤도로 몸을 불쑥 내밀었다. 찌를 테면 찔러보라는 배짱이었다. 사실 목숨 걸고 하는 짓이었다. 그녀의 생각은 적중했다. 공격하던 무사는 깜짝 놀라며 칼을 옆으로 비꼈다. 칼이 허공을 갈랐다.

치열한 싸움이 벌어졌다. 전력 차는 엄청났지만 아홉 명 쪽은 너무 심한 제한을 가지고 싸우고 있었다. 한 명은 손댈 수 없고 다른 한 명은 자신들 못지않은 고수였다. 쉽지 않았다.

싸움을 멀찍이서 보고 있는 일반인들의 눈에는 붕붕 날 만큼 무공이 뛰어난 아홉을 단 두 명의 가녀린 여인이 막고 있는 것으로 보였다. 그 싸움이 쉽게 결판이 나지 않으니 여고수 둘의 무공에 대해서 감탄을 금치 못했다. 그 둘이 모두 대단한 미인이니 침을 꿀꺽 삼키며 구경에 열중했다.

철상문은 이를 악물었다. 상황을 보아하니 이대로는 결판이 나지 않을 것 같았다. 시간을 오래 끌 수는 없었다. 여기는 남무림맹의 본거지였다. 싸움이 길어지면 무사들이 몰려올 것이 뻔했다. 지영의 의도가 그것임을 깨달았다. 그전에 끝내야 했다.

실패할 수도 없었다. 폭호 지원은 화가 나면 물불을 가리지 않았다. 그리고 냉정했다. 아홉이나 몰려와서 습격을 했으면서 단둘을 처리하지 못했다고 하면 믿을 리가 없었다. 배신으로 간주하고 가족들을 해칠 수도 있었다. 지원은 다른 첩자들을 관리하기 위해서라도 그렇게 하고도 남을 사람이었다.

철상문의 눈이 빛났다. 지영은 미진을 믿고 등 뒤는 신경도 쓰지 않았다. 그리고 미진은 무공이 별로인 것처럼 보였다. 등을 돌린 지영과 미진의 사이에 틈이 보였다.

철상문이 달려들었다. 미진의 발이 즉각 철상문을 향해 날아왔다. 철상문이 몸을 슬쩍 비틀어 그 발을 피했다. 미진의 발차기는 무영각이 아니었다. 그녀의 어깨가 돌아가고 그 뒤로 지영의 작은 어깨가 보였다. 조그마한 틈이었다. 철상문이 틈을 향해 검을 꽂아 넣었다. 검이 뒤에 대해서는 안심하고 있던 지영의 어깨로 빨려들었다.

"아악!"

"악!"

"헛!"

지영이 비명을 지르면서 칼을 떨어뜨렸다. 미진도 동시에 비명을 질렀다. 철상문도 놀란 소리를 냈다.

지영의 오른 어깨 뒤쪽에서부터 쇠로 만들어진 검이 깊숙이 박혔다. 어깨가 떨어져 나가는 고통이 일어났다. 오른팔이 통제를 벗어났다. 의지의 힘으로 칼을 쥐고 있을 수 있는 부상이 아니었다. 오른손이 저절로 풀리며 도가 땅에 툭 떨어졌다. 지영이 어깨를 잡으며 비틀거렸다.

미진도 비명을 질렀다. 철상문이 검을 날렸을 때 미진의 반응은 그의 예상보다 조금 빨랐다. 그녀는 검이 날아오자 어깨를 급히 돌려 그 검을 막으려고 했다. 알아서 검을 치우기를 기대하고 한 행동이었다. 그런 방법으로 지영을 위기에서 몇 번이나 구한 미진이었다.

그런데 철상문의 검은 예상보다 훨씬 더 깊숙이 지영의 어깨를 뚫었다. 철상문이 검을 빼내는 순간에 미진이 몸을 날렸다. 결국 미진도 빠져나가는 검에 의해 어깨에 상처를 입었다.

철상문의 놀란 소리는 자신이 무슨 짓을 저질렀는지 깨달았기 때문에 낸 소리였다.

철상문은 당황했다. 자신은 미진의 몸에 검상을 남겼다. 이유가 어쨌든 그건 불변의 진리였다. 그는 당황했다. 오만 가지 생각이 들었다.

그가 그동안 광룡에게 받은 신세를 생각하면 이럴 수 없었다. 광룡은 보충 대원이라고 해서 가르침이나 보호함에 차별을 두지 않았다. 철상문이 광룡에게 받은 것은 평생을 갚아도 부족할 만큼이었다.

그런데 광룡의 여자를 다치게 만들었다는 것에 당황했다. 그뿐만이 아니라 다른 여덟 명의 동료들도 마찬가지였다.

빨리 일을 처리해야 했다. 구경꾼들이 있었지만 그들이 자신이 누군지 알아볼 리가 없었다. 지영만 죽이면 됐다. 그러면 임무도 일단은 완수할 수 있었다. 그리고 일단 달아나야 했다. 그게 그가 생각할 수 있는 최선의 길이었다.

"미안하다, 지영아. 그만 내 손에 죽어라!"

철상문이 다가오며 검을 높이 들었다. 그 모습을 본 미진도 겁을 먹었다. 미진의 어깨 상처는 별로 심하지 않았다. 하지만 눈앞의 남자가 지금 자기도 죽이려고 하는 것 같은 착각이 들었다. 그렇게 생각하니 겁이 와락 났다. 조금 전의 무모함은 상대가 자신을 공격하지 않을 거란 확신이 있으니 할 수 있는 일이었다. 이제 죽을지도 모른다고 생각했다. 미진이 바들바들 떨기 시작했다.

철상문이 완전히 무장 해제된 것으로 보이는 지영에게 다가갔다. 지영은 왼손이 피투성이가 된 채 오른 어깨를 쥐고 있었다. 철상문이 미안한 마음에 검을 더 높이 들었다. 단칼에 죽여주기 위해서였다.

그때 피가 묻은 지영의 왼손이 빠르게 움직였다. 그녀의 손은 철상문을 가리키고 있었다. 그녀의 손에서 은빛이 번쩍였다. 철상문은 크게 놀라며 몸을 뒤로 날렸다. 그러나 지영의 손에서 시작된 은빛은 그런 그를 쫓아왔다. 몸을 급히 틀었지만 어깨에 틀어박혔다. 방심한 결과였다.

"으윽!"

철상문이 낮은 신음 소리를 냈다. 오른쪽 어깨에 조그마한 단검이 깊이 박혔다. 작아도 단검이었다. 철상문의 손에서도 검이 툭 떨어졌다.

"이제 비겼네?"

지영이 눈에 독기를 뿜으며 말했다. 석민이 선물로 준 단검을 던져서 작은 복수는 했다. 하지만 이제부터가 문제였다. 더 이상 저항 수단이 없었다. 잘못하면 미진에게까지 피해가 가는 것 아닌가 하는 걱정도 들었다.

"이런 단검 따위에 당하다니!"

철상문이 지영이 던진 단검을 뽑아 바닥에 팽개치며 소리쳤다. 정말 화가 난 것처럼 보였다. 떨어진 자신의 검을 왼손으로 주웠다. 다시 지영에게 다가왔다.

지영이 조용히 눈을 감았다. 팔을 뻗어 미진을 안았다. 미진은 작은 새처럼 오들오들 떨고 있었다.

"그녀를 놔두어라!"

갑자기 고함 소리가 들렸다. 지영의 눈이 번쩍 떠졌다. 잘 아는 목소리였다. 평소라면 짜증나게 하는 목소리였지만 지금은 그렇게 반가울 수가 없었다.

"나 항.산.적. 장석민이 너희들을 상대해 주겠다!"

석민이 소리를 질렀다. 달려오지도 않았다. 꿋꿋이 서 있었다. 사람들의 시선이 그를 향했다. 거구의 석민이 그들을 노려보았다.

"항산적 장석민? 그 칠성표국의 고수라는?"

무사 하나가 중얼거렸다.

"설마. 그자는 대장님과 함께 사라졌다고……."

철상문이 중얼거리다가 말을 멈췄다. 항산적이 돌아왔다. 그것이 의미하는 바를 깨달았다.

바람이 그들을 스쳐 지나갔다. 정신을 차렸을 때는 광룡이 그들의 가운데에 서서 내려다보고 있었다.

"적을 눈앞에 두고 딴 데 정신을 파는 놈은 죽어도 싸다고 가르쳤을 텐데?"

광룡이 말했다.

"대, 대장님!"

전직 전룡대원들이 사색이 돼서 말했다. 갑자기 하나둘씩 무릎을 털썩 꿇었다. 미진을 다치게 한 철상문이 마지막으로 무릎을 꿇었다. 머리를 조아렸다.

"대장님을 뵙습니다."

전직 전룡대원 아홉이 한꺼번에 말했다.

"내가 너희들의 대장이냐?"

광룡이 물었다.

"언제나 우리들의 대장님이십니다."

아홉이 대답했다.

"너희들은 이미 떠났다. 몸은 돌아왔으나 나를 찾지 않았다. 나의 사람을 상하게 했으니 나를 염두에 두지 않았다. 나는 너희들의 대장이 아니다."

광룡이 말했다.

“대장님, 우리들은 가족의 목숨이 담보로 잡혀 있습니다. 우리의 행동은 우리의 의지가 아닙니다. 우리는 북무림맹의 명령을 따르는 하찮은 인형입니다. 하지만 대장님은 언제나 우리들의 대장님이십니다.”

철상문이 고개를 숙이며 슬프게 말했다.

“돌아가라. 너희들의 임무는 실패했다. 전룡대에 배신자를 반길 사람은 없다. 너희들은 전룡대원이 아니다. 나는 너희들의 대장이 아니다.”

광룡이 냉정히 말했다.

“죽여주십시오!”

무사들이 입을 모아 소리쳤다. 차라리 죽고 싶었다.

“돌아가라. 가서 너희들의 가족과 함께 살아라. 다시는 누군가를 배신하지 마라. 너희들을 묶고 있는 사슬은 내가 끊어주겠다. 북무림맹은 내가 해체시켜 주겠다. 그러나 나는 이제 너희들의 대장이 아니다.”

“대장님! 흐흑!”

무사들 중에 눈물을 흘리는 자가 나오기 시작했다.

“돌아가라. 보내줄 때 가라. 다른 자들이 오면 나도 너희를 놓아주기 어렵다.”

광룡이 고개를 들고 하늘을 보면서 말했다. 그 말을 들은 무사들이 주섬주섬 일어서기 시작했다.

“대장님, 옥체 보존하십시오.”

전직 전룡대원들이 큰절을 하면서 말했다. 그리고 일제히 달아나기 시작했다. 마음속으로는 모두 통곡을 하고 있었다.

“지영 낭자! 이게 무슨 일이세요?”

석민이 지영에게 달라붙어 소리쳤다.

지영은 이미 어깨의 혈도를 짚어 지혈을 시도한 후였다. 그러나 혈도를 막는다고 해서 칼에 찢긴 큰 상처에서 흘러나오는 피가 쉽게 멎는 것은 아니다. 그래도 울컥울컥 새어 나오던 피가 가느다랗게 흐르는 정도로 줄어들었다.

“곰, 호들갑 떨지 마라.”

지영이 고통으로 얼굴을 찡그린 채 석민에게 말했다. 평소에 사람으로도 안 보는 석민이지만 지금은 꽤나 고마웠다. 특히 죽음의 순간에 들려온 그 목소리는 더 이상 반가울 수가 없었다. 지옥 불구덩이에서 부처의 목소리를 듣는 것처럼 기뻤었다.

“잠시만 기다리세요. 내가 치료할 테니까.”

석민이 등짐에서 약재함을 꺼내며 말했다. 함에는 옥지기노인에게서 얻은 치료약과 깨끗한 천 등이 넉넉히 있었다. 광룡에게 사용한 제왕금창산 대신이었다.

막상 약재들을 펼친 석민은 난감해졌다. 피는 대부분 멎었지만 아직도 흐르고 있었다. 약재를 듬뿍 바르고 그 위에 천으로 단단히 조일 필요가 있었다. 그러나 이곳은 보는 눈이 많았다. 처녀의 어깨를 드러내고 약을 바를 만한 곳이 아니었다.

사정을 눈치챈 지영이 갑자기 자신의 왼손으로 오른 어깨의 옷을 부욱 찢어냈다.

“윽!”

이미 통증이 심해지던 상처였다. 긴장이 풀렸기 때문이다. 옷을 찢는 압력에 그 고통이 강해졌다.

석민의 눈이 동그래졌다. 지영의 동그란 어깨가 눈앞에 드러났다. 비록 피투성이였고 칼에 꿰여 보기도 좋지 않았지만 석민에게는 더 이상 아름다울 수 없는 어깨였다.

석민이 침을 꿀꺽 삼켰다.

"그 꿀떡거리는 목을 따버리기 전에 얼른 치료나 해라."

지영이 매정하게 말했다.

"넵!"

석민이 즉시 대답하고 약재를 지영의 상처에 바르기 시작했다. 양은 상처에 몇 번은 사용할 만큼 충분했다. 혹시 민택이 다치거나 아니면 자기 자신이 다칠 때를 대비해서 넉넉히 얻어온 약재였다. 석민은 그것을 지영의 어깨에 떡이 되도록 발랐다. 가진 약재를 모조리 덮어버렸다. 고통에 더해서 지나치다 싶은 생각에 지영의 얼굴이 더 찡그려졌다. 석민은 이어서 깨끗한 천을 칭칭 감기 시작했다. 모든 천을 사용해서 어깨를 감았다. 천의 마지막 부분이 풀리지 않도록 매듭까지 지었다. 땅바닥에는 자신이 지영에게 선물했던 단검이 피에 절은 채 굴러다니고 있었다. 그것을 주워 매듭의 끝을 잘라 마무리했다. 그러고 나자 지영의 어깨는 커다란 공처럼 변했다. 과도한 붕대 사용의 결과였다.

"넘치면 모자람만 못하다고 하는데, 누가 곰 아니랄까 봐."

지영이 투덜거렸다. 하지만 평소처럼 석민을 패지는 않았다. 조금은 고마웠다. 그런 지영을 석민이 멍하니 바라보았다. 피를 흘려 창백해진 얼굴이 그렇게 예쁠 수가 없었다. 지영이 석민의 눈빛이 부담스러워 고개를 돌렸다.

그때 석민이 지영을 와락 안아버렸다.

"지영 낭자, 사랑합니다!"

석민이 소리쳤다. 방심하고 있다가 불의의 습격을 당한 지영의 눈이 동그래졌다. 석민의 움직임도 좋았다. 빈틈을 잡은 것도 좋았다. 그 모든 것은 삼류의 수준이 아니었다. 살기도 없었으니 대비하지 못했다.

석민은 왕기훈의 칼 아래 목숨을 잃을 뻔할 때 했던 후회를 기억해 냈다. 거의 죽기 직전에 다시 지영을 만난다면 힘껏 안아주며 사랑한다 소리치고 싶었다. 그러지 못한 것이 후회가 되고 한이 됐었다. 지금 기회가 왔다. 그리고 지영이 고개를 돌리는 사이 품에 안는 데 성공했다.

지영만한 고수가 석민 같은 하수에게 이렇게 쉽게 몸을 내줄 리는 없었다. 그러나 지영은 심한 부상으로 기력이 상해 있었다. 거기에 방심하고 있었다. 시선마저 다른 곳으로 돌리는 중이었다. 결정적으로 석민은 그동안 총표두 강대영에게 충분한 지옥 훈련을 받았다. 적의 행동에서 기회를 잡고 즉각적인 반응을 보이는 훈련이 꽤 많이 되어 있었다. 지영이 방심하는 순간 타작으로 인해 만들어진 본능이 반응했다.

강대영의 훈련은 헛되지 않았다. 일개 표사 석민이 전직 전룡대원 지영을 안는 데 성공했다. 석민은 이 순간 총표두 강대영에게 진심으로 감사했다.

"이 곰탱이 새끼가!"

지영의 얼굴이 새빨개지면서 소리쳤다. 주저앉아 있던 그녀가 무릎을 수직으로 올려쳤다.

"꾸에에엑!"

석민이 비명을 질렀다. 알이 터지는 듯한 고통이 사타구니에서 일어났다. 석민의 거대한 몸이 서서히 뒤로 넘어갔다.

"누구에게 손을 대는 거얏! 내가 오늘 곰 한 마리 잡는다. 아주 파묻어주마!"

지영이 소리를 지르며 발길질을 시작했다. 사타구니의 고통으로 인해 비명도 제대로 못 지르던 석민에게 발길질이 쏟아졌다. 석민은 입으로 거품을 뿜으며 뻐끔거렸다. 고통이 심해 변명할 여유도 없었다.

"잘 있었느냐?"

광룡 한민택이 미진을 보면서 물었다. 미진이 눈물만 글썽거리면서 민택을 쳐다보고 있었다. 민택은 난처했다. 뭐라 말을 해주고 싶은데 할 말이 없었다. 남자라면 누구라도 두렵지 않았지만 여자 다루는 재주는 없는 민택이었다. 대부분의 남자들처럼 그도 여자의 눈물이 무서웠다.

문득 민택의 머리에 좋은 생각이 떠올랐다.

"아, 너에게 줄 선물이 있단다."

민택이 품에서 비단 주머니를 하나 꺼냈다. 절은 핏물이 굳어 거무튀튀해진 주머니였다. 그 핏자국이 미진의 눈에 크게 들어왔다.

민택이 주머니를 열었다. 주머니는 더러울망정 그 안에 들은 백금머리장식은 깨끗했다. 주머니는 따로 장만할 예정이라 더러운 채였지만 머리장식은 따로 꺼내 잘 씻고 닦아주었다. 하얀 머리장식이 햇빛에 예쁘게 반짝였다.

미진은 그 머리장식이 무엇인지 알아볼 수 있었다. 광룡이 사라지고 나서 전룡대는 그의 행적을 추적했다. 그래서 시장통에서 광룡이 사간 것이 백금머리장식이란 것도 알고 있었다. 미진은 그 머리장식 때문에 광룡이 그런 위기를 겪었다고 생각했다. 햇빛에 반짝이는 깨끗한 머리장식과 거무튀튀하게 변한 비단 주머니가 같이 눈에 들어왔다.

"흑… 으앙!"

마침내 미진이 참지 못하고 울음을 터뜨렸다.

"돌아왔습니다!"

제갈금일이 방문을 벌컥 열며 소리를 질렀다.

"어딜 갔다가 돌아왔다는 거냐?"

중원의 무림 세력 지도를 펴놓고 고민하던 제갈화일이 고개를 들고 물었다. 연일 작전 구상을 하느라 고생을 해서 눈이 퀭하게 들어간 제갈화일이었다.

"광룡이 돌아왔습니다. 그가 살아 왔습니다."

제갈금일이 상기된 얼굴로 말했다.

"뭐얏!"

제갈화일이 자리에서 벌떡 일어섰다. 그 서슬에 책상이 엎어졌지만 상관하지 않았다.

"으하하하! 드디어 고생 끝이구나. 광룡이 살아 돌아왔어. 가자, 어디냐? 내가 당장 그를 맞아야겠다!"

　제갈화일이 신이 나서 말했다. 제갈금일도 신이 났다. 그도 광룡을 찾으러 헤매고 다니는 짓은 더 이상 할 필요가 없었다.

　“그가 돌아왔습니다.”
　팽가의 사내 하나가 팽도수에게 말했다.
　“세상에 그가 한둘이냐? 다짜고짜 그러니?”
　옷을 대충 입은 채로 간식을 먹던 중인 팽도수가 잘 익은 소고기를 두 손으로 잡고 뜯으며 말했다.
　“광룡이 돌아왔습니다.”
　사내가 정정해서 말했다. 팽도수의 손에 들린 고기가 미끄러지며 바닥에 툭 떨어졌다.
　“정말이냐? 몸은 멀쩡하냐? 도를 쓰는 데 문제가 없냐는 말이다!”
　팽도수가 벌떡 일어서며 외쳤다.
　“겉보기에는 건강해 보였습니다.”
　“으하하! 광룡, 역시 광룡이군. 그가 돌아왔으니 내가 어찌 가만히 있겠냐? 가서 환영을 해줘야지. 팽가가 환영식을 거하게 치러줘야지.”
　팽도수가 호쾌하게 웃으며 말했다.
　“그리고 지영이가 부상을 당했습니다.”
　“부상? 뭔 부상?”
　팽도수가 제대로 된 옷을 챙겨 입으며 물었다.
　“오른 어깨를 다친 것 같습니다. 붕대의 크기로 보면 꽤 큰 부상인 것 같습니다.”
　“괜찮아. 안 죽었으면 됐어. 어서 광룡에게나 가보자!”

몸놀림이 빠른 고수답게 어느새 준비가 끝난 팽도수가 방을 나서며
말했다.

"그가 돌아왔습니다."

당문의 장로 하나가 보고했다.

"그?"

방바닥을 뒹굴고 있던 당문의 문주 당태명이 누운 채로 물었다.

"광룡이 돌아왔습니다."

장로의 말이 떨어지기가 무섭게 당태명이 누운 자세 그대로 일어섰
다. 마치 누워 있던 막대기가 일어서는 것처럼 잡동작이 전혀 없었다.

'헛! 문주의 무공 수준이 어느새 저 경지까지.'

장로가 감탄하며 생각했다. 당태명은 독과 암기가 전문인 당가 출신
답지 않게 일반 무공도 강했다. 능히 구대문파의 문주와 무공만 가지
고 겨룰 수 있을 거라고 평가되는 사람이었다. 그런 당태명을 보니 든
든해지는 당문의 장로였다.

"광룡이다. 광룡이야. 어서 가자. 얼른 친해져야지. 이히히."

당태명이 방정맞게 웃으며 말했다. 그는 오대세가 가주들 사이에서
상대적으로 우습게 취급받는 자신의 신세가 싫었다. 그러나 광룡과 손
을 잡으면 그런 일은 이제 끝이라고 믿었다. 이미 하가장과 미진이라
는 연줄이 있었다. 잘만 하면 꿈을 이룰 것 같았다.

그 모습을 본 장로는 고개를 흔들었다. 대외적으로 알려진 당문주의
모습은 팔 할의 가식으로 만들어진 것이었다. 당문주의 가벼운 성격은
장로들에게 큰 고민거리였다.

‘무공만 높아.’

그것이 당태명에 대한 장로의 솔직한 평가였다.

소식을 받은 사람들은 모두 몰려나왔다. 남궁세가나 황보세가의 가주도 가만있지 않았다. 그 외에 남무림맹에 발을 담그고 있는 수많은 문파의 사람들이 광룡을 보기 위해서 몰려왔다.

광룡은 남무림맹이 본거지로 삼는 남궁세가의 정문 앞에서 걸음을 멈추었다. 사람이 너무 몰려와서 더 나가기 곤란했다. 사람들은 광룡 주위로 커다란 원을 그리며 둘러쌌다.

광룡의 왼쪽에는 미진이 서 있었다. 너무 울어 눈이 퉁퉁 부어 있었다. 그러나 그 모습이 오히려 그녀를 더 청순가련한 미녀로 만들었다. 늘어선 젊은 무사들은 미진을 보고 가슴이 쿵쾅거리는 것을 느꼈다. 그러나 무사들은 그걸 내색하지 못했다. 그녀는 광룡의 왼손 소맷자락 끄트머리를 잡고 있었다. 작고 앙증맞은 손으로 절대 놓지 않겠다는 듯이 힘을 주어 꼭 쥐고 있었다.

광룡의 오른쪽에는 석민이 서 있었다. 그는 광룡의 수행인이라는 자부심을 가지고 가슴을 쭉 펴고 있었다. 체격이 광룡보다 더 큰 거구의 석민이었다. 그는 수많은 사람들이 몰려들어도 조금도 기가 죽지 않았다. 제갈세가의 사람들을 보고도 마찬가지였다. 어차피 고수의 자부심은 사라진 지 오래였다. 더 이상 자신을 증명할 필요가 없었기 때문에 남의 눈치도 보지 않았다. 그리고 그의 바로 옆에는 지영이 서 있었다. 좋아하는 여자 앞에서 약한 모습을 보이고 싶지 않았다.

석민의 오른쪽에는 지영이 서 있었다. 그녀의 어깨는 붕대로 뒤덮여 있었다. 옷가지 곳곳에는 핏자국이 묻어 있었다. 한눈에 봐도 심한 부상을 입은 것을 알 수 있었다.

"기다렸습니다."

제갈화일이 광룡에게 말했다. 석민에게는 관심없었다.

"어서 오시오. 나는 믿고 있었소. 하하하!"

팽도수가 웃으면서 말했다. 지영에게는 관심없었다.

"피곤할 텐데 어서 안으로 들어갑시다."

당태명이 말했다. 하미진은 어차피 광룡과 연결된 끈일 뿐이었다.

第六章

"그것들 보시지요. 내가 뭐라고 했습니까? 힘을 모아 치지 못하면 자멸할 것이라고 했잖습니까? 젠장, 좋은 기회 다 버리고 이제 와서 이게 뭐람."

서재걸이 투덜거렸다.

"서 총관, 그렇게 말하지 마시고 좋은 의견을 내보시오. 원래 서 총관이 원했던 작전 아니오?"

사파의 문주 하나가 서재걸을 달래려고 말했다.

"총관 졸업하고 녹림맹주 됐다 싶었는데 여기 오니까 다시 총관질이라니. 내 팔자하고는. 하여간 지금 와서 이건 또 좋지 못한 생각이란 말이외다. 초반에는 우리가 힘을 모으면 꽤 대단했습니다. 그때라면 먹힐 수 있었지요. 그때는 우리가 주력 부대들을 모아 적의 후방을 치면 한몫 단단히 챙길 수 있었단 말이지요. 그렇게 되면 적들 중 이번 일에 간절하지 않은 문파들은 뒤가 두려워서 적극적인 공세를 못 취하고 물러섰을 테니까 말입니다. 그때 잘 밀어붙이면 우리가 무림을 지배하는 거고, 잘 못해도 협상이라도 할 여지는 남았을 텐데. 협상을 했으면 손해는 좀 볼지언정 우리 배 채우는 데는 부족함이 없었을 텐데. 그런데 뭡니까, 이게?”

서재걸이 갑자기 탁자를 탁 치며 호통을 쳤다. 모두들 할 말은 없었다.

“연전연패로 우리 전력이 얼마나 깨져 나갔는지 아십니까? 무사들의 사기는 바닥입니다. 사혈련은 이제 끝났다고 말하면서 도망가는 놈들이 부지기수예요. 이런 상황에서 뭘 할 수 있다는 겁니까? 그땐 적에게 하나의 피해를 주면 됐지만 지금은 열을 해야 효과가 있습니다. 하나도 못했던 주제에 열이라니. 그게 가능하겠습니까?”

서재걸이 소리를 탕탕 지르지만 아무도 뭐라 부정하지 못했다. 하지만 한 명은 예외였다.

“아, 지난 일은 따져서 뭐 하시오. 그냥 앞으로 살아남을 궁리나 하자니까.”

염방주가 조용히 투덜거렸다. 모두 무공의 고수였다. 그 소리를 못 들을 리가 없었다.

“이, 이… 후우. 그래요. 하여간.”

서재걸이 한 소리 더 지르려다가 꾹 눌러 참았다. 녹림은 아직 힘을 회복하지 못했다. 당분간 사혈련의 그늘이 필요했다. 그리고 이대로 이 멍충이들에게 맡겨놨다가 정말로 정파 세상이 된다면 큰일이었다.

정파 세상에서는 산적들도 먹고살기 힘들었다.

"자, 다시 정리할 테니 졸지 말고 잘 들으시기를. 나중에 딴소리하기 없기입니다."

서재걸이 다짐을 받았다. 모두 고개를 끄덕였다.

"우리에게는 역전의 계기가 필요합니다. 정파 놈들은 승승장구하고 있습니다. 그놈들의 뒤통수를 한 방 콱 쳐야 해요. 그들의 자존심을 뭉개야 하지요."

"그러니까 적당한 문파를 골라서."

"적당하게 해서는 택도 없다니까! 내 말을 뭐로 들은 겁니까? 콧구멍으로 들었습니까?"

서재걸이 큰소리를 쳤다. 말을 꺼낸 문주의 목이 쑥 들어갔다.

"적의 자존심이 될 만한 문파를 쳐야 합니다. 아주 아작을 내야 해요. 작은 곳이 망했다는 소식은 사기가 한창 올라 있는 놈들을 자극할 뿐입니다. 확실한 곳을 뭉개 버려야 그놈들이 어마 뜨거라 하지요."

"놈들의 자존심이라면 혹시 구대문파 중의 소림사나 오대세가 중의 남궁세가를 말하는 건가? 그게 될 거라고 생각하는 건지 원. 소림사의 지근거리에 북무림맹이 있다고. 남궁세가에는 아예 남무림맹이 들어앉아 있고."

염방주가 다시 딴지를 걸었다. 원수인 서재걸이 하는 말은 무조건 마음에 들지 않았다.

"흥. 미쳤소? 그런 데를 치게?"

서재걸이 비웃으면서 부정했다.

"미쳐? 말을 함부로 하는군? 녹림이 요새 세가 좀 나아지셨나? 지난

번에 우리에게 당한 부하들은 좀 복구했나 보지? 우리 아이들이 아주
이를 갈고 있는데."

염방주가 서재걸에게 시비를 걸었다.

"세상에 널린 게 산적인데 숫자 따위 채우는 것이 무슨 힘든 일이려
고? 요새 우리 덕분에 일꾼이 부족해져서 소금 팔아먹기 힘들어졌다고
하던데. 끼니는 거르지 않소?"

서재걸도 지지 않았다.

"아, 그래. 알겠어요. 여기 어르신들은 모두 한 문파의 문주들이세
요. 바보가 아니라는 말이지요. 무슨 말인지는 이제 알겠으니까 다음
에 어디를 칠지나 빨리 이야기해 봐요. 이거 답답해서 환장하겠네."

나름대로 이름 좀 날리는 사파 중 하나인 지선방의 방주가 불평했
다. 지선방은 두 가지로 유명했다. 하나는 지선방이 거느리고 있는 전
투 부대인 지둔조였다. 이십 명의 고수로 구성된 지둔조는 각 조원들
의 무공이 뛰어나고 목적을 위해서는 수단과 방법을 가리지 않는다는
점으로 유명했다.

그리고 그것보다 더 유명한 것은 지선방의 방주이자 지둔조의 조장
이 동일 인물이며 그 방주가 여자이며 그 이름이 방파와 같은 지선이
란 것이었다. 여고수가 귀한 무림에서 여자가 사파를 거느리고 또 전
투 부대의 대장까지 겸직한다는 것은 그리 흔한 일이 아니었다. 그리
고 그 여자의 성질이 화끈해서 조금만 잘못 건드리면 꼭 보복하는 것
으로 더 유명했다. 특하나 자신이 방주가 됨과 동시에 방파의 이름을
지선방으로 바꿔 버린 것은 잘 알려진 이야기였다.

다른 사람들도 모두 같은 의견인지 둘을 보는 눈이 곱지는 않았다.

사람들은 특히 염방주를 노려보았다. 염방주는 세가 불리함을 느꼈다. 어쨌든 지금 작전을 세우는 것은 서재걸이었고 자신에게는 그런 재주가 없었다. 군사라도 데려다놓았으면 좋았겠지만 지금 이건 문주들만의 회의였다. 작전을 마련하고 싶었으면 군사를 미리미리 들볶아서 결과를 내고 그걸 외워서 들어왔어야 했다.

"훙. 어디서 여자가 나서고 말야."

무안해진 염방주가 콧방귀를 끼고 투덜거렸다. 준비 안 한 게으른 자의 패배였다. 공연히 지선방주에게 화살을 돌렸다.

"이 쌍놈의 자식이 뭐가 어쩌고 어째?"

염방주의 말을 들은 지선방주가 불같이 화를 내며 벌떡 일어섰다. 염방주는 어이가 없었다. 지금 염방이 맛이 갔다고는 하지만 지선방에게 농락당할 만큼은 아니었다. 지선방이 그나마 전력을 보존한 문파이기는 하지만 이런 대접은 예상치 못한 일이었다.

"이년이 어디서 감히. 크악!"

염방주가 소리를 지르다가 비명을 지르며 나뒹굴었다. 지선방주가 탁자를 뛰어넘으면서 염방주의 턱을 걸어찼기 때문이다. 문파에 비해 무공이 평범한 편인 염방주였다. 다리 하나가 날아가서 정기가 크게 손상된 상태였다. 전투 부대를 직접 이끄는 지선방주에게 당할 수 없었다. 그녀가 펄럭이는 치마를 붙잡고 탁자 위에 서서 쓰러진 염방주를 노려보고 있었다.

"허허. 진정들 하세요. 우리끼리 싸울 때가 아니잖습니까?"

서재걸이 웃으면서 말했다. 그로서는 깨소금 맛이었다.

지선방주가 염방주를 걸어찬 것은 평소에는 할 수 없는 일이었다.

그러나 그녀는 현 정세를 믿었다. 녹림이 맛이 갔지만 염방도 마찬가지였다. 염방과 원수를 지면 불리했지만 녹림을 등에 업으면 할 만했다. 지선방은 전력을 온전히 보존하고 있었기 때문에 더욱 할 만했다. 그래서 그녀는 자신의 불같은 성미를 참지 않았다. 여차하면 서재걸의 손을 잡으면 그만이란 계산이었다.

"다들 앉으시고. 제 이야기를 다시 들어보십시오. 우리는 어설픈 곳을 쳐서는 효과가 없습니다. 그런데 구대문파나 오대세가는 안 됩니다. 습격의 성공 가능성은 제쳐 두고 일단 성공했다고 가정합시다. 소림사를 치면 바깥에 있는 소림의 사람들이 들고일어납니다. 세상에 깔린 소림 속가제자의 숫자는 셀 수도 없습니다. 그들이 독기를 품지요. 또 다른 구대문파들도 소림의 요구에 의해서 어쩔 수 없이 병력을 내놓아야 합니다. 소림은 그만한 힘이 있는 곳이지요."

"그럼 남궁세가를?"

"남궁세가를 치는 것은 더 바보 짓이지요. 새대가리도 아닌데 어떻게 이런 미련한 생각을 할 수 있는지 원. 남궁세가에는 남무림맹 본부가 있습니다. 따라서 거기에는 오대세가의 가주들 전부와 핵심 인사 상당수가 모여 있습니다. 그들이 우리에게 당한다고 생각해 보십시오. 나머지 세가들이 힘을 잃어 세가 약해질 거라고 생각하십니까? 천만에요. 그들은 가족입니다. 오대세가는 가족으로 만들어진 집단입니다. 가족이 죽었는데 참겠습니까? 눈에 핏발을 세우고 복수를 하려고 들겁니다. 완전히 혹 떼려다가 혹을 무더기로 붙이는 일입니다."

서재걸이 단호하게 부정했다.

"그럼 어디를 치자는 말씀이신지요?"

조그마한 군소사파의 문주 하나가 조심스레 물었다. 그는 대화의 중심에 끼어들고 싶었다.

서재걸이 벌떡 일어서더니 벽에 걸려 있는 커다란 중원 지도 앞으로 걸어갔다. 검을 뽑더니 지도의 한복판을 콱 찍었다.

"바로 이곳입니다."

서재걸이 선언했다.

"헉! 거긴 남양? 설마 정의문?"

서재걸이 하는 꼴을 아니꼽게 쳐다보고 있던 염방주가 화들짝 놀랐다.

"그렇습니다. 정의문이지요. 정의문은 대표적인 정파이면서 구대문파나 오대세가와 연관이 없습니다. 그 홍보 효과는 최대이면서 후환은 최소인 곳이지요. 그리고 우리 녹림과의 싸움으로 그 전력이 절반으로 줄어들어 있는 곳입니다. 전룡대도 남무림맹 쪽으로 나가 있으니 금상첨화지요. 게다가 정의문은 아무리 어려운 싸움이 있어도 다른 문파의 도움을 받지 않습니다. 녹림에게 반 토막이 났을 때마저도 그랬습니다. 이보다 좋은 먹잇감이 어디 있겠습니까?"

서재걸이 눈빛을 빛내며 말했다.

"광룡의 복수는 어떻게 감당하려고?"

염방주가 부르르 떨면서 물었다. 광룡과 함께 일해본 후 그에 대한 두려움을 뼛속 깊이 새겨 넣은 염방주였다.

"광룡은 현재 실종 상태. 정말로 북무림맹에 당했는지 아니면 남무림맹의 계략인지. 이도 저도 아니면 어디서 신선놀음이라도 하고 있는지 알 수 없습니다. 하지만 중요한 것은 그가 바로 지금 사라진 상태라는 거지요. 당장 없는 자마저 두려워한다면 우리가 어떻게 살아남겠습니까? 마냥 기다린다면 우린 결국 몰살입니다. 그걸 아니까 지금 이런 계획을 세우는 것 아닙니까? 그리고 광룡이 아무리 대단해도 결국 사람입니다. 신이 아니란 말입니다!"

서재걸이 큰소리를 쳤다. 그가 생각하기에 이건 최선의 수법이었다. 사혈련이 살아남기 위해서 반드시 해야 하는 일이기도 하며, 정배를 위한 복수이기도 했다.

사람들은 모두 쑥덕거리기 시작했다. 정의문이라는 이름 석 자가 사파 사람들의 가슴에 주는 두려움은 작지 않았다. 그래서 그들은 고민을 했으며 또한 욕심 속에서 갈등했다. 어찌 보면 마음속의 두려움을 털어버릴 수 있는 기회였다.

"그럼 누구를 얼마나 보내야 작전이 성공할 것이라고 생각하십니까?"

누군가가 물었다.

"최고의 고수에게 지휘를 맡기고, 실력있는 고수들을 최대한 딸려야 합니다. 무조건 고수들로 부대를 편성해야 합니다. 또한 우리의 목표가 정의문임은 그들에게조차 알리지 말아야 합니다. 개나 소나 알게 되면 첩자의 귀에도 들어가는 법입니다. 이 일은 우리 문주들만 알고 있어야지요. 설마 한 문파의 문주가 첩자일 리는 없으니까요. 이 얼마나 완벽한 계획입니까? 그럼 어지간하면 그렇게 결정들 하시지요?"

서재걸이 마치 아침 다음에는 점심이 온다는 것을 말하는 것처럼 당연하다는 표정을 짓고 말했다.

"하지만 고수들을 그렇게 보냈다가 그들이 당하면 그 피해는 어찌

감당한단 말입니까? 아무리 고수라고 하더라도 무사들의 배후 지원을 받으며 싸워야 그 효율이 극대화되는 법입니다. 그리고 무사들 중에 고수가 없으면 고수가 끼어 있는 부대를 만났을 때 힘을 쓰기 어려운 법이지요. 고수와 무사의 관계는 이와 잇몸의 관계인지라 서로 보완해야 전투력이 상승하는 법입니다. 물론 우리의 전력이 남아돈다면 고수만으로 편성하는 부대를 만드는 것도 좋은 수인 건 인정합니다. 하지만 지금같이 밀리는 때는 고수와 일반 무사들을 조합해야 최고의 효율을 볼 수 있습니다. 재고해 주시지요?"

문사 하나가 일어나서 말했다.

"그대는 뉘신가?"

처음 보는 얼굴을 보고 서재걸이 물었다.

"예. 차호문의 군사를 맡고 있는 독생저라고 합니다."

독생저가 공손히 신분을 밝혔다.

"아, 차호문. 문주는 어디 가시고?"

서재걸이 웃으면서 물었다.

"지난밤 근무자들을 독려하시느라 찬 이슬을 맞으신 때문인지 열이 좀 있으셔서 쉬고 계십니다. 임시로 제가 대신 왔습니다."

독생저가 대답했다.

"아, 그러시군. 참 열심히 일하시는 문주시로군. 그럼 내 말을 잘 들으시오. 한 번만 말하겠소."

서재걸이 얼굴을 굳히며 말했다.

"예. 귀를 씻고 듣지요."

독생저가 자세를 바로 했다. 한마디도 놓치지 않겠다는 의지가 보였다.

"그럼 말하겠소. 어디 천한 것이 감히 문주님들이 계신 곳에 와서 감 놔라 배추 놔라 하는 게냐! 네놈은 여기 계신 분들이 너만한 식견이 없어서 가만히 계시는 줄 아는 게냐! 여기가 어딘 줄 아느냐? 문주들만이 들어올 수 있는 자리다! 너 같은 군사새끼가 오는 곳이 아니란 말이다! 당장 꺼지지 못하겠느냐? 이후 내 눈에 띈다면 내 친히 네 목을 따 버리겠다!"

서재걸이 갑자기 호통을 쳤다. 그 고함 소리를 들은 독생저는 깜짝 놀라며 자리에서 일어섰다. 서재걸에게서 살기가 느껴졌다. 급히 뒤돌아서 달아나기 시작했다.

'사혈련은 끝났구나. 가장 똑똑한 자라는 서재걸이 저 지경이라니. 나는 다른 살 방도를 강구해 봐야겠다.'

독생저가 속으로 판단했다. 머리가 잘 돌아 차호문이라는 조그마한 사파의 군사가 되었다. 그리고 그 잘 돌아가는 머리 때문에 사혈련의 미래가 눈에 보이는 듯했다.

독생저가 사라지자 사람들이 다들 서재걸을 쳐다보았다.

"잠시 실례를 했습니다. 여러분이 궁금해하시니 설명을 드리지요. 저자의 말이 그다지 틀린 것은 아닙니다. 아무리 고수라고 하더라도 일반 무사 사이에 홀로 떨어지면 금방 목숨을 잃는 법이지요. 고수를 받쳐 주는 무사들이 적들을 견제해야 하지요. 그러면 고수는 그 사이에서 성난 호랑이처럼 날뛰며 적의 목을 딸 수 있으니까요. 물론 고수들이 아주 많다면 그들만 보내는 것이 백배 뛰어나지만 그리 흔하면 고수라고 할 수 없지요. 그런 귀한 고수들만 보냈다가 그들이 당하면 본부에 남은 병력들은 치명적인 전력 손실을 입게 됩니다. 무사들만으로는 적의 고수들이 충분히 섞인 부대를 상대하기 버겁기 때문이지요. 그런 때는 적의 고수들을 우리 고수들이 견제해야 무사들이 힘을 쓸 수 있습니다. 그런 유용한 고수들을 잃으면 전력 약화가 급격히 일어나지요. 맞습니다, 맞아요. 그자의 말처럼 고수와 무사는 이와 잇몸의 관계입니다."

서재걸이 인정했다.

"하지만 이건 기습 작전입니다. 무사들을 잔뜩 보내면 적의 눈에 띄지 않을 방도가 없습니다. 고수들만 모아 산길로 조심해서 보내야지만 멋모르고 있는 정의문을 기습할 수 있습니다. 반대로 우리가 전투력을 올리겠다는 생각에 천 명이나 이천 명쯤 무사들을 딸려 보낸다고 생각해 보십시오. 어떻게 될 건지? 사방에 널린 게 적의 첩자입니다. 정보를 눈치챈 적들이 우리들의 이동 경로에 매복하고 있다가 습격하지 않는다고 어찌 보장하십니까?"

서재걸의 말에 문주들이 침을 꿀꺽 삼켰다.

"그렇게 되면 부대를 보내지 않느니만 못하게 됩니다. 첩자들의 추격을 따돌리고 움직일 수 있는 것은 고수들로 만들어진 부대뿐입니다."

서재걸이 강하게 주장했다.

"그럼 총관의, 아니, 녹림맹주의 말은 이번 작전에 우리의 힘을 얼마나 쏟아 부어야 한다는 것이오?"

문주 하나가 물었다. 큰 떡은 쌀 몇 톨로 만들 수 없었다. 보통의 투자로 될 일이 아니라는 것은 이해했다.

“쓸 수 있는 모든 것입니다. 최고의 고수로 대장을 삼아야지요. 하나로는 부족합니다. 최고의 고수가 둘은 있어야 혹시 절대고수를 만난다 하더라도 상대가 가능하니까요. 그리고 남는 고수들은 물론이고 당장 임무에서 뺄 수 있는 고수들은 닥치는 대로 긁어모아야 합니다. 우리는 이번 일에 모든 것을 걸어야 합니다. 성공하면 판세를 뒤집을 수 있습니다. 최소한 놈들을 협상 탁자에 끌어낼 수는 있습니다. 만약 실패하면.”

서재걸이 말을 멈추고 침을 꿀꺽 삼켰다.

“제갈공명이라도 데려오기 전에는 사혈련의 멸망을 막을 수 없을 겁니다.”

서재걸이 말을 마쳤다. 모두들 서재걸의 말을 듣고 식은땀을 흘렸다.

“너무 비관적으로 보시는 건 아닌지.”

“모든 건 말입니다.”

서재걸이 다시 말을 시작했다.

“당신들이 시작한 겁니다. 힘을 최대한 모아 적의 뒤를 치자고 했을 때 받아들였다면 설사 실패해도 패망까지는 가지 않았겠지. 적에게 따끔한 경고가 될 수도 있었겠지. 하지만 지금까지 질질 끌어온 게 문제이지요. 이제는 실패하면 우린 끝장입니다. 더 이상 물러설 곳이 없습니다.”

자리가 사람을 만든다. 녹림맹주가 된 서재걸이 눈빛을 빛내며 말했다. 맹주다운 모습이었다. 모두들 말이 없었다. 어차피 가만있어도 끝장이었다.

정의문 타격의 임무를 맡은 특수 임무 부대의 대장은 냉혈검마였다. 그리고 부대장은 혈마도에게 맡겨졌다.

냉혈검마와 혈마도가 사혈련에 가담한 것은 그들 모두 북무림맹의 살생부에 명단이 있었기 때문이다. 제거해야 할 문파를 기록하는 곳인 살생부에 개인의 이름이 있는 것은 지원이 그들을 적어도 사파 문파 하나만큼의 악으로 인식한다는 뜻이었다.

그들은 그만큼 많은 악행을 저질렀다. 그들의 대표적인 악행은 살인이었다. 그들의 손에 죽은 사람들의 숫자는 셀 수 없을 만큼 많았다. 그들 스스로도 기억하지 못할 만큼이었다.

그렇게 많은 악을 저지르고, 또 혼자 다닌다는 불리함에도 불구하고 그들은 살아 있었다. 대낮에 멀쩡히 돌아다녔다. 그건 그들의 무공이 그만큼 대단했기 때문이다. 그들은 절대고수까지는 아니었지만 그에 근접한 수준의 평가를 받고 있었다. 사람들은 냉혈검마나 혈마도 두 명이면 절대고수 하나는 상대할 수 있다고 생각했다. 그래서 그들이 이 부대의 대장이 되었다.

그 두 명 중 하나라도 잡기 위해서는 당연히 대규모의 토벌대가 편성되거나 절대고수가 몸을 움직여야 했다. 그러나 대규모 토벌대의 움직임은 쉽게 드러나기 마련이었다. 냉혈검마나 혈마도는 토벌대의 소식만 들리면 일찌감치 달아나서 잠적해 버렸다. 그렇다고 폭호나 활검 같은 절대고수가 움직이기도 어려웠다. 그들은 악인 하나 잡으려고 막대한 시간을 소모하며 중원을 헤집고 다니고 싶어하지 않았다. 그것이 그들이 살아남은 이유였다.

"남양이 멀지 않았소이다. 정의문이 코앞이오. 오늘 혈마도의 무서움을 한번 구경해 봅시다."

냉혈검마가 말했다.

"내 도는 워낙 막 쓰는 놈이니 아랫것들하고 개싸움을 한다 치고, 그럼 냉혈검마께서는 도도하게 구경만 하시려고?"

대답하는 혈마도는 시비조였다.

"허허, 진정하시오. 내 어찌 혈마도가 싸우는 곳에서 구경만 하겠소이까? 혹여 혈마도가 흘리는 놈들이 있으면 내가 모두 잡아 족치리다."

냉혈검마가 웃으며 말했다.

"알겠수다. 나는 잡것들이나 죽일 테니 내가 상대 못하는 거물들은 냉혈검마께서 잡으시든지."

혈마도가 툴툴거렸다. 냉혈검마는 그런 혈마도를 보고 피식 웃었다. 그러나 속은 부글부글 끓고 있었다.

둘의 사이가 처음부터 나빴던 것은 아니었다. 나쁘고 자시고 할 것도 없는 것이, 둘은 원래 일면식도 없었다. 서로의 명성만 들었을 뿐 얼굴도 몰랐다.

문제는 지금의 이 혈사대를 만들면서였다. 정의문을 멸문시켜 사혈련이 다시 일어설 수 있는 기회를 만들겠다는 것이 혈사대를 만든 이유였다. 혈사대에 여유가 있는 고수들은 모조리 끌어 모았다. 그리고 사혈련이 보유하고 있는 최고의 고수 둘을 지휘관으로 삼았다.

물론 사혈련의 정예가 모인 혈사대의 대장을 맡고 싶어하는 문주들은 많았다. 하지만 아무도 맡을 수는 없었다. 이런 강한 힘이 어느 한 문파에게 쏠린다면 사혈련이 그 문파로 넘어갈 수도 있었다. 아무도 그런 일은 원하지 않았다.

그래서 그들은 세력이 따로 없는 냉혈검마와 혈마도를 골랐다. 둘을 고른 것은 하나에게 혈사대를 맡겼다가 그가 어느 문파로 회유되는 사태를 우려했기 때문이다.

문제는 부대는 하나인데 지휘관이 둘이 될 수 없다는 것이었다. 하나는 대장이 되지만 다른 하나는 부대장이 되어야 했다.

그래서 명성이 반 푼이라도 더 높은 냉혈검마가 혈사대의 대장을 맡았다. 혈마도에게는 부대장이 주어졌다.

혈마도는 그것이 불만이었다. 둘 사이의 명성 차이는 정말 반 푼이었다. 서로 붙어본 적이 없으니 혈마도가 꼭 진다는 보장도 없었다. 그런데 대장과 부대장의 권한 차이는 엄청났다. 부대장이 아무리 이리해라 저것이 옳다 하고 입이 아프도록 떠들어도 최종 명령을 내리는 것은 결국 대장이었다. 그리고 가장 큰 공을 차지하는 것도 대장이었다.

그래서 혈마도는 사사건건 냉혈검마에게 시비를 걸었다. 냉혈검마는 그런 혈마도를 보며 언제나 좋은 말로 넘어갔다.

냉혈검마가 속이 좋아서 그러는 것은 아니었다. 그는 악을 행함으로써 지금의 명성을 쌓은 자였다. 좋은 놈일 리가 없었다.

그러나 그는 그런 짓들을 벌이고도 아직까지 살아 있는 자였다. 사태를 냉철히 판단했다.

냉혈검마는 이미 대장이었다. 혈마도는 부대장이었다. 그리고 냉혈검마 역시 자신의 명성이 조금 더 높지만 그게 둘이 붙었을 때 승리를 보장해 줄 만큼은 아니란 것을 잘 알았다. 이미 붙잡은 대장 자리를 걸고 질지도 모르는 싸움을 할 이유가 없었다.

대신에 그는 자신의 자리를 이용한 보복을 계획하고 있었다. 아직은 별일이 없지만 위험한 싸움거리가 생기면 그쪽으로 혈마도를 보낼 생각이었다. 거기서 죽어주면 다행이고 살아오면 아쉽지만 다음 기회를 노리면 그만이었다. 그런 계획이 있었기 때문에 냉혈검마는 억지로라도 웃을 수 있었다.

"그나저나 싸움은 자신있으시오?"

냉혈검마가 혈마도를 슬쩍 떠보았다.

"자신이 없을 리가 없지. 우리 전력이 얼마요? 고수만 오백이오, 오백. 정의문에 얼마나 버티고 있는지 몰라도 고수 오백을 버틸 만큼은 아닐 거요. 전성기 때의 정의문이라면 모르겠는데 지금은 반 토막이나 있잖소? 한입거리지 뭐. 씹으면 야들야들할 거야."

혈마도가 큰소리를 쳤다. 혈마도 자신도 이런 전력은 운용해 본 적이 없었다. 평소에 고수 오백이라면 정말 누구도 두렵지 않을 전력이었다. 뒤가 든든한 혈마도는 간이 붓고 있었다.

원래 그들이 정의문을 공격한다는 것은 부하 고수들도 모르는 일이어야 했다. 정말 필요한 몇 명만 알아야 하는 일이었다. 그래야 기습이 성공할 수 있었다. 그러나 지금은 남양이 코앞이었다. 여기까지 왔는데 목표가 어딘지 모른다면 말이 되지 않았다. 공식적인 발표만 없을 뿐 고수들은 모두 목적지가 어딘지 알았다. 그래서 혈마도는 정의문을 함부로 언급하고 있었다.

그곳으로 가기 위해서는 숲을 하나 통과해야 했다. 숲을 지나면 남양이 바로였다. 어차피 주로 산을 타고 이동해야 했기 때문에 숲을 지나는 것을 마다하지는 않았다. 게다가 이 숲에는 작지만 길도 있었다. 이동 속도도 올릴 수 있었다. 그리고 꼭 통과해야 하는 곳이기도 했다. 그 숲을 이용해야 마지막까지 혈사대의 위치를 숨기기에 좋았기 때문이다. 그게 가장 안전한 습격 경로였다. 그리고 바로 그 점 때문에 이 숲은 위험했다.

그들이 숲을 통과할 때, 갑자기 사방에서 불화살이 날아들었다.
"습격이다!"
누군가가 소리를 질렀다. 모두들 고수들이었다. 불화살이 아니라 일반 화살이 날아온다고 하더라도 직접적인 위협은 없었다. 특별히 고수가 쏜 것이 아니라 일반 화살 따위에 맞아 죽는다면 고수의 자격이 없었다. 그러나 불화살의 무서움은 화살의 날카로움이 아니었다. 그것이 땅에 떨어진 후 일으키는 불길이 진짜였다. 겨울에 들어서 바짝 말라 있는 초목에 불이 순식간에 옮겨 붙었다.
"타격조! 궁수들을 제압하라!"
냉혈검마가 고함을 질렀다. 타격조는 사전에 따로 뽑아둔 이십여 명의 고수들이었다. 그들은 혈사대원들 중에서도 경공이 특히 뛰어났다. 적의 기습에 대응하기 위해 만든 조였다. 그들이 부챗살처럼 사방으로 퍼져 나갔다. 그들은 화살이 날아온 방향으로 달렸다. 화살을 날린 적을 제압해 더 이상의 화재를 막아야 했다.
궁수들은 원래 직접 전투력이 약한 편이었다. 냉혈검마는 타격조 이십여 명만으로도 당장 급한 처치는 가능할 것으로 생각했다. 그리고 그들이 숲 속으로 들어서자마자 요란한 병장기 부딪치는 소리와 함께 비명 소리가 연이어 들려왔다. 그 시간은 짧았다. 순식간에 조용해졌다.

냉혈검마의 얼굴이 굳었다. 날아온 화살 수보다 훨씬 적은 비명 소리였다. 오히려 쳐들어간 고수들의 숫자와 비슷한 비명이었다. 궁수들을 찾아 죽이기에는 부족한 시간이었고 느낌도 달랐다. 그리고 고수 이십 명을 이렇게 빨리 죽이려면 훨씬 더 많은 고수들이 함정을 파고 대기하고 있어야 했다.

상황이 좋지 않았다.

"전원 급속 전진! 최대한 빨리 화재 지역에서 벗어나라!"

마음이 급해진 냉혈검마가 다시 소리를 질렀다. 내공이 실린 그의 목소리는 전장에 골고루 퍼졌다. 불길이 무섭다고는 하지만 이전에 정의문을 태웠던 것만큼 대단하지는 않았다. 고수들은 숨을 참고 타오르는 불길 사이로 몸을 날렸다. 모두 날랜 발걸음이었다. 불길은 그들의 발목을 잡지 못했다.

얼마 달리지 않아 그들은 화재 지역을 빠져나올 수 있었다. 사방에 나무가 없는 넓은 평지에 도착했다. 이곳이라면 불길이 오더라도 대비할 수 있어 보였다. 그들은 안전해 보이는 곳으로 오자마자 숨을 크게 쉬었다. 연기 때문에 오래 참았던 숨이었다. 아무리 내공이 높아도 숨을 쉬지 않고 달리는 것은 쉽지 않은 일이었다.

화재 지역은 벗어났지만 약한 연기가 다가오고 있었다. 그러나 그것에 신경 쓰는 사람은 없었다. 불이 나면 으레 연기도 따라오는 법이었다. 모두들 반격을 준비하며 당장의 공기가 맑음을 감사했다. 그런 그들 사이로 연기가 밀려들기 시작했다. 연기 쪽에 서 있던 고수들이 숨을 쉬는 와중에 그 연기도 같이 들이마셨다. 그리고 그 연기를 마신 고수들이 하나둘씩 심하게 기침을 하기 시작했다.

"명색이 고수라는 놈들이 그깟 연기 좀 마셨다고 난리 치는 꼴이라니. 그 기침 소리 당장 멈추지 못하겠느냐?"

짜증이 난 혈마도가 소리를 질렀다. 그러나 기침 소리는 멈추지 않았다. 연기는 점점 퍼지고 이제 거의 백여 명의 고수들이 피를 토할 듯이 기침을 해댔다.

"쿨럭, 쿠와악!"

마침내 가장 먼저 연기를 마셨던 외곽 쪽 고수 하나가 진짜로 피를 토했다.

"뭐, 뭐냐!"

혈마도가 깜짝 놀라서 외쳤다. 그가 놀라는 사이에 두어 명의 고수들이 다시 피를 토하기 시작했다.

"독이닷! 모두 연기에서 빠져나와!"

사파의 고수들 중에는 독 좀 쓴다 하는 자들이 몇 있었다. 그들 중 하나가 상황을 깨닫고 급히 소리를 질렀다. 그 말을 들은 나머지 고수들이 즉시 반응했다. 모두 연기로부터 급격히 멀어졌다. 연기 속에서 기침을 해대던 고수들도 가슴을 부여잡고 빠져나왔다. 그러나 피를 토한 몇 명은 몇 걸음 움직이지 못하고 쓰러졌다. 그들은 이미 너무 많은 독연을 마셨다. 고통스럽게 기침을 하며 피를 토했다.

"으득, 당했다!"

냉혈검마가 이를 갈았다. 십여 명이 독연에서 빠져나오지 못했다. 연기를 마신 구십여 명은 비록 살아남았지만 독에 중독되어 있었다.

빠져나온 자들 중 다시 십여 명이 피를 토하기 시작했다. 나머지 팔십여 명도 안색이 창백한 채로 기침을 했다. 입가로 가느다란 핏줄기가 흐르는 자들이 많았고 비교적 멀쩡해 보이는 자들도 힘을 쓰지 못했다. 다들 급히 공력을 운기해 독을 몰아내려고 했다.

"이게 무슨 독인지 아는 자 없느냐?"

냉혈검마가 주변을 둘러보며 물었다.

"이건 나무 태우는 연기와 비슷하면서도 마셨다 하면 피를 부르는 독입니다. 몇 군데 이런 것을 가지고 있지만 그중에서 사천당문의 연무독이 가장 유명합니다. 하지만 이 독은 연기의 형태이기 때문에 고수들에게 마시게 하기 어려워 잘 쓰이고 있지는 않습니다. 연기가 오면 다른 장소로 피하는 것이 보통의 경우니까요. 대신에 일단 마셔 버리면 꽤나 치명적입니다. 효력을 봐서도 틀림없어 보입니다. 하지만 이만한 분량의 독이라니. 연기가 방 하나 채울 만한 분량을 만드는 데도 금 한 덩이가 들어가는 독이라고 알고 있습니다. 이만한 곳에 연기를 채울 만큼이면 도대체 황금이 얼마나 들어갔을지. 쩝."

주변에 있던 독을 좀 아는 고수 하나가 아깝다는 듯이 입맛을 다셨다.

"당문? 당문의 독이라고? 그럼 저 화재도 당문의 짓이란 말이냐? 우리가 연무독을 눈치채지 못하게 하려는?"

냉혈검마가 화들짝 놀라며 말했다.

"그게 문제가 아니지. 당문이 와 있다니. 우리의 행보가 들켰다는 뜻이야. 이놈들이 어떻게 알았을까? 문주들밖에 모르는 일이라고 했는데. 하여간 사파새끼들 입 싼 건 알아줘야 해. 제기랄."

혈마도가 인상을 쓰며 욕을 했다. 비밀을 유지하기 위해서 고수로만 편성된 부대였다. 그러나 당문이 나타났다. 하는 짓을 봐서 준비를 단단히 한 것 같았다.

"걱정 마시오. 우리의 전력이 어디인데. 이만하면 당문이 몽땅 와도 쓸어버릴 만큼이오. 고수가 오백이오, 오백."

냉혈검마가 자신있게 말했다.

"오백은 개뿔이. 조금 전에 이십 놈 잃었고 지금 또 이십 잃었고 팔십 놈은 빌빌대고 있는데. 셈이 안 되시오? 셈이?"

혈마도가 즉시 딴지를 걸었다.

"그럼 어쩌자고? 넌 우리 숫자 줄이니까 좀 기분 좋아? 어?"

냉혈검마가 더 이상 참지 못하고 버럭 화를 냈다.

"감히 어따 대고 너야?"

혈마도가 마주 소리를 질렀다. 둘이 일으키는 기세가 충돌하는 여파로 낮은 천둥소리가 들렸다.

"좋소, 좋아. 어쨌거나 이 자리를 먼저 벗어납시다. 모두 내 뒤를 따라 뛰어라! 안전한 곳으로 빠져나가서 전열을 재정비한다!"

냉혈검마가 양보를 하며 외쳤다. 자신은 혈사대의 대장이었다. 부대를 유지시킬 책임이 있었다. 지금 혈마도와 싸웠다가는 남 좋은 일만 시켜준다는 것을 깨달았다. 혈마도에 대한 복수는 천천히 할 수 있었다.

"흥! 일단 그럽시다."

혈마도 역시 바보는 아니었다. 이 자리는 그에게도 위험했다.

"저, 부상자들은 어떻게 합니까?"

고수 하나가 냉혈검마에게 조심스럽게 물었다.

"부상자?"

냉혈검마가 그런 사람이 있었냐는 듯이 물었다.

"피를 토하고 있는 사람이 이십 명입니다. 독을 진기로 억누르고 있는 자들도 팔십여 명인데 뭐라 하시면……."

"스스로 부주의했던 놈들 아니냐? 피 토하는 놈들은 알아서 하라고 해라. 우리가 저 독에 대한 해약을 가진 것도 아니잖느냐?"

"하지만 팔십여 명도 지금 경공을 발휘하기는 어려운 상황인지라."

그 고수가 다시 말했다. 악명이 자자한 냉혈검마의 말에 이만큼이나 저항하는 것은 목숨을 걸어야 할 수 있는 짓이었다. 고수의 등에서는 식은땀이 줄줄 흘렀다. 하지만 할 수 없었다. 악당 중에서 진짜 친구를 가진 사람은 많지 않았다. 그래도 가끔 있었다. 그가 그런 경우였다. 자기 친구가 피를 토하고 있는데 버려두고 가기 어려웠다. 오백이면 누구를 만나도 빠지는 전력이 아니었다. 모두 남아서 적을 경계하며 독을 치료하기를 원했다.

"여기는 안전할 줄 아냐? 독을 푼 놈들이 근처에 있을 거다. 그런 곳에 남아 있기는 싫다. 에라, 모르겠다. 어차피 우리 발목이나 잡을 놈들. 그럼 너희 팔십 개잡놈들은 피를 토하는 놈들의 호법이나 서라. 그리고 오늘 중에 우리를 쫓아오지 못하는 놈들은 목을 칠 것이니 독을 다스리는 대로 즉시 쫓아와라. 알겠느냐?"

냉혈검마가 큰 소리로 명령했다.

"알겠습니다."

독에 중독된 고수들이 힘없이 대답했다.

“그럼 다 됐냐? 가자! 모두 달려라!”

냉혈검마가 소리를 질렀다. 그의 명령에 따라 사백여 명의 고수들이 경공을 발휘하며 우르르 달리기 시작했다.

그들이 속도를 내서 정의문을 향해서 달려갔다. 목적지가 그리 멀지 않았다. 이 숲만 빠져나가면 끝이었다. 그런 그들의 앞에 다시 길을 막고 나무들을 쌓아 만든 낮은 방책이 보였다. 넓고 길게 만들어진 방책이었다.

“전방에 장해물입니다. 우회할까요?”

고수 하나가 급히 물었다.

“개소리 하지 말고 뛰어넘어라! 단숨에 진격하라!”

냉혈검마가 소리를 질렀다. 그의 명령에 따라 고수들이 일제히 방벽을 뛰어넘기 시작했다.

“으아악! 내 발!”

처음에 방벽을 넘은 고수들이 일제히 비명을 질렀다. 그 숫자가 오십여 명이었다. 발을 찌르는 고통에 쓰러진 자들은 더 비참해졌다. 쓰러진 땅바닥에도 그들을 찌르는 쇳조각들이 널려 있었다. 풀숲에 잘 숨겨진 뾰족하고 날카로운 쇳조각들이었다.

“암기다! 당문의 암기다!”

앞 사람들이 지르는 비명을 듣고 나무 방책에 매달린 고수 하나가 소리를 질렀다. 더 이상 방책을 뛰어넘는 사람은 없었다. 바닥에 깔려 있는 다양한 암기에는 당문의 독이 발라져 있었다. 오십여 명의 고수들이 꺼멓게 죽어가기 시작했다. 급히 가부좌를 하고 앉아 독을 밀어 내려는 고수는 그나마 여유가 있는 편이었다. 바닥을 뒹굴었던 자들은 그런 복도 누리지 못하고 온몸에 각종 암기가 꽂힌 채 독에 의해 죽어 갔다. 당문이 가져온 암기의 대부분이 이 함정에 사용되었다.

"이런 젠장! 당문이 여기에다가도 수작을 부려? 할 수 없다. 우회해서 돌파한다!"

냉혈검마가 소리를 질렀다.

"닥쳐라! 무슨 지랄이야? 아까도 당신 말 듣고 달리다가 백 명 넘게 흘렸잖아. 여기서 또 오십이나 버리고 다시 달리자고? 지금 우리가 할 건 당문 그 지랄 맞은 놈들부터 사냥하고 움직이는 거야. 당문이 세봤자 당문이다. 정면 대결로는 우리를 상대할 수 없어!"

혈마도가 냉혈검마를 노려보며 소리를 질렀다. 가뜩이나 냉혈검마의 행동이 불만인 혈마도였다. 이제 지휘 잘못으로 부하들을 잔뜩 잃었다고 생각했다.

"건방지구나, 혈마도. 네 도가 그리 단단했냐? 여기에 당문밖에 없다고 어떻게 믿느냐?"

냉혈검마도 더 이상 참을 수 없었다. 부하들을 너무 많이 손해 봐서 인내심이 바닥나 있는 상황이었다. 혈마도를 나중에 조용히 처리한다는 계획 따위는 분노와 함께 머리 속에서 날아가 버렸다.

"이런 겁쟁아! 니 검은 얼마나 대단해서 검마인지 어디 구경이나 해 보자!"

혈마도가 먼저 도를 뽑으며 소리쳤다. 그 모습을 본 냉혈검마도 더 이상 참지 못하고 검을 뽑았다.

"너를 죽여 지휘 계통을 확립하고 단숨에 정의문을 무찌르겠다!"

냉혈검마가 큰소리를 쳤다.

"날 죽이고 나서 짖어라!"

혈마도가 크게 소리 지르며 도를 힘껏 뻗었다. 수많은 사람들의 피를 먹은 도가 검마의 목을 노리고 날아왔다.

"잡놈이 힘으로 해결하려는구나!"

냉혈검마가 몸을 피하며 검으로 도를 강하게 두드렸다. 혈마도의 도가 단 한 번의 충격을 견디지 못하고 방향을 틀었다.

"이것이 진정한 검이다. 저승에 가서 자랑해라!"

냉혈검마의 검이 혈마도의 전신 요혈을 노리며 날아왔다. 도를 흔들어 막기에는 무리가 있는 수법이었다.

"지랄!"

혈마도가 몸을 옆으로 눕히며 도를 휘둘러 냉혈검마의 다리를 노렸다. 냉혈검마가 뿌린 검 중 상체를 노린 것은 빗나가고 하체를 노린 것은 도에 맞아 튕겨졌다. 여러 목표를 노리느라 하나하나의 검에는 힘이 집중되지 않았기 때문이다. 혈마도의 도는 냉혈검마의 검을 튕겨내고 목표를 향해 계속 날아갔다.

냉혈검마의 몸이 풀쩍 뛰어올랐다. 도가 그의 발끝을 스치듯 지나갔다. 냉혈검마가 허공에서 몸을 빙글 돌려 거꾸로 섰다. 그의 검이 수직으로 내리 꽂혔다. 허리를 비틀고 눕듯이 몸을 젖히고 있는 혈마도의 가슴을 노린 것이었다.

혈마도가 즉시 몸을 굴렸다. 등을 완전히 땅에 대는 것은 무림인들에게 수치스러운 수법이기는 했다. 그러나 혈마도는 그런 것을 크게 따지는 자는 아니었다. 대신 누가 그것으로 시비를 건다면 단숨에 목을 쳐버리는 자였다.

냉혈검마의 검이 혈마도가 있던 땅으로 파고들어 갔다. 검을 피한 혈마도가 즉시 몸을 팅기며 일어섰다. 그의 도가 몸을 따라 큰 원을 그리며 물구나무를 서 있는 냉혈검마의 허리를 노리고 날아갔다. 기회를 잡았다 생각했기 때문에 그의 도에는 내공이 잔뜩 들어가 있었다.

냉혈검마의 눈이 반짝였다. 그의 몸이 그 상태로 급격히 회전하며 눕혀졌다. 그의 몸을 따라 땅에 꽂혔던 검도 같이 돌면서 누웠다. 바닥의 흙이 대량으로 솟아올랐다. 그 흙이 혈마도 쪽으로 날아갔다.

혈마도의 도는 빈 허공을 갈랐다. 혈마도는 기겁을 했다. 기습적으로 당한 공격이었다. 시야가 가려졌으며 눈으로 흙도 조금 들어간 것 같았다. 그는 즉시 몸을 뒤로 뺐다. 얼른 흙을 털어내기 위해서 눈을 깜빡였다.

정말 눈 깜빡할 사이였다. 그가 눈을 감았다 떴을 때 눈앞에 비산하는 흙무더기를 뚫고 냉혈검마가 날아오는 것이 보였다. 몸을 땅에 낮게 깔고 화살처럼 쏘아져 왔다. 혈마도가 급한 대로 도를 휘둘러 냉혈검마를 견제하려고 했다.

"으악!"

혈마도가 비명을 질렀다. 대비하지 못한 그의 도는 냉혈검마를 막지 못했다. 도의 아래쪽으로 파고들어 온 냉혈검마의 검이 혈마도의 가슴을 꿰뚫었다.

"내 산화무영천공검에 당한 첫 번째 제물임을 영광으로 알고 죽어라."

냉혈검마가 서서히 몸을 일으키며 말했다. 그의 검이 혈마도의 가슴에서 빠져나왔다. 혈마도가 힘없이 쓰러졌다.

“내가 대장이고 니가 부대장인 건 다 그럴 만하기 때문이다.”

냉혈검마가 비웃음 가득한 얼굴로 말했다.

“자, 더 이상 불만있는 놈 없으면 다시 진격이다! 불만있는 놈은 지금 나서라!”

냉혈검마가 큰소리를 쳤다. 갑자기 한 명의 무사가 그를 향해 달려들었다. 냉혈검마는 화들짝 놀랐다. 무사가 달려온 곳은 부하들이 모인 방향이 아니었다. 숲 속이었다. 그리고 그 달려오는 속도가 엄청나게 빨랐다.

“누구냐!”

냉혈검마가 바짝 긴장하며 소리쳤다. 그러나 상대는 대답하지 않았다. 어느새 냉혈검마의 코앞까지 달려오고 있었다.

“자객이냐! 이놈! 상대를 잘못 봤다!”

냉혈검마가 소리를 지르며 검을 뻗었다. 상대를 경솔히 보지 않고 내력을 듬뿍 담은 검이었다.

무사는 검이 날아오자 달리던 자세 그대로 땅바닥을 걸어챘다. 그의 몸을 타고 흐르는 내공이 다리에서 압축되어 땅에 부딪쳤다. 땅이 거대한 압력을 이기지 못하고 밀려났다. 광룡의 몸이 옆으로 이동했다. 냉혈검마의 시야에서 광룡이 사라졌다. 광룡이 한 걸음의 공간을 건너 뛰었다.

냉혈검마의 머리 속에는 광룡은 현재 실종 상태라는 기억이 있었다. 그것이 그의 판단에 영향을 끼쳤다. 그는 달려오는 자가 누구일지에 대해 생각했지만 광룡이라고까지는 생각하지 못했다. 그리고 적이 눈 앞에서 사라지는 것을 보고서야 광룡을 떠올렸다. 하지만 이미 늦었다. 처음부터 알았다면 달아날 수 있었을지 몰랐다. 하지만 한 걸음은 이미 내디뎌졌다. 피할 수 없었다.

광룡의 도가 공기를 가르기 시작했다. 초고속으로 잘려 나가는 공기와의 마찰로 도의 온도가 상승하기 시작했다. 넓은 도의 면 뒤를 따라 충격파가 만들어졌다. 도가 공기의 벽을 뚫고 냉혈검마에게로 달려들었다. 이미 검을 뻗은 냉혈검마에게 그 도를 막을 여유는 없었다. 냉혈검마의 왼손이 올라오며 도를 가로막았다. 왼손에는 한 줌 내공이 실려 있었다. 도의 날이 그 손과 먼저 격돌했다. 냉혈검마의 내공이 저항했다. 도의 날은 그 내공의 힘을 가르기 시작했다. 도의 길은 여전히 직선이었다. 냉혈검마의 경악에 찬 얼굴을 향해 날카로운 도의 날이 똑바로 직진했다. 날 끝에 냉혈검마의 얼굴이 닿음과 동시에 도는 자신의 목적지에 도착했다. 시작이었다.

광룡의 도가 냉혈검마를 두 조각으로 잘라 버렸다. 칼이 만든 굉음이 전장을 덮었다. 허무하게 무너지는 냉혈검마의 몸에서 피가 폭발적으로 터져 나왔다. 악명이 자자하던 냉혈검마로서는 허무한 죽음이었다. 그러나 예정된 죽음이기도 했다. 광룡의 일도를 막거나 피할 수 있다면 그것만으로도 절대고수로 인정받을 수 있었다. 상대가 광룡임을 미리 눈치채지 못했던 냉혈검마가 그 일도를 피할 수는 없었다. 혈마도와 함께라면 혹시 몰랐지만 가장 강력한 조력자는 이미 자신의 손으로 죽인 후였다.

남아 있는 삼백삼십여 명의 고수들은 모두 입을 다물지 못했다. 그들 중에 소수는 이전에도 광룡의 무위를 본 적이 있었다. 그러나 다시 봐도 절대적인 실력이었다. 싸울 마음이 들지 않았다. 이미 잠깐 사이에 삼분의 일의 전력이 사라졌다.

"부대! 전진 앞으로!"

광룡이 내공을 싣고 고함을 질렀다. 초목이 부르르 떨렸다. 그와 함께 수풀을 헤치고 무사들이 다가오기 시작했다.

"전룡대다!"

"도를 든 놈들! 저건 설마 칠십이폭풍도객들이냐?"

"죽었다! 암기를 든 놈들은 독수독아대구나!"

"이런 제기랄! 오대세가의 전투 부대들이 다 왔구나. 거기다가 다른 놈들도 잔뜩이란 말이닷!"

고수들이 몸을 떨며 말했다. 그들은 이미 전의를 잃어가고 있었다. 대장과 부대장은 서로 칼질하다 하나가 죽었다. 남은 하나도 광룡의 한 칼을 버티지 못하고 비참하게 죽었다. 그리고 그들을 포위하는 무사들의 숫자는 장난이 아니었다. 오대세가의 대표 전투 부대 다섯 개에 전룡대, 그리고 황궁의 고수들이었다. 그 숫자만 세어도 거의 오백여 명이었다. 가리고 가려 뽑은 고수들이었다. 거기에 더해서 남무림맹에 소속된 정파들을 닦달해서 긁어온 고수들이 이백여 명이 있었다. 고수만 칠백이었다. 남아 있는 사혈련 혈사대 고수들의 두 배였다.

사파고수들의 얼굴이 창백해졌다. 모두 죽음을 현실로 느끼고 있었다.

"항복하는 놈은 당장은 살려준다. 조사해서 죄가 크지 않다면 끝까지 살아남을 것이다. 그러나 저항하는 자 죽는다!"

광룡의 목소리가 사파고수들의 귀를 울렸다. 그의 말에 반응하는 사파고수들의 모습은 두 가지였다.

　그들은 명색이 사파에서 고수입네 하고 다니는 자들이었다. 죄가 없는 놈이 있을 리가 없었다. 하지만 그들 중에도 등급이 있었다. 무공이 높은 사파의 고수라고 해서 모두 살인마는 아니었다. 그들 중에는 살인 강도가 주업인 자도 있었지만 사기나 도둑질을 업으로 삼는 자도 있었다. 남의 집을 털어먹으며 칼을 휘두르는 자가 있는가 하면 무덤을 도굴하며 먹고산 자도 있었다. 자신의 죄가 죽을 만큼은 안 된다고 생각한 자들은 얼굴이 밝아졌다. 그러나 그 숫자는 많지 않았다.

　얼굴을 밝힌 자들은 사파의 생리를 잘 알았다. 그들은 주변의 눈치를 살피다가 후다닥 뛰쳐나오기 시작했다.

　"항복! 항복입니다!"

　고수들이 연이어 뛰쳐나오기 시작했다.

　"저 새끼들 막앗!"

　그 모습을 본 다른 고수들이 소리를 지르며 검을 휘둘렀다. 달아나던 자들도 자신의 무기를 휘두르며 저항했다. 그러나 한 칼이 여러 칼을 당할 수는 없는 법이었다. 살아서 포위망까지 도망 온 자들은 이삼십 명 정도였다. 그만큼의 숫자들이 한편이었던 자들의 칼에 맞아 죽었다.

　그 혼란으로 인해 사파고수들은 대형마저 무너져 있었다. 숫자는 이제 삼백이 되지 않았다.

　"악은 곧 베어야 하니."

　광룡이 도를 들며 말했다. 크지 않은 목소리였지만 모두의 귀에 선명하게 들렸다.

　"모두 죽어라."

광룡이 차가운 목소리로 말했다. 그와 함께 각 전투 부대들이 포위된 사파의 고수들을 향해 달려들었다. 대부분 다른 전투 부대와의 경쟁심 때문에 몸을 아끼지 않았다. 폭풍도객들은 무거운 도를 바람처럼 빠르게 휘둘렀고 독수독아대는 암기를 아끼지 않았다. 백검대, 뇌정대, 철권금각대 모두 마찬가지였다. 거기에 더해서 군소정파들의 고수들도 공을 탐했다. 사기가 떨어지고 대열까지 무너진 혈사대 고수들이 막아낼 수 있는 상황이 아니었다. 거의 일방적인 학살이었다.

전투에 적극적으로 참여하지 않는 부대도 둘이 있었다. 황궁의 고수들은 이 싸움에 굳이 목숨을 걸고 싶어하지 않았다. 여기서 공을 세워봐야 황궁에 소속된 그들이 뭔가를 얻기는 어려웠다. 오히려 그들의 가장 큰 임무는 황제수호검 승현의 곁을 지켜 눈먼 칼이 날아오지 못하게 하는 것이었다. 그들에게는 무림고수 백 명의 목숨보다 황제수호검의 피 한 사발이 중요했다.

다른 하나는 전룡대였다. 전룡대의 제일수칙은 스스로의 생명을 지키는 일을 가장 중요시하라는 것이었다. 압도적 우위가 뻔한 싸움에 목을 내미는 것은 전룡대답지 않았다. 그런 일을 하는 것은 광룡 하나로 족했다. 전룡대는 달아나는 사파고수들을 추격해서 처치하는 것으로 만족했다.

“네 말대로구나.”

승현이 옆에 서 있는 사내를 보고 말했다. 차호문의 군사 독생저였다. 사혈련의 문주 회의에 차호문주 대신 들어갔다가 욕만 먹고 쫓겨났던 사람이었다. 그 회의에서 사혈련의 운명을 엿본 그는 차호문을 떠나 남무림맹을 찾았다. 그리고 사혈련에서 얻은 정보를 팔았다. 혈사대의 목표가 사전에 드러나 남무림맹이 매복할 수 있었던 이유였다.

"그럼 약속대로. 헤헤."

독생저가 실실 웃으며 말했다.

"네 쥐새끼 같은 목숨은 거두지 않겠다. 그것이 약속이 아니더냐?"

승현이 쳐다보기도 싫다는 듯 시선을 전장으로 향한 채 말했다.

"헤헤, 대인. 그것 말고도 또 있잖습니까?"

독생저가 여전히 웃는 얼굴로 말했다.

"으음. 주어라."

승현이 여전히 고개도 돌리지 않고 짧게 말했다. 배신자를 싫어하는 황제수호검이었다. 원래 정의로운 사람이었지만 그의 직업도 그가 그런 성격이 되는 데 한몫했다. 황제의 목숨을 노리는 자들은 대부분 본래는 한편이었다. 그들이 배신을 하고 황제의 자리를 노리는 것이 반란이었다. 그리고 그런 자들과 수십 년을 싸운 승현이었다. 배신자를 싫어하는 것은 당연했다.

하지만 그는 약속은 틀림없이 지켰다. 황제와의 약속에 의해서 삼십 년이나 경호 임무를 수행하는 승현이었다. 독생저는 꼴도 보기 싫은 놈이었지만 약속은 약속이었다. 그리고 지금의 매복 공격을 계획한 것은 광룡이었지만 그 이전에 적들의 습격 계획을 알려준 것은 독생저였다. 결국 독생저 덕분에 지금의 매복 공격이 가능했던 것도 사실이었다.

위사 하나가 돈 자루를 독생저의 앞으로 던졌다. 살짝 벌어진 틈바구니로 누런 황금빛이 보였다.

'내 은퇴 자금이다.'

독생저가 생각했다. 이제 전면에 나서서 살기는 어려워졌으니 어딘가에서 신분을 바꾸고 살아야 했다. 이건 그 자금이었다. 이 정도면 평생을 호의호식할 수 있었다.

독생저는 행여 누가 주워갈까 두렵다는 듯이 재빨리 자루를 챙겼다. 그리고는 슬금슬금 물러서다가 후다닥 달아나기 시작했다. 그런 독생저를 힐끗 본 승현이 혀를 찼다.

"쯧쯧. 소인배 같으니라고."

그것으로 그의 머리 속에서 독생저의 기억을 지워 버렸다. 가치가 없는 자였다. 그의 관심은 다시 전장으로 향했다.

"대단하지 않으냐?"

승현이 혼잣말처럼 말했다.

"일방적인 싸움입니다. 적들도 고수 아닌 자가 없는데 마치 패잔병들처럼 도살당하고 있습니다."

근위대 위사 하나가 즉시 대답했다. 위사도 기본은 군관이었다. 황제를 지키는 것이 주 임무였지만 그들 중 상당수는 병법을 알았다. 유사시에는 황제를 위해서 군대를 움직일 수 있어야 하기 때문이었다.

"이런 일방적인 싸움을 만든 저자 말이다. 내 무림에 광룡이라는 자가 있어 그 무공이 극에 이르렀다 들었다. 한 칼을 막아내는 자가 없어 절대고수라 불린다 들었다. 동창의 아이들을 시켜 알아보니 광룡의 머리도 제법 영리하다고 하기에 그런가 보다 했다. 그런데 돌아가면 동창을 한번 뒤집어야겠구나. 그따위로 일을 하고 봉급을 받아먹다니."

승현이 중얼거렸다. 백여 명의 고수들 중 동창 출신인 십여 명의 안색이 창백해졌다.

"어, 어이하여 그리 말씀하시는지."

동창 고수들 중 그래도 제일 끗발이 높은 자가 나서며 공손하게 물었다. 동창의 실무자들이 가장 어려워하는 사람이 바로 승현이었다.

"생각해 보아라. 절대고수 하나가 칼을 휘둘러 죽일 수 있는 적이 얼마나 되겠느냐? 한 번의 싸움에서 아무리 많아도 콩 한 줌의 개수만큼이다. 나는 너희들의 평가를 듣고 그를 그만큼으로 생각했다. 그러나 뛰어난 장수가 많은 수의 병력을 움직여 적을 치면 어떻게 되겠느냐? 능력이 된다면 몇만 명도 우습게 무찌를 수 있다. 너희 동창은 광룡을 단지 무공이 강하고 영리한 자로만 보았더냐? 지금 눈앞의 결과가 보이지 않느냐?"

승현이 동창의 고수를 쳐다보며 말했다. 동창 고수의 목이 움츠러들었다.

"적들의 시작은 오백의 고수였다. 우리는 칠백의 고수였지. 이대로 붙으면 이기더라도 피해가 작지 않다. 그런데 지금 네가 눈앞에 보고 있는 것은 무엇이냐? 당문이 남무림맹에 가져온 암기의 대부분과 모든 연무독을 털어내기는 했지만 한 명의 손실도 없이 적의 백칠십을 분리시켰다. 다 죽일 필요도 없었다. 대열에서 분리됨을 강요했다. 적의 지휘는 그들의 대장이 했겠지만 실제로 손바닥에 놓고 장기판의 말처럼 마음대로 움직인 것은 광룡이다. 당문의 암기와 독을 당문보다 더 잘 쓴 광룡이다. 자기 것을 남이 더 잘 쓰다니. 당문은 다 칼을 물고 죽어버려야 한다. 아니면 광룡에게 좀 배우던지."

승현의 말은 거침이 없었다.

"그리고 나서 남은 삼백삼십의 사기를 꺾기 위해 그들의 대장을 단칼에 죽였다. 그리고 적에게 내분을 일으켜 다시 오십을 빼냈다. 남은 건 사기가 바닥으로 떨어진 이백팔십뿐. 우리가 움직이지 않아도 싸움은 일방적이다. 정파의 고수들은 우리가 끼어들면 공을 빼앗긴다 생각해 화를 낼지도 모르지. 광룡은 정말 대단한 책략가이며 장수다. 게다가 그 스스로가 절대고수이니 적이 그를 암살할 수도 없다. 이런 완벽한 자는 없다. 탐나는구나.”

승현이 눈을 빛내며 말했다.

“그럼 그를 장수로 뽑자는 말씀이신지요?”

동창의 고수가 습관적으로 물었다. 승현의 생각이 궁금해서였다. 승현의 생각에 따라 향후 정치판의 정세는 어느 정도 영향을 받는다. 그런 정보를 수집하는 것이 동창에 소속된 사람들의 일이었다.

“그러니까 너희들이 나한테 맨날 욕을 먹는 거다. 머리를 좀 써라, 머리를. 허구한 날 남의 똥구멍을 찔러 돈 뽑아내는 데만 머리를 굴리지 말고.”

승현이 한심하다는 표정으로 말했다.

“그럼 어떤…….”

꾸사리를 먹은 동창 고수가 주눅이 든 채로 물었다.

“폐하야 내가 계속 지켜 드리면 되지. 그러나 나는 이제 나이가 많다. 황태자 전하가 황제의 자리에 올랐을 때는 누가 지킨단 말이냐?”

승현이 다시 중얼거렸다. 이미 시선은 광룡에게로 향해 있었다. 광룡이 그의 시선을 느꼈는지 슬쩍 돌아봤다. 승현이 가볍게 고개를 숙였다. 광룡이 고개를 살짝 숙여 화답했다.

“그… 그 말씀은 설마…….”

동창 고수의 얼굴이 말 그대로 백지장처럼 변했다. 그뿐만이 아니었다. 주변을 서성대던 다른 동창 고수들의 안색도 마찬가지였다.

"다음 대의 황제수호검으로 광룡만큼 완벽한 사람도 없다. 황제를 지키기 위해서는 무공뿐만이 아니라 지략도 뛰어나야 하는 법. 게다가 그는 정의의 상징이다. 악인에게 황태자 전하의 목숨을 맡길 수는 없는 일 아니냐? 그리고 나 때와는 다르게 그는 이미 저 나이에 절대고수다. 나중에 어디까지 성장할지 아무도 알 수 없지. 어느 하나 흠잡을 것이 없다. 무엇을 주더라도 얻어야만 하는 자이지. 필요하다면 공주를 넘겨서라도 잡아야 할 사람이다. 아니, 그게 가장 확실하겠군. 듣자 하니 아직 총각이라던데."

승현이 확신을 가지고 말했다.

"그러나 그는 이미 절대고수입니다. 그리고 정의문의 문주나 다름없는 자입니다. 게다가 대단한 부자라고 알려져 있습니다. 쉽지 않은 일입니다."

근위대의 위사가 조언을 했다. 그의 생각으로는 어려운 일이었다. 위사 자신이 광룡만한 무공과 지위, 그리고 명성과 재산이 있다면 절대로 다음 대 황제수호검 일을 맡지 않을 것이기 때문에 한 말이었다. 황제수호검의 일은 다 좋은데 개인 시간이 적었다. 그리고 명성을 날리기도 힘들었다. 황궁에 들어앉아 있으면 권력을 접할 수는 있었지만 무림을 활보할 수는 없었다. 황제수호검은 황제와 일정을 맞춰야 했다.

"나도 처음에는 이 일을 하기 싫었다. 하지만 폐하께서 나를 얻기 위해서 일 년을 쓰셨다. 설마 내가 돈이 탐나서 이 일을 시작했겠느냐? 황제 폐하의 정성에 넘어간 거지. 황태자 전하도 그리하면 설마 안 되겠느냐? 폐하께서 건재하시니 황태자 전하는 시간을 더 많이 쓰실 수 있겠지. 절대고수는 쉽게 얻을 수 있는 사람이 아니다. 그것도 광룡과 같이 완벽한 자는 더 어렵지. 하하하! 이번 강호행에서 큰 것을 얻어가는구나."

승현이 시원하게 웃으며 말했다.

그런 승현을 보면서 동창의 고수들은 긴장했다. 동창은 초반에 승현과 대립했다. 황제가 자신의 주변을 일개 무림인에게 맡기겠다고 하자 반발한 것이었다. 동창은 황제의 가장 측근은 자신들이어야 한다는 생각이 강했다. 그래서 초반에 기선을 제압하기 위해서 승현을 괴롭혔다. 황제가 자신의 경호원으로 고용하려고 직접 움직이는 일이 잦자 안전을 확보한다는 이유로 승현을 조사했다. 뒷조사를 하다 승현에게 걸려 박살난 적도 여러 번이었다.

황제수호검 승현과의 대립은 동창 최대 실수였다.

동창과 승현의 관계는 무척 나빠졌다. 승현이 황제의 근접 경호 무사가 된 이후로도 사사건건 시비가 붙었다. 하지만 동창의 힘은 결국 황제에게서 나오는 것이었다. 황제가 승현을 절대적으로 신임하게 된 이후로 동창은 승현의 밥이었다.

승현에게는 동창을 움직일 수 있는 권리가 주어졌다. 비록 동창의 창주에게는 거부권이 있었지만 거부 사유를 황제에게 보고해야 했다. 그리고 적당한 이유를 들이대지 못하면 동창의 창주가 황제에게 박살이 났다. 그러니 동창은 승현의 요구가 합리적이라면 반드시 들어주어야 했다. 그리고 원한을 기억한 승현은 건수만 잡히면 동창을 들들 볶았다. 동창 창주를 직접 괴롭히는 것이 아니니 지휘부는 눈감고 못 본 척했다.

결국 동창의 실무자들에게 가장 무서운 사람은 황제수호검이었다.

'다음 대에도 그럴 수는 없지.'

동창의 고수는 속으로 다짐했다. 지금부터 광룡에게 잘 보여두어야 했다. 그래야 황태자가 황제가 됐을 때 다음 대의 황제수호검과 좋은 관계를 유지할 수 있을 것 같았다. 지금과 같은 일방적인 관계는 사양이었다. 얼른 동창의 창주에게 소식을 넣어야 했다.

그들이 잡담을 하든 말든, 사혈련이 재기의 꿈을 가지고 만든 혈사대는 그렇게 소멸했다.

광룡의 화려한 복귀식이었다.

“누나, 이게 어떻게 된 일이야!”

팽천광이 분노해서 소리쳤다. 팽지영이 그런 동생을 보고 편안하게 웃었다.

“난 오히려 지금 더 마음 편하게 지낸단다. 이제 칼을 들지 않아도 되잖아?”

지영이 웃으면서 말했다. 그녀는 오른 어깨를 검에 의해 관통당했다. 적당히 잘 다쳤다면 상관없지만 요혈을 제대로 당했다. 그녀의 오른팔은 더 이상 도를 잡을 수 없었다. 밥숟가락이나 뜨는 것이 고작이었다.

“이럴 수 없어. 어떤 놈들이야? 내가 가만두지 않겠어!”

팽천광이 흥분해서 소리쳤다. 누나의 손에 가시만 박혀도 가슴이 아플 것 같았다. 그런데 무인이 무공의 대부분을 잃었다. 오른손을 쓰던 사람이 왼손으로 돌아선다는 건 쉬운 일이 아니었다. 그리고 그렇게 한다고 해서 이전의 무공을 찾는 경우는 극히 드물었다.

"그나저나 네가 여기까지 웬일이니? 넌 세가를 지켜야 한다고 들었는데?"

팽지영이 궁금해하는 얼굴로 물었다.

"누나가 다쳤다는데 내가 어떻게 방바닥에 등을 대고 눕겠어? 누나가 어디 있는지 모를 때의 마음 졸임은 이제 싫어!"

팽천광이 고개까지 흔들면서 말했다.

"잘 왔다. 온 김에 좀 쉬어가려무나."

지영이 팽천광을 안고 다독였다.

"누나를 건드리는 놈들은 절대로 용서하지 않겠어. 내가 가진 모든 것을 동원해서라도 누나를 건드리는 놈은 다 죽일 거야! 그놈들도 찾아내는 즉시 갈아 마셔 버리겠어!"

팽천광이 이를 갈았다.

*   *   *

세상의 일반인들은 환호했다. 사파가 연이어 깨져 나가고 있었다. 그들 주위에 있던 도둑, 강도, 인신매매에서부터 도굴꾼, 밀수꾼 등등이 집단으로 모여 있던 곳이 사파였다. 그런 사파들이 연이어 박살이 났다. 남의 등을 쳐 먹던 자들이 연이어 몰살당했다.

사람들은 모두 즐거워했다. 그리고 그 이야기의 중심에는 광룡이 있

173

었다. 거기에는 그가 그간 날렸던 명성도 한몫했다. 특히 한동안 사라
졌다가 갑자기 나타나서 오백여 명의 사파고수들을 무찌른 광룡의 예
상 못한 움직임이 사람들에게 더 확실한 인상을 심어주었다. 그는 점
점 영웅이 되어가고 있었다.

지원의 수염이 부들부들 떨리고 있었다. 얼굴은 웃고 있었지만 수염
과 머리카락이 조금씩 일어서면서 그가 분노하고 있음을 가르쳐 주었
다.

"대사, 진정하시지요."

동훈이 그런 지원을 걱정해서 한마디 붙였다.

"진정이라. 진정. 진정해야지요. 광룡이 매화이십사수의 절반을 잡
아먹고도 살아 돌아왔지만 진정해야지요. 광룡이 수작을 부려 사파고
수 오백이 사라졌어도 진정해야지요. 그 오백은 우리가 처치했어야 했
는데 광룡에게 가로챔을 당했어도 진정해야지요. 하지만 말예요, 지금
중원의 사람들이 이구동성으로 떠든다는 그 소리를 듣고도 진정이 된
단 말인가요? 도장은 신선이에요?"

지원의 수염이 빳빳하게 일어섰다.

"사람들은 그가 영웅이라고 하고 있어요. 그 명성은 그의 몫이 아니
에요. 이건 우리가 그렇게 오랫동안 준비하고 실행에 옮긴 일이에요.
많은 사람들의 귀한 목숨을 잃어가면서 추진한 일이에요. 그리고 우리
구대문파의 자존심이 걸린 일이에요. 그런데 우리는 곰이 됐어요. 재
주는 우리가 부리고 영광은 광룡이 다 따먹었지요. 이게 말이 된다고
생각하세요?"

　지원의 얼굴 근육들이 푸들푸들 떨렸다. 미소를 지으려고 애쓰지만 잘되지 않았다.

　"어쨌든 정파가 사파에게 당한 것도 아니고, 이제 사혈련도 힘이 더 약해졌으니 그것도 그리 나쁜 것은 아니지 않습니까?"

　동훈이 조심스레 딴지를 걸어보았다.

　"동훈 도장! 도장은 그게 문제예요! 그놈의 사혈련, 이제 껍데기만 남았어요. 이제 온갖 문파들이 사혈련에 소속된 자들을 잡아먹으려고 나설 거예요. 사혈련은 그들을 유지시키는 기운을 잃었어요. 악기를 잃었어요. 재기의 기틀을 날려먹었어요. 우리나 남무림맹이 그들을 계속 공격할 거란 건 명확해요. 그들은 이제 완전히 죽은 목숨이에요. 그게 확실해진 이상 사혈련에 불리한 상황은 가속될 거예요. 중원의 힘 좀 쓴다는 곳은 사혈련에 소속된 문파들이 가진 이익을 찢어먹으려고 달려들겠지요. 정파, 사파 가리지 않고 할 거예요."

　지원이 사혈련의 사형 선고를 했다. 지원의 관점에서 사혈련은 이제 별 가치가 없었다. 모두 침을 꿀꺽 삼켰다.

　"내가 원한 건 이게 아니에요. 내가 원한 중원의 평화는 우리 구대문파가 모든 것을 안전하게 통제하는 것이에요. 어설픈 정파 나부랭이들이 끼어드는 것은 원하지 않아요. 그들은 믿을 수 없어요. 악이 감히 접근할 수 없도록 진짜 정의의 힘을 하나로 모아야 해요. 그러려면 우리가 사혈련을 무찔러야 했어요. 그런데 광룡이 다 망쳐 놨어요. 그 미꾸라지가 물을 다 흐려놨어요. 우리가 가져야 할 영광을 그자가 가졌어요. 우리는 실패했어요."

　지원이 이를 갈면서 말했다. 다른 구대문파의 대표자들도 지원의 말에 수긍하는 듯 화난 얼굴을 하고 있었다. 활검 동훈만이 답답해할 뿐이었다.

"그럼 방법이 없다는 말씀이신지요? 정히 그렇다면 다음 기회를 생각해 보는 것도……."

동훈이 조심스레 제안했다. 어차피 지금 이 일도 기회를 잡은 것이 아니라 직접 만들어낸 것이었다. 몇 년의 시간을 가지고 한다면 기회를 한 번 더 만들어낼 수 있었다. 동훈의 말을 들은 지원의 눈이 번쩍였다.

"아직 방법이 하나 남아 있어요."

지원이 환해진 얼굴로 말했다. 그의 얼굴 가득히 미소가 떠올랐다.

"무슨……."

동훈이 지원의 미소를 보며 불안한 마음으로 말했다.

"사람들이 우러르는 영웅을 제거해 버리는 거예요. 백성들이란 결국 의지할 곳을 찾는 법. 광룡이 사라지면 우리를 바라보겠지요. 어차피 광룡은 살생부에 올라 있는 자. 그를 처단하겠어요."

지원이 일방적으로 선언했다. 그것은 전 녹림맹주 구지룡 정배가 천인교주를 설득할 때 써먹은 것과 같은 논리였다. 그리고 방 안에 있던 대부분의 사람들은 지원의 말에 넘어가 덩달아 얼굴이 환해졌다.

"하지만 그는 남무림맹에 있습니다. 어떻게 그에게 손을 대시겠다는 말씀이십니까? 남무림맹을 부수기 전에는 불가능한 일입니다. 이건 무리입니다."

동훈이 반대했다. 뭐라 해도 남무림맹은 같은 정파였다. 백배 양보해도 죽을죄를 짓지는 않았다.

“건방진 남무림맹 따위. 같이 쓸어주겠어요. 어차피 정파에 무림맹이 두 개일 수는 없어요. 하나는 사라질 때가 됐어요. 그게 이 땅에 정의를 세우는 길이에요.”

지원이 부드러운 미소를 크게 지으며 말했다.

*　　　　　*　　　　　*

“야 이 씨발놈아!”

석민이 소리를 질렀다. 원래 화를 잘 내는 석민이었지만 지금은 정말 분노하고 있었다.

“천한 것이 죽으려고 환장했냐? 어디서 감히 지랄이야?”

왕기훈이 쌍심지를 켜며 맞받아쳤다.

“이 씨발놈아! 어디 오늘도 한번 큰소리쳐 봐라. 한번 덤벼보란 말야!”

석민이 왕기훈에게 싸움을 걸었다. 석민의 뒤에는 전룡대원 두 명이 서 있었다.

“그 뒤에 선 잡놈들을 믿고 나서는 게냐? 하나를 보면 열을 안다고, 네놈을 보니 전룡대원들 실력이 어떤지 뻔히 알겠구나. 무림의 소문은 원래 과장이 심하다더니. 다 죽고 잡냐?”

왕기훈이 비웃음 가득한 얼굴로 말했다. 그 말에 석민의 뒤에 선 전룡대원들이 울컥하는 감정을 느꼈다.

“감히 곰탱이와 같이 쌈 싸서 취급하다니.”

전룡대원 하나가 이를 갈았다. 자존심 상하는 비교였다.

177

“그러는 너는 니 뒤에 선 그 씨발놈들을 믿는 거냐? 지랄 염병을 떨어라. 사내새끼가 남의 뒤에 숨어서 뭐 하는 짓이냐?”

석민이 왕기훈에게 욕을 했다. 자신도 마찬가지 상황이었지만 그건 중요하지 않았다. 옥지기노인의 부단한 노력이 있어 석민도 많이 사람이 되어가고 있었지만 스스로를 돌아보는 재주는 아직 부족했다.

“이 비겁한 씨발놈아! 니가 지난번에 감히 나를 붙잡는 바람에 대장님이 큰일날 뻔하셨다. 대장님이셨으니 무사히 넘어가셨지 다른 놈이었으면 뒈질 뻔했단 말이다. 그 후로 널 다시 만날 날만 기다렸다. 네 죄를 네가 알렷다? 내가 그냥 넘어가지 않는다. 내가 니놈 대가리를 쪼개준다!”

석민이 등 뒤의 전룡대원들을 믿고 소리쳤다. 전룡대원들이 사태를 알면 그냥 넘어가지 않을 거란 걸 기대했다. 전룡대원들의 힘을 빌어 왕기훈을 치려고 했다.

“이 개새끼가 지랄 발광을 하는구나. 너 이 새끼. 이리 나와라. 그 주둥이를 찢어버리고 모가지를 따버릴 테다.”

지난번 일을 언급하자 뜨끔한 왕기훈이 한 걸음 나오면서 검을 뽑았다. 그는 지난번의 석민의 모습을 기억하고 있었다. 그의 기억 속에 약하디약한 존재가 석민이었다. 제거해 버림으로써 입을 막을 생각이었다. 귀하게 자란 그는 상대를 우습게 보는 경향이 있었다.

석민은 감히 왕기훈의 상대를 할 생각이 없었다. 눈곱만큼도 없었다. 다만 전룡대원들이 튀어나가 왕기훈을 단칼에 쳐 죽이는 모습을 볼 생각이었다.

“곰탱이, 뭐 하나?”

등 뒤의 전룡대원 하나가 으르렁거리면서 말했다.

"네?"

석민이 무슨 소린지 몰라 물었다. 전룡대원의 목소리를 들으니 기분이 대단히 나쁜 것은 알겠는데 왜 가만히 서 있는지 궁금했다.

"네 손으로 죽여라. 저놈에게는 우리 전룡대의 칼이 아깝다. 네 칼이 어울린다. 복수해라."

전룡대원이 말했다. 왕기훈이 광룡의 실종 원인 중 하나라는 말을 들은 그는 정말로 화가 났다. 그러나 자신의 칼로 죽이면 정말로 단칼에 없애 버릴 것 같았다. 그건 너무 과분한 죽음이었다.

게다가 칼을 쓰는 무사가 전룡대원의 손에 죽었다면 그건 수치가 될 수 없었다. 전룡대원을 뛰어넘지 못했다고 해서 비난받을 만한 사람은 많지 않았다. 그러나 석민에게 죽는다면 수치라고 생각했다. 그러니 왕기훈은 곰탱이의 칼에 죽어야 어울린다고 생각했다.

"혀, 형님. 저는 아직 실력이 좀……."

깜짝 놀란 석민이 더듬거렸다.

"당장 나서지 않으면 네 목을 먼저 치고 나서 저놈을 죽인다. 어서 튀어나가지 못하나!"

전룡대원이 버럭 소리를 질렀다. 그 말을 들은 석민이 화들짝 놀라면서 한 걸음 뛰쳐나갔다. 눈앞에는 왕기훈이 검을 석민에게로 향한 채 비웃음 가득한 얼굴로 서 있었다.

왕기훈이야 그렇다고 쳐도 동창 고수 둘은 입장이 달랐다. 왕기훈은 동창 고수들을 호위로 데리고 있었다. 원래는 근위대 고수들이 그 일을 했으나 상황이 변했다. 왕기훈은 황제수호검 승현의 의견을 묻지 않고 함부로 결론을 내리고 대답하는 실수를 자주 범했다. 그것이 승현의 눈에 거슬렸다. 뿐만 아니라 승현을 호위하는 근위대원들도 좋지 않게 보았다. 거기에 더해서 지난번에 석민을 붙잡은 일이 승현의 귀에 들어갔다. 승현은 그 일의 파급 효과를 깨닫고 왕기훈을 도왔던 근위대원들에게 불같이 화를 냈다. 그게 결정적이었다. 왕기훈은 더 이상 근위대원의 협조를 얻을 수 없었다.

왕기훈이 대신 선택한 것은 동창의 고수들이었다. 황제수호검이 근위대 고수들에 섞어서 몇 명 데려온 동창의 고수들에게 경호를 요구했다. 동창은 승현을 태사부로 모시는 근위대와는 입장이 달랐다. 그들은 그저 끌려 다니는 입장이었다. 그래서 왕기훈의 요구에 순순히 두 명의 고수를 붙여주었다.

그 두 명의 동창 고수들은 어쨌든 왕기훈을 경호해야 하는 처지였다. 그들이 검 손잡이를 잡으며 앞으로 스윽 나섰다.

두 명의 전룡대원이 몸을 날렸다. 나름대로 전력을 다한 움직임이었다. 광룡의 일보경혼만큼은 못해도 그걸 따라 하기 위해서 열심히 수련한 그들이었다. 한 걸음에 이형환위를 펼치지는 못했지만 동창 고수들이 충분히 놀랄 만한 속도였다. 그들은 동창 고수들의 앞으로 솟아오르듯이 나타났다.

"어딜 나서시나? 둘이 싸우게 놔두시라고."

전룡대원들이 자신들의 검 손잡이를 잡으며 말했다. 언제든지 뽑아 공격할 수 있는 자세였다.

동창 고수들은 몸이 굳음을 느꼈다. 방금의 움직임은 그들이 따라 하기 힘든 수준이었다. 전룡대원이 그 명성을 마작으로 딴 것이 아님을 깨달았다. 이길 자신은 없었다. 혹시 운이 좋아 이긴다 하더라도 빠른 시간 내에 결판을 낼 자신은 더 더욱 없었다.

최근에 동창의 고수들에게 창주로부터 최우선 명령이 내려왔다. 광룡이 하는 일을 거스르지 말 것이며 광룡의 요청이 있으면 최대한 협조하라는 것이었다. 그럼으로써 광룡과 친분을 만들라는 것이 명령이었다. 창주는 현 황제수호검의 행태로 볼 때 광룡이 다음 대 황제수호검이 될 가능성이 높다고 판단했다. 현 황제수호검과의 갈등으로 입은 손해를 다음 대에도 겪고 싶지 않았다. 동창 내의 실세들은 광룡에게 미리 잘 보이기로 모두 동의했다.

동창의 두 고수는 결국 전룡대원들과의 싸움을 포기했다. 왕기훈을 돕기 위해서는 자신의 귀한 목숨을 걸고 전룡대원들을 처치해야 했다. 자신이 없었다. 설사 성공한다고 하더라도 그런 일을 벌였다가 광룡과 동창의 사이가 나빠지면 창주의 분노에 죽을지도 몰랐다.

평소에 왕기훈을 호위하다가 그가 죽으면 고수들은 책임을 피할 수 없었다. 과실이 있었다면 사형이고 사안에 따라서는 가족까지 피해를 볼 수 있었다. 하지만 지금은 달랐다. 왕기훈이 죽으면 벌을 받는 것은 틀림없었다. 그러나 창주의 비밀 명령을 수행하다 그랬으니 그 책임은 동창 자체에서 대신 흡수해 줄 수 있었다. 명색이 동창인데 부마 하나의 사망 사건에 대한 보고서와 그에 대한 처벌 명령을 조작할 재주는 있었다. 황제는 일개 고수들의 신상에까지는 신경 쓰지 않았기 때문이다.

현재 상황은 다음 대 황제수호검과 관련된 것이었다. 이야기를 들어보니 왕기훈이 단단히 잘못한 것 같았다. 단숨에 적을 제압할 자신이 없는 한 무리한 싸움은 않는 것이 이익이었다.

이런 모든 생각의 배경에는 설마 왕기훈이 지겠냐는 안심이 깔려 있었다. 정보 수집이 주 임무인 그들은 왕기훈이 석민을 잡아놓고 구타한 이야기도 들어 알고 있었다. 석민을 약자로 판단했다. 왕기훈의 승률을 구 할로 봤다.

"지랄아! 단칼에 죽어라!"

왕기훈이 검을 매섭게 뻗으며 소리쳤다. 자신의 지위를 이용해서 고수들에게 무공을 배운 왕기훈이었다. 그가 사용하는 초식은 평범하지 않았다. 그러나 그는 십 년 전에 민택에게 오른팔을 다치는 부상을 입었다. 왼손 검으로 방향 전환을 했지만 오른손잡이인 그는 무공의 향상에 한계가 있었다. 그래도 꽤 괜찮은 무사는 될 수 있었다.

찔러오는 초식이 날카로웠다.

"이 씨발놈이!"

석민이 반사적으로 검을 날려 왕기훈의 공격을 맞받아치며 소리쳤다. 왕기훈의 공격은 꽤 매서웠지만 총표두 일수삼검 강대영의 목검 구타에 비하면 상대할 만했다.

"어디서 한 수 주워 배웠구나!"

왕기훈이 다시 검으로 석민의 몸통을 베며 소리쳤다. 그의 검은 하나하나에 제법 강한 힘과 빠른 속도가 있었다. 일반 무사들을 상대하기에는 충분했다.

"이따위에 맞을 것 같아?"

석민이 다시 검을 들어 왕기훈의 공격을 걷어내며 소리쳤다. 총표두 강대영의 구타에 비하면 정말 느려 터진 공격이었다. 초식이 제법 날카로웠지만 그럭저럭 막을 만했다. 그동안 당한 지옥 훈련의 성과였다.

둘은 정말 치열하게 싸웠다. 스스로 생각하기에 그랬다. 그러나 고수들이 보기에는 한심한 모습이었다. 서로 검만 열심히 부딪쳐 대는 그 모습을 고수들은 한심한 눈초리로 쳐다보았다. 마치 둘이 짜고 대련하는 것처럼 보였다. 그럴 만도 했다. 왕기훈이든 석민이든 자기 목숨 귀한 것은 철저히 생각하는 자들이었다. 그들은 자신의 안전을 최대한 확보한 상태에서 검을 휘둘렀다. 실수를 하지 않는 한 상대를 상하게 하기 힘들었다. 체력만 받쳐 준다면 그랬다.

힘은 왕기훈이 먼저 빠졌다. 석민은 총표두 강대영 때문에 날이 새도록 검을 휘두르는 경우가 많았다. 수련을 가장한 벌이었다. 그 기합이 아직 다 빠져나가지 않았다. 그러나 왕기훈은 좋은 세월을 보내느라 수련이 부족했다. 게다가 그가 힘을 쓰는 것은 왼팔 하나였다. 두 팔 다 사용하는 석민보다 불리했다.

갑자기 왕기훈이 비틀거리며 땅으로 쓰러졌다.

“아싸!”

석민이 쾌재를 부르며 쓰러진 왕기훈에게 덤벼들었다. 그러나 왕기훈이 넘어진 것은 계략이었다. 이대로 가면 불리하다는 생각에 쓴 수법이었다. 그는 쓰러지는 순간 땅의 흙을 한 줌 움켜쥔 상태였다.

“곰탱이, 조심햇!”

전룡대원 하나가 소리를 쳤다. 그러나 곰이 달리 곰은 아니었다. 석민은 승리를 보느라 정신이 없었다. 왕기훈이 흙을 석민의 얼굴로 힘껏 뿌렸다. 두 눈 크게 뜨고 달려오던 석민은 순간 눈을 감아버렸다.

늦었다. 이미 눈에 흙이 들어간 후였다. 눈이 따가웠다. 눈을 떠도 아무것도 보이지 않았다. 연신 눈을 껌뻑이며 다짜고짜 검을 휘둘렀지만 왕기훈은 이미 피한 후였다.

"으악, 이 비겁한 씨발놈아!"

석민이 허공에 검을 마구잡이로 휘두르며 소리를 버럭 질렀다. 그런 그의 목으로 싸늘한 감촉이 느껴졌다. 석민의 몸이 딱딱하게 굳었다.

"검을 버려라, 지랄아."

등 뒤에서 왕기훈이 승자의 여유 가득한 목소리로 말했다. 석민의 손에서 검이 곧바로 땅에 떨어졌다. 왕기훈이 그 칼을 발로 차 멀찌감치 날려 버렸다.

"저, 저기요. 한번만 살려주시면 안 될까요?"

석민이 돌아보지도 못하고 덜덜 떨면서 말했다.

"내 앞에 개처럼 엎드려라."

왕기훈이 말했다. 석민이 그 말에 즉시 반응하며 엎어졌다.

"으하하하! 전룡대원이 이렇게 비굴한 자였다니."

석민에 대해서 오해를 하고 있던 왕기훈이 큰 소리로 웃었다. 그 말에 진짜 전룡대원 둘은 슬슬 다 엎어버릴까 하는 생각을 했다.

"내 신발을 핥아라."

왕기훈이 다시 명령을 했다. 석민이 제자리에서 네 발로 몸을 돌렸다. 그리고 두 손을 가슴 쪽으로 오므리며 머리를 숙였다. 입을 기훈의 신발에 댔다.

"하하, 비굴한 새끼. 살려달라고? 지랄하지 마라. 그냥 내 칼에 죽어라!"

왕기훈이 검을 높이 들며 소리쳤다. 단칼에 죽일 셈이었다.

전룡대원 중 하나가 왕기훈을 제지하려고 했다. 그러나 그러기 위해서는 동창 고수를 해결해야 했다. 상대도 명색이 고수인데 단칼에 해결할 수는 없었다. 전룡대원은 잠깐 갈등했다. 일단 경고 소리라도 질러서 왕기훈을 멈추게 해야겠다고 생각했다. 그사이에 일이 벌어졌다.

엎어져 있던 석민이 고개를 들며 손을 위로 쭉 뻗었다. 그의 손에는 조그맣고 화려한 단검이 들려 있었다. 그가 도박장에서 딴 돈으로 지영에게 선물했고, 지영이 위기 순간에 던져 목숨을 구했던 그 단검이었다. 그것을 지영을 치료하면서 챙겼던 석민이었다. 깨끗이 닦아 품속에 잘 넣어두었던 이유는 지영이 다른 건 몰라도 이 단검을 선물했을 때는 순순히 받아주었던 기억 때문이었다. 나중에 다시 포장해서 선물할 생각이었다.

그리고 손에 검이 없어진 이 순간에 그 단검을 몰래 꺼내기 위해서 왕기훈의 신발을 핥는 일도 마다하지 않았다. 물론 단검이 없었다고 하더라도 같은 행동을 했을 석민이기는 했다.

석민이 위로 뻗은 손에 들린 단검이 기훈의 아랫도리를 콱 찔렀다. 기훈으로서는 예상 못한 동작이었다. 정말 잘 만들어진 단검이었다. 단검이라고 하기에도 작은 감이 있는 소검이었지만 날카롭기로만 따지면 명검이었다.

"으아악!"

기훈이 비명 소리를 질렀다. 손에서 검이 툭 떨어졌다. 그의 하체는 피범벅이 되어 있었다. 기훈의 몸이 부들부들 떨리며 천천히 쓰러졌다. 하체의 고환과 성기 부분에서 피가 철철 흘렀다.

석민이 후다닥 물러섰다. 기훈이 완전히 무력화된 것을 본 그는 벌떡 일어섰다.

"으하하, 이 씨발놈아. 내 칼맛이 어떠냐? 이제 고자가 됐으니 꼴좋구나. 으하하하!"

석민이 정말 통쾌하다는 듯이 웃었다. 단칼에 죽이는 것보다 이게 더 좋은 복수가 될 것 같았다.

동창 고수 둘은 당황했다. 그들은 사태가 이 지경이 될 줄은 몰랐다. 급히 움직이려고 하는데 그 앞을 전룡대원 둘이 가로막았다. 그들은 만족한 미소를 머금고 있었다.

"저놈만 데려가라. 곰탱이에게 손대지 말고."

전룡대원 하나가 순간적으로 기세를 뿜으며 말했다. 그 기운에 압도된 동창 고수들은 고개를 끄덕였다. 아무래도 싸워봤자 좋은 꼴 못 볼 것 같았다. 그리고 지금은 싸울 때가 아니었다. 지금 급한 것은 왕기훈의 치료였다.

전룡대원들이 몸을 비켜주자 그들은 왕기훈 쪽으로 급히 달려갔다. 재빨리 지혈을 하고 상처를 살폈다.

"완전히 잘렸다."

동창 고수 하나가 고개를 가로저으며 말했다. 사태는 심각했다. 황제의 사위가 고자가 됐다. 공주의 분노를 어떻게 감당해야 할지 생각이 나지 않았다.

그들의 머리에 다른 생각이 스쳤다. 그들은 내시가 움직이는 동창 소속이었다. 동창의 말단 대원은 몰라도 고위 직은 반드시 내시만이 차지할 수 있었다.

왕기훈도 고자가 됐으니 어쩌면 동창으로 들어올지 모른다는 상상을 했다. 부마가 동창에 들어오는 것은 가능성이 별로 없는 일이었다. 하지만 그런 날이 온다면 왕기훈이 실무자인 자기들보다 아랫사람이 될 리는 없었다. 그날이 오면 피의 보복을 받을 수 있었다. 빨리 가서 치료해야 했다. 잘린 것을 주워서 혹시 붙일 수 있는지 알아봐야 했다. 가능한 일이라고는 생각지 않았지만 그들이 그런 노력을 했다는 것을 왕기훈이 알아야 했다. 그들은 왕기훈을 데리고 급히 의원을 찾아갔다.

"수고했다, 곰탱이."

전룡대원이 석민의 어깨를 두드려 주며 말했다. 석민이 손을 떨며 환히 웃었다. 원래 스스로를 잘 용서하는 석민이었다. 복수를 하고 나자 광룡의 부상으로 인해 생긴 마음의 상처가 씻은 듯이 사라졌다.

석민에게 이 사태에 대한 후환 따위를 생각할 머리는 없었다. 그런 걱정 할 사람이었으면 애초에 일을 벌이지도 않았다.

鏢師 第八章

지원이 작정을 하고 동원한 병력은 대단했다. 구대문파의 고수들만 칠백여 명이 동원되었고 거기에 더해서 각 정파의 고수 삼백이 추가되었다. 고수만 천 명이었다. 또한 각 문파의 무사들 중 기동력이 있는 날랜 무사들만 구천 명을 더 모았다. 고수는 주로 구대문파에서, 그리고 일반 무사들은 기타 정파들에게서 많이 차출되었다. 무려 일만에 달하는 대군이었다.

물론 이 숫자가 북무림맹에 소속된 문파들의 고수와 무사 전부는 아니었다. 무림 전체의 규모를 생각해 볼 때 이 정도는 많은 숫자라고 할 수 없었다. 구대문파에 소속된 문파들만 봐도 그랬다. 그들을 다 합친다면 몇 배의 고수와 무사들을 만들 수 있었다. 그러나 그들은 각자의 문파도 지켜야 했으며 정상적인 무림 활동도 해야 했다. 싸움을 하는

데 보유한 병력을 한번에 몽땅 투입하는 것은 국가 간의 싸움에서도 없는 일이었다.

특하나 주축이 돼서 적극적으로 움직이는 것은 구대문파였다. 나머지 정파들은 그들이 가진 것 중 일부만 내놓았다. 애초에 북무림맹에 참여하기 위해서 데려온 문도들 중에서 뽑아 숫자를 만들었다. 그러나 그들이 북무림맹에 데려온 문도들 자체가 각 문파의 자존심을 건 정예였다. 다른 문파에 밀리지 않기 위해서였다. 특하나 구대문파는 각자 보유하고 있는 최고의 전투 부대들을 내놓았다.

어쨌든 일만 명이 북무림맹에 소속된 문파의 무사 전부는 아니었다. 하지만 그들은 북무림맹에 소속된 문파들이 가진 무사들 중 최정예였다. 진짜배기였다. 과거에 삼대 사파 연합이나 만사대행문 등이 동원했던 부대들과는 쭉정이와 통통한 쌀알만큼 질적으로 달랐다. 이들이 북무림맹의 진짜 힘이었다.

당연히 일만 명 중에서 칼 쓰는 데 능하지 않은 자가 없었다. 어설픈 무사는 끼지도 못했다. 이만한 병력 이동이면 황제도 긴장할 만한 수준이었다.

물론 황제는 관심을 가질지언정 크게 걱정하지는 않았다. 황제에게도 고수는 많았고 날랜 장수들도 많았다. 병사의 수는 비교도 안 될 만큼 많았다. 일만의 무림인이면 반란을 도모할 만한 숫자는 되었다. 하지만 그것을 성공시킬 만큼 충분한 숫자는 아니었다.

그래도 충분한 대비는 하고 있었다. 황제 직속의 중앙군에 경계령이 떨어지고 근위대는 비상 근무에 들어갔다. 동창은 북무림맹의 움직임에 대한 정보를 수집하는 일에 집중했다.

그리고 황제수호검이 백여 명의 고수와 백여 명의 무사들을 데리고 남무림맹에서 활동하고 있었다.

남무림맹 역시 바짝 긴장한 상태였다. 정사대전이라도 벌어져야 겨우 구경할 수 있는 것이 일만의 무림인이었다. 북무림맹이 그 숫자를 만들었다. 구대문파의 유명 전투 부대들이 총망라되고, 천 명의 고수라는 엄청난 전투력이 더해진 북무림맹군이었다. 무사 하나하나가 날래지 않은 자가 없었다. 상대하려면 남무림맹도 그만한 숫자를 그만한 질로 만들어야 했다.

그러나 그게 어려웠다. 오대세가는 자기네가 보유하고 있는 최고의 전투 부대들을 내놓았다. 다섯 부대가 모이니 그 숫자가 삼백이었다. 구대문파가 밑천을 거덜 내서 병력을 편성한 것이 아니듯이 오대세가도 문파를 유지할 고수들은 필요했다. 오대세가가 북무림맹의 부대와 싸우기 위해서 내놓을 수 있는 고수는 삼백이 고작이었다. 숫자만 놓고 볼 때 오대세가의 규모에 비하면 보잘것없는 규모였다. 그러나 그 삼백은 오대세가의 최정예 전투 부대였다. 각 문파가 대표하는 전투 부대였다. 오대세가의 자존심이었다. 거기에 전룡대 백 명과 황제의 백 명이 더해져서 고수 오백을 만들었다. 남무림맹을 따르는 정파들이 내놓은 고수들은 이백이었다. 그렇게 고수 칠백을 만들었다. 다른 정파들이 내놓은 사람들도 나름대로 최정예 고수들이었다. 이들이 바로 사혈련의 혈사대를 몰살시켰던 그 칠백의 고수였다. 이들을 잃는다면 남무림맹이 입는 타격은 엄청났다.

고수만으로 북무림맹을 상대할 수는 없었다. 각 문파들이 무사들을 내놓았다. 그러나 남무림맹은 여러 면에서 북무림맹에 비해 세가 약했다. 주축이 되는 문파 숫자도 부족했고 받아들인 정파의 수도 부족했다. 그리고 정파만을 엄선한 북무림맹과 달리 정파 비스무리한 문파들이 상당히 가입해 있었다. 그들은 이런 일에 무사들을 내놓는 것에 인색했다. 일만의 북무림맹 정예군이 상대라는 것에 두려움을 느껴 탈퇴를 하는 문파까지 있었다. 광룡을 내주자는 주장까지 나왔다.

오대세가는 그걸 받아들일 수 없었다. 광룡 하나로 모든 문제가 해결된다면 백번 그러고도 남을 오대세가였다. 그러나 진실은 달랐다. 광룡을 넘겨준다는 것은 오대세가가 패배를 인정한다는 뜻이었다. 이렇게 명분이 중요한 싸움에서 그랬다가는 끝장이었다.

그래서 오대세가가 자신들이 보유한 무사들을 넉넉히 내놓고, 또 다른 문파들을 어르고 달래서 모은 무사가 오천이 조금 넘었다. 고수들까지 다 합하면 육천 정도 되는 숫자였다.

평소라면 그것만으로도 중원 어떤 문파도 함부로 거스르지 못하는 강력한 전력이 될 수 있었다. 그러나 지금 상대는 북무림맹이었다. 제갈화일은 매일 머리가 깨지도록 현 사태에 대한 돌파구를 궁리했다.

“적은 일만대군인데 우리는 다해야 겨우 육천 명이라니. 이래서야 어디…….”

하북팽가의 가주 팽도수가 얼굴을 찡그리고 말했다. 그의 어깨가 제법 가라앉아 있었다.

“제갈가주, 무슨 좋은 방법이 없소?”

팽도수가 제갈화일에게 물었다. 투정은 없었다. 둘 사이의 관계로 볼 때 쉽게 볼 수 있는 모습은 아니었다. 팽도수는 그만큼 위기감을 느끼고 있었다.

"방법이야 많습니다만 놈들을 이끄는 자가 폭호 지원이다 보니 과연 잘 먹힐지……."

제갈화일이 인상을 쓰며 말했다. 폭호는 제갈화일로서도 만만치 않은 자였다. 그간의 머리 싸움 결과를 보면 오히려 밀리는 감이 있을 정도였다.

"허허, 이것 참."

남궁전성이 헛웃음과 함께 난처한 표정을 지었다. 두 배 가까운 전력 차는 그만큼 부담스러운 것이었다.

"그들이 정말로 이렇게 나올 줄은 몰랐거늘."

남궁전성이 후회스럽다는 듯이 말했다. 남무림맹의 설립 배경이 되는 것 중 하나는 북무림맹이 그들과 함부로 전면전을 하지 못하리라는 생각이었다. 명분을 중시하는 같은 정파이기 때문이었다. 싸움이 벌어지면 일방적으로 밀리지 않을 만큼의 전력만 확보한다면 전쟁 억지력으로 충분하리라고 판단했다. 어차피 남무림맹의 목표는 북무림맹의 해체였다. 북무림맹이 사파를 멸하고 난 후에 그 조직을 유지하려고 할까 봐 두려워 만든 맹이었다. 해체하도록 압력을 가하는 것이 남무림맹의 목표였다. 북무림맹을 물리치고 무림을 장악할 생각은 없었다.

"폭호의 생각은 다른가 보지요."

광룡이 말했다. 광룡과 황제수호검 승현도 회의에 참여하고 있었다.

"무슨 좋은 생각이 있으신지요?"

제갈화일이 광룡에게 물었다. 광룡은 자신과 전략을 논해도 좋을 사람이라고 생각했다. 서로 생각을 잘 엮는다면 좋은 수가 나올 것도 같았다.

"일단은."

광룡이 한마디를 했다. 그때였다. 누군가가 회의실 문을 벌컥 열고 뛰어들어 왔다. 제갈금일이었다.

"무슨 일이냐!"

제갈화일이 엄히 꾸짖었다. 회의실은 누구라도 접근 불가였다. 정보가 새는 것을 막기 위해서였다.

"놈들의 이동 방향이 바뀌었습니다."

제갈금일이 급히 말했다. 그 말을 들은 사람들의 안색이 변했다.

"그게 무슨 말이냐?"

제갈화일이 벌떡 일어서서 물었다.

"놈들이 우리 쪽으로 오던 방향을 꺾어 사혈련으로 향하고 있습니다."

제갈금일이 환한 얼굴로 대답했다.

"으하하하! 내 그럴 줄 알았지. 지놈들이 같은 정파끼리 설마 우리를 다 죽이려고 하겠어? 암, 물러서야지. 물러서야 하고 말고."

팽도수가 큰 소리로 웃으면서 말했다. 힘의 팽가라고 불리는 하북팽가였다. 그 때문에 팽도수는 일천 고수에 구천 무사라는 자신보다 강한 힘에 일말의 두려움을 느끼고 있었다. 그러나 북무림맹의 목표가 남무림맹이 아니라면 더 이상 세상에 두려울 것이 없었다. 겁이 없어진 그는 절로 신이 났다.

"휴, 다행이군요. 그자들이 정말 끝을 보고자 했으면 양측의 피해가 대단했을 텐데. 우리도 낭패지만 북무림맹도 그 손해가 작지 않았겠지요. 그렇게 되면 정파의 정기는 퇴색하는 법. 정의를 세우겠다는 그들이 할 만한 일이 아니었습니다. 우리는 공연한 걱정을 한 듯합니다. 이것으로 폭호에게도 최소한의 자제심은 남아 있다는 것이 증명되었습니다. 앞으로의 일이 쉬워지겠습니다."

제갈화일이 안도의 한숨을 쉬면서 말했다. 북무림맹과의 정면 대결은 이겨도 손해, 져도 손해였다. 이겨봤자 남무림맹에는 껍질만 남을 뿐이었다. 그렇게 되면 오대세가도 정기가 상할 판이었다. 그런 상태로는 세상에 널려 있는 사파를 상대할 수 없었다. 무림의 대혼란만이 기다릴 뿐이었다. 만약 남무림맹이 진다면 그건 더 나빴다. 앞으로 오대세가가 북무림맹의 눈치를 보고 살아야 한다는 뜻이고, 그건 제갈화일로서는 견딜 수 없는 치욕이었다.

"그러면 그렇지. 그들도 정파인 구대문파 아니겠습니까? 그들이 우리를 친다는 생각 자체가 우리의 지나친 억측이었습니다. 이거 공연히 그 사람들에게 미안해지는군요. 허허."

남궁전성이 기분 좋게 웃었다.

"하지만."

광룡이 다시 한마디를 했다. 회의 내내 시종일관 입을 다물고 있던 광룡이었다. 아까의 '일단은'에 이어 이 회의에서 두 번째로 하는 말이었다. 모두의 눈이 광룡을 돌아보았다.

"그들의 목적이 과연 사혈련뿐이겠습니까?"

광룡이 무표정한 얼굴로 말했다. 광룡은 무표정한 얼굴을 한 채로 현 상황에 대한 냉철한 분석을 하고 있었다. 그간 일어난 일과 폭호의 성격 등을 분석해 보면 별로 좋지 않은 상황이었다. 특히나 광룡은 폭호와 직접 겨루어보았다. 그 싸움을 기반으로 그는 폭호의 성향을 짐작하고 있었다. 폭호가 얼마나 빈틈없고 이익에 밝은 자인지 충분히 느끼고 있었다.

"하지만이라니요? 이렇게 명확한 결과가 보이는데. 너무 예민하신 것 아닙니까? 비록 폭호와 안 좋은 인연이 조금 있다고 해도 말입니다."

황보세가주 황보단야가 말했다. 세 군데의 세가는 광룡에게 꼬리 치고 있었다. 남궁세가는 중심을 잡아야 했다. 대놓고 이런 말을 할 수 있는 것은 황보세가뿐이었다.

"내게 인생을 가르쳐 주신 분이 하신 말씀 중에."

광룡이 다시 말을 시작했다.

"영리한 토끼는 굴을 적어도 세 개는 판다는 것이 있었습니다."

광룡의 말에 모두의 눈이 반짝거렸다. 특히 승현이 그랬다. 도대체 어떤 인물이 있어 광룡 같은 대단한 사람에게 인생을 가르칠 수 있는지 궁금했다.

"우리가 북무림맹이 하는 것을 좋게만 보고 있다가 뒤통수를 맞으면 어떻게 하겠습니까? 마음 턱 놓고 있다가 그들이 다시 우리에게 방향을 돌린다면 어떻게 되겠습니까? 그들은 사혈련을 무찔러 민중의 지지를 받게 될 겁니다. 그게 일차 목표겠지요. 그리고 그들이 우리를 향해 칼을 들이대면 우리는 풀어져 있다가 다시 준비를 하게 되겠지요. 그 과정에서 우리는 얼마가 됐든 손해를 보게 됩니다. 지금도 불리한데 그렇게 돼서야 어떻게 버틸 수 있겠습니까?"

광룡이 말했다. 그 말을 듣고서 사람들의 얼굴에서 웃음기가 조금씩 사라졌다.

"그래도 이렇게 좋은 소식이 들렸는데 잠시 즐기는 것도 안 되겠습니까? 그렇게 매정하게 말할 필요까지야……."

황보단야가 다시 중얼거렸다.

"최악의 경우를 대비하면 실제로 그 일이 일어났을 때 최선의 대책을 세울 수 있습니다. 최선의 경우를 대비하고 움직이다 나쁜 경우를 만나면 망할 수밖에 없습니다. 그것이 세상입니다."

광룡이 단호하게 말했다. 아무도 그 말에 반박할 수 없었다. 틀린 말은 아니었다. 남무림맹에게 이 일은 가문의 흥망성쇠가 달린 일이었다. 좋다고 히히덕거렸다가 뒤통수를 맞으면 복구 불능이었다.

황제수호검 승현은 그런 광룡을 물끄러미 쳐다보고만 있었다.

*　　　*　　　*

"으아악!"

요란한 비명 소리가 전장의 소음에 묻혀갔다. 사혈련에서 들리는 소리였다. 남무림맹을 향해서 진격해 오던 북무림맹은 중간에 그 방향을 꺾었다. 진격로를 꺾어 사혈련의 본부를 곧바로 쳤다. 사혈련은 그동안 연전연패로 병력 손실이 많았다. 게다가 그들은 재기의 발판으로 삼기 위해서 고수들로만 편성된 특수 임무 부대인 혈사대를 만들어 정의문을 공격했다. 그러나 그건 광룡이 이끄는 남무림맹에 걸려서 몰살에 가까운 타격을 입었다. 덕분에 고수의 숫자가 특히 부족했다. 북무림맹의 일만대군이 사혈련을 공격할 때 총단에 남아 있던 무사들의 숫자는 고수 백에 무사 이천 정도가 고작이었다.

"다 쓸어버리겠다!"

매화이십사수의 수장인 산화검 청환이 크게 소리를 지르며 검을 뿌렸다. 그의 검에 피를 뿌리는 사파무사들의 수가 셀 수 없이 많았다. 그는 적을 가능한 한 많이 죽임으로써 광룡에게 당해 반 토막이 된 매화이십사수의 자존심을 찾으려고 했다.

산화검뿐이 아니었다. 북무림맹의 무사들은 서로 공을 빼앗길세라 몸을 아끼지 않고 싸움에 뛰어들었다. 방어를 도외시하고 전력으로 공격한 덕분에 곳곳에서 인명 피해가 났다. 하지만 워낙 심한 병력 차이라 그 피해는 적은 비율이었다.

"서둘러라! 여긴 이제 끝났다! 보물을 챙겨서 얼른 떠야 한다!"

서재걸이 십여 명의 부하들을 독촉했다. 그는 사혈련 총단의 재물 창고를 털고 있었다. 적의 습격으로 싸움이 치열해진 틈을 탄 행동이었다.

"재물이 너무 많습니다. 다 가져갈 수가 없습니다."

부하 하나가 안타까운 듯이 말했다.

"이 바보 새꺄. 밥을 먹었으면 머리 돌리는 데도 좀 쓰고 그래라. 여기서 나가면 놈들의 포위망을 뚫어야 하는데 바리바리 싸 짊어지고 갈 생각이냐? 은자나 도자기를 챙기는 새끼는 뭐냐? 얼씨구? 너는 그 병풍을 가져가려는 거냐? 이 미련한 산적노무 새끼들아! 보석이랑 금만 챙기란 말이다. 특히 보석을 챙겨라! 시간이 없다. 눈에 띄는 것들만 챙겨!"

서재걸이 고래고래 소리를 질렀다. 그 말을 들은 산적들이 그때서야 목표를 찾았다는 듯 보석만 골라내기 시작했다.

"대충 털었으면 가자! 중간에 새는 새끼가 있으면 지옥 끝까지 쫓아가서 잡아먹어 버릴 테다."

서재걸이 보석을 쓸어 담은 주머니 하나를 쥐고서 말했다. 그의 발 빠른 움직임을 따라 산적들이 서둘러 움직였다.

"이보시오, 총관. 아니, 녹림맹주. 나도 좀 데려가시오."

급히 움직이기 시작하는 서재걸의 앞을 염방의 방주가 갑자기 나타나서 막아섰다.

"뭐야?"

서재걸이 화들짝 놀라며 말했다. 적이 쳐들어왔는데 이런 짓을 했다는 것에 찜찜함이 있었다. 아무리 악당이라고 하지만 자기들만 살겠다고 도망가는 것으로도 모자라서 보물까지 챙겨갔다. 손가락질당할 일이었다.

"나도 데려가시오! 보다시피 내가 다리가 불편하오. 아무리 위험해도 끝까지 살아남는 질긴 목숨의 당신이라면 여기를 빠져나갈 수 있을 것 아니오? 그리고 이 다리도 당신네 녹림에서 자른 것 아니오? 그러니 빚을 갚는 셈치고 나를 살려주면 내가 그 보답은 섭섭치 않게 하겠소."

염방주가 사정조로 거래를 제의했다. 염방주의 다리는 녹림맹 소맹주였던 소마 정욱에 의해서 잘렸다. 지금 그의 한쪽 다리는 나무로 만든 의족이었다. 그리고 자신의 의족에 그리 익숙해 있지 못한 그는 빠른 속도로 달아날 수가 없었다.

"댁네 부하들은 다 어쩌고 혼자요?"

서재걸이 좌우를 살피며 물었다.

"처음 적이 습격해 올 때 다 당했소이다. 나야 다리가 이 모양이니 놈들이 신경도 쓰지 않더이다. 그러니 나 좀 살려주시오. 나중에 내가 돈 많이 주겠소."

염방주가 다시 사정했다. 그런 그의 눈앞에 서재걸의 주먹이 크게 보였다.

"으악!"

염방주가 비명을 지르며 나뒹굴었다. 서재걸의 주먹이 그의 안면을 정확히 강타했기 때문이다.

"미친 새끼. 나중에 뭐 준다는 놈치고 진짜로 주는 놈을 못 봤다. 나 보고 사파 놈을 믿으란 말야? 그리고 사정을 하려면 평소에 잘 좀 했어야 할 거 아냐? 사사건건 시비나 걸던 새끼가. 애들아, 가자!"

서재걸이 부하들을 보며 소리쳤다. 손에 쥔 보석들을 만지니 뿌듯했다. 녹림은 다시 살아나기 위해서 많은 자금이 필요했다. 그러나 광룡은 녹림맹 총단을 습격할 때 그곳에 보관 중이던 귀금속이나 돈을 싸그리 쓸어갔다. 그 돈은 정의문 재건에 사용되고 있었다. 그래서 지금 녹림맹 총단은 거지나 다름없었다. 각 산채에서 보내주는 돈으로 겨우 버티고 있었으나 택도 없었다. 자금난으로 술을 살 돈도 모자랐다.

지금 그가 부하들과 함께 가져가는 보석들이 있으면 녹림맹의 부활에 큰 도움이 될 것 같았다. 그의 머리 속에는 이미 돈을 쓸 곳이 가득 떠올라 있었다. 그리고 이만한 돈이라면 녹림맹 복구를 포기하고 따로 한 살림 차려도 될 것 같았다. 그는 행복한 웃음을 지으며 달아났다.

"이, 더러운 새끼가."

염방주가 서러운 듯이 중얼거렸다. 그래도 죽이고 가진 않았으니 다행이라는 생각이 들었다. 그런 그의 앞에 사람 그림자가 다시 나타났다.

"살려주시오, 나 좀 살려주시오! 난 힘없는 늙은이요!"

염방주가 급히 고개를 들고 말했다. 그의 앞에는 지선방주 지선이 그를 내려다보고 있었다.

"이거 입이 더럽던 그 염방주 아냐?"

지선방주가 인상을 쓰고 말했다.

"아, 아니. 난 그저."

염방주가 더듬거렸다.

"주인님, 창고에는 은자나 덩치 큰 물건들만 있습니다. 금이나 보석은 얼마 보이지 않습니다!"

서재걸이 털고 간 재물 창고에서 나온 지둔조원이 보고했다. 지선방도들은 그녀를 방주가 아니라 주인이라 불렀다. 지선이 방주가 된 후로 뜯어고친 규칙이었다. 지선방주의 아미가 곤두섰다. 그녀는 염방주의 멱살을 잡았다.

"내 보물 어디 갔어?"

그녀가 염방주를 잡아먹을 듯이 노려보면서 말했다. 잠깐 동안 긴장한 염방주는 일순 좋은 생각이 떠올랐다.

"서재걸이 가져갔습니다."

그는 급히 고자질을 했다. 자신을 버리고 간 서재걸에 대한 복수였다.

"신임 녹림맹주? 혼자서?"

지선방주가 인상을 찌푸리며 물었다.

"부하들이 십여 놈 됐습니다."

염방주가 즉시 대답했다.

지선은 고민에 빠졌다. 부하에게 고개를 돌려보았다. 부하가 고개를 좌우로 흔들었다. 이 난리통에 가져갈 만한 건 별로 없다는 뜻이었다. 그걸 구분한 그 부하는 적어도 녹림의 산적보다는 똑똑했다.

그녀는 갈등했다. 추격을 하자니 서재걸의 무공이 부담스러웠다. 그러나 숫자는 자기네가 두 배였다. 난리통에 모조리 죽여 버릴 수만 있다면 아무도 지선방의 짓으로 의심하지 못했다. 그리고 그게 아니더라도 자신들이 누구인지 들키지만 않으면 그만이었다. 진다면 모를까 이긴다면 들키지 않을 방법이 있었다.

"십여 놈이 모두 금이며 보석을 한 자루씩 챙겨갔습니다."

염방주가 지선을 부추겼다. 그 말에 지선의 얼굴이 변했다. 염방주의 말을 듣고도 참으면 사파의 문주가 아니었다. 그녀는 결심했다.

"모두 복면을 써라. 추격한다."

지선이 명령을 내렸다. 그 말에 지선방의 전투 부대인 이십 명의 지둔조원들이 모두 품에서 복면을 꺼냈다. 그들이 평소에 강도 짓을 할 때 얼굴을 가리는 복면이었다. 만에 하나 실패하더라도 자신들이 지선방임을 서재걸에게 들키지 말아야 했다.

"가자! 보물이 우리를 기다린다!"

지선방주 지선이 앙칼지게 소리치며 달렸다. 그리고 그녀를 따라서 지둔조원들이 달려갔다. 그 뒷모습을 염방주가 멍하니 바라보았다.

"사파 놈들이 다 그렇지 뭐. 믿을 놈이 있나."

염방주가 중얼거렸다. 마치 그 소리를 들은 듯 지선방주가 달리던 걸음을 멈췄다. 염방주가 급히 입을 닫았다. 지선방주가 염방주를 돌아보았다. 염방주는 뜨끔했다.

"살인멸구!"

지선방주가 짧게 외쳤다. 염방주의 얼굴이 하얘졌다. 명령이 떨어지기가 무섭게 지둔조원들이 일제히 염방주에게 달려들었다. 기력이 쇄한 염방주가 상대할 수 있는 전력이 아니었다.

"여기를 친다고 해서 정말로 광룡을 끌어낼 수 있겠습니까?"

활검 동훈이 영 의심스럽다는 표정으로 물었다.

"나를 믿으세요. 그에게는 선택의 여지가 없어요. 우리와 정면 대결을 하면 남무림맹의 몰락이에요. 그들의 가장 좋은 기회는 바로 지금이에요. 우리가 사혈련을 치고 난 직후지요. 우리라고 피해가 없을 리 없고 또 싸움에 지쳐 있을 때예요. 이때를 노리지 않으면 전술을 안다고 할 수 없어요. 광룡이 가져간 명성을 되찾아오고 남무림맹의 습격을 유도할 수 있는 일석이조의 수법이지요."

지원이 웃음을 지으며 말했다.

"그들이 오히려 우리의 목표가 사혈련이라고 생각하고 눌러앉아 있을 수도 있습니다."

동훈이 말했다.

"그러면 더 고맙지요. 백성들의 지지는 우리가 다 받게 될 테니까요. 그들에게는 명분이 그만큼 사라지고 그건 그들에게 참여하고 있는 문파들이 마지막 순간에 달아날 수 있는 핑계거리가 되지요. 그런 상황이 됐을 때 우리가 친다면 더 이익이에요. 그러니까 어떻게 하든 광룡에게는 선택의 여지가 없어요. 이건 외통수예요."

지원은 자신했다. 남무림맹의 사람들은 안중에도 없었다. 그에게는 오직 광룡만이 승부 상대였다.

"하지만 사혈련이 저리 약해져 있다는 것을 남무림맹이 안다면 경계하지 않겠습니까? 여기 와서 보니 정말 형편없습니다."

동훈은 여전히 불안했다.

"사혈련이 제대로 했다면 지금보다는 훨씬 강한 저항을 했을 거예요. 하지만 저들은 우리가 침투시킨 첩자들이 제공한 정보에 의해서 전력이 분산되어 있지요. 보세요. 총단이랍시고 있는 곳에 숫자가 저게 다예요. 고수는 몰라도 무사는 더 있어야 하는데 다 어딘가로 흩어져 있지요. 그리고 싸움은 일방적으로 진행되고 있어요. 달아나는 놈들이 부지기수니 더 쉬워요. 그놈들은 남무림맹을 깨고 나서 차근차근 토벌해 주면 돼요. 사파에 미리부터 첩자들을 박아둔 것은 정말 잘한 일이에요. 결국 이렇게 화끈하게 써먹게 되다니. 그러니 남무림맹은 이 사실을 당분간 알 수 없지요. 남무림맹이 진실을 알기 전에 싸움을 시작하면 되는 거니까."

지원은 현 상황에 만족했다.

"그래도 남무림맹이 이 사실을 알면."

"아아, 걱정하지 말라니까요. 남무림맹이 어찌 알겠어요? 우리가 이번 작전에서 가장 중요시하는 건 정보 통제예요. 그리고 설사 무슨 소식을 들었다고 하더라도 늦었지요. 이제 와서 사혈련의 전력이 분산되어 있었다는 정보를 들어봤자 소용없어요. 소문을 낸 놈들은 어차피 달아난 놈들일 터. 진위를 확인해야 하는데 그럴 시간이 없어요. 하던 대로 해야 해요. 나를 믿으세요."

지원이 깊은 미소를 지으며 말했다. 그 미소를 본 동훈이 입을 다물었다. 어차피 시위는 떠났다. 저렇게 기분 나빠하고 있는 지원에게 더 이상 따지기 싫었다.

북무림맹의 일만대군이 사혈련의 무사들 천오백 명쯤을 죽이는 데 걸린 시간은 불과 한 시진이었다. 고수의 숫자나 전체 무사의 규모 등에서 워낙 차이가 나기 때문에 싸움은 오래 걸리지 않았다. 사혈련은 불과 오백여 명이 달아나는데 성공했을 뿐 나머지 천오백여 명은 모두 몰살당했다. 그 과정에서 북무림맹이 입은 피해는 채 삼백이 되지 않았다.

"이제 미끼만 보강하면 돼요."

지원이 흐뭇하게 말했다. 중의 신분이라 낚시를 해본 적은 없었다. 그러나 지금 그는 태공의 기분이었다.

*　　　　*　　　　*

"북무림맹이 다시 움직였습니다. 역시 우리 쪽입니다."

제갈화일이 어두운 얼굴로 말했다.

"결국 이렇게 됐군. 하지만 우리도 준비는 단단히 했소. 정의를 지키기 위해서 출격하는 일만 남았을 뿐이지."

팽도수가 침중한 얼굴로 말했다. 회의장의 전체적인 분위기는 어두웠다.

“그런데 그들이 부대를 둘로 나눠서 움직이고 있다고 합니다.”

제갈화일이 새로운 소식을 전했다.

“둘로? 왜 그런?”

당문의 문주 당태명이 의아해하며 물었다.

“글쎄요. 아마도 선봉 부대와 본대로 나눠서 싸우고 싶어하는 것 같습니다. 선봉과 본대로 나누는 것은 전쟁터에서 흔히 사용하는 부대 배치이기는 합니다. 만 명이나 되니 정석을 따르고 싶었는지도 모르지요. 하지만 그걸 펼친 상대가 폭호이니 그 속에 무슨 생각이 들어 있을지 알 수는 없습니다.”

제갈화일이 인상을 찌푸리며 말했다. 제갈화일에게는 폭호의 머리 속을 들여다볼 능력이 없었다.

“차라리 잘됐군. 선봉이나 본대 중 하나를 쳐버리자고. 각개격파는 광룡 대인의 장기라면서? 적이 알아서 나눠졌으니 이번에 그 장기를 한번 마음껏 펼쳐 보라고.”

팽도수가 쉽게 생각하기로 하고 말했다.

“하지만 적의 의도를 모르는 상태에서…….”

남궁전성이 불안해하며 말했다.

“어쩔 수 없는 일이기는 합니다. 만 명이 하나로 뭉쳐 왔다고 하더라도 어떻게든 쪼개야 하는 상황입니다. 정면 대결로는 우리의 필패니까요. 함정이라면 그것을 역이용할 방법을 찾아야 합니다. 기왕 나눠진 것 최대한 이용해야지요.”

제갈화일이 마침내 결심하고 말했다.

광룡은 그런 사람들을 물끄러미 돌아보았다. 결론은 한 방향으로 가고 있었다.

 "그러면."

 광룡이 이야기를 시작했다.

第九章

第九章

북무림맹의 정벌군은 선봉대가 사천 가까이, 그리고 본대가 육천이었다.

그들은 남진했다. 남무림맹이 있는 방향이었다. 선봉대와 본대 사이에는 서로가 보이지 않을 만큼 충분한 거리가 떨어져 있었다.

"이런 배치로 정말 괜찮겠습니까? 듣기로 남무림맹이 우리를 상대하기 위해서 모은 병력은 육천여 명이라던데요?"

동훈이 못내 불안한 듯이 말했다.

"이미 이야기 끝난 걸 다시 끌어내지 마세요. 이렇게 하지 않으면 어떻게 적을 꼬여내겠어요? 우리의 일만대군이 뭉쳐 있다면 적이 감히 쳐들어오겠어요? 그냥 싸우면 이겨도 피해가 커요. 우리가 개인적으로 싸움을 할 때도 적의 공격을 유도해야 멋진 반격을 하잖아요. 그러려면 때에 따라서는 일부러 허점을 보여야 하는 것을 잘 아시잖아요. 집단전도 무공과 그 원리는 비슷해요. 그러니 머리를 쓰세요. 이건 허허실실이에요."

지원이 동훈을 나무랐다.

"귀는 들어 일을 알지만 마음은 못내 불안합니다. 광룡은 각개격파의 달인이라고 하지 않으셨습니까?"

기분이 조금 상한 동훈이 반발했다. 폭호가 대단하다고 하지만 그도 절대고수이고 무당파의 이인자였다. 무공으로 보나 지위로 보나 나무람을 당할 처지는 아니었다.

"그렇지요, 그 재능은 전례가 없을 정도지요. 자기보다 강한 적은 철저히 분리시키고 약하게 만들어서 하나씩 잡아먹지요. 그러니 우리는 그가 더 이상 분리시킬 필요를 못 느낄 만큼 미리 나눠져 있는 거지요. 얼마나 달콤한 유혹이겠어요? 잡아먹기 딱 좋은 크기잖아요? 한입 베어 물고 싶어 참지 못하고 있을 거예요."

지원은 그의 미끼를 신뢰했다.

"하지만 그가 이것이 함정임을 눈치채면 어쩌시려고요?"

"함정이란 것 자체는 생각하고 있을 거예요. 그 정도 머리도 없겠어요? 그러나 비록 그가 대단하기는 하지만 이만한 계획을 꿰뚫어 보기는 어려울 거예요. 그러기에는 그에게 제공된 정보가 너무 없거든요. 그는 우리의 전력을 모르잖아요. 아, 좋아요. 어쨌든 그가 이걸 함정이라고 예상했다고 쳐보지요. 아마 짐작할 테니까요. 그런들 뭐가 달라지겠어요? 실제로 우리는 지금 약해진 상태예요. 그들이 지금 공격해오지 않는다면 기회는 없어요. 지금보다 시간이 지나면 모두들 전투에서 입은 피로에서 회복할 거예요. 더 시간이 지나면 다시 일만대군으로 뭉치겠지요. 우리는 지금이 가장 약해요. 우리가 다시 강해져서 남무림맹의 본거지를 친다면 양측의 인명 피해는 훨씬 더 커질 거예요. 광룡은 정파 사람들의 목숨이 이렇게 많이 사라지는 것을 원하지 않아요. 지금밖에 없어요. 난 그에게 공격해 올 것을 강요하고 있는 거예요. 인질은 남북무림맹 전투 부대 양측 일만 육천 명의 목숨이지요. 그리고 정파의 정기이기도 하구요. 지금 이 기회를 놓친다면 내 광룡을 다시 평가하겠어요."

지원이 확신을 가지고 웃으며 말했다. 동훈의 인상이 찌그러들었다.

"힘들게 사시는군요."

동훈의 중얼거렸다. 그도 이제 지원에게 점점 익숙해져 가고 있었다.

공격은 평원에서 시작되었다. 파랗던 가을 풀이 누렇게 말라붙어 겨울을 맞은 후였다. 사천여 명의 병력이 당당하게 지나가는 길은 잘 다져진 편이었지만 양옆은 한때는 무성했던 마른풀들이 널려 있었다.

"화살이다!"

누군가가 소리쳤다. 무사들은 즉시 자신의 무기를 빼어 들고 날아오는 화살을 찾았다. 그러나 화살은 그들을 노리지 않았다. 화살의 끝에는 불이 붙어 있었고 그것들은 정벌군 제일대의 주변에 늘어서 있는 풀밭에 떨어졌다. 마른풀은 순식간에 타오르며 연기를 뿜었다.

"긴장하지 마라. 침착해라. 불길은 우리를 위협할 수 없다!"

당황하는 무사들 사이에서 지원이 크게 호통을 쳤다. 그 말이 사실이라는 듯이 불길은 주변을 모두 태우고 있었지만 무사들이 있는 곳까지 오지는 못했다. 태울 재료도 나무보다는 풀이 대부분이었기 때문에 불길이 그다지 심하게 커지지도 않았다.

"연기가 꽤 심하게 일어나고 있습니다."

무사 하나가 지원에게 보고했다. 지원도 알고 있었다. 마른풀이 타서는 이런 연기가 날 수 없었다.

"혹시 당문의 연무독?"

동훈이 갑자기 안색을 굳히며 말했다.

"그럴 리 없어요. 당문이 가진 연무독은 지난번 사혈련을 칠 때 모두 소모했다고 알고 있어요. 그리고 연무독은 그렇게 많이 만들 수 있는 독이 아니에요. 이 넓은 평원을 뒤덮을 독이라니. 연무독은 고사하고 그만한 기름을 구하기도 힘들어요. 아!"

지원이 갑자기 놀란 소리를 냈다.

"왜 그러십니까?"

"광룡, 이 간사한 자가 연기의 양을 늘렸군요. 마른풀 밑에 연기가 많아지는 종류의 나뭇가지라도 숨겨두었나 보네요. 우리가 연무독을 걱정해서 급히 진격하기를 바랐겠지요. 광룡. 그의 작전을 파악했어요. 나를 겨우 이만큼으로밖에 생각하지 않다니, 실망이네요."

지원이 씨익 웃으며 말했다.

"모두 조심해서 진격하라. 앞에 적의 함정이 있을 것이다. 긴장을 늦추지 말고 전방 경계에 만전을 기하라. 이 연기는 무시해라. 연기 좀 먹는다고 죽지 않는다!"

지원이 소리를 질렀다. 그의 명령이 떨어지자 무사들이 즉시 움직이기 시작했다. 그들도 이런 매운 연기 속에서 오래 뒹굴고 싶지는 않았다. 연기 속에 뭔가 수작이 있을까 두려워 숨도 제대로 못 쉬는 무사들도 많았다.

"으악!"

가장 앞에서 걸어가던 무사 하나가 비명을 질렀다. 바닥에 뿌려져 있던 암기를 밟았다. 그의 발이 순식간에 퉁퉁 붓기 시작했다.

"당문의 암기다!"

옆의 무사가 크게 소리 지르며 경고를 했다. 대열이 다시 정지했다. 그러나 피해는 무사 하나였다. 모두 조심해서 움직이고 있었다. 사혈련의 혈사대처럼 일단 달리고 보는 짓을 하지 않았기 때문이다.

지원이 한달음에 선두로 달려왔다. 그리고 바닥을 조심스레 살폈다.

"하하하. 예상대로군요. 우리가 아까의 연기에 겁을 먹고 고속으로 전진했다면 여기서 큰 피해를 입었겠네요. 그랬다면 사기도 많이 떨어졌겠지요. 이것도 광룡이 사혈련의 혈사대를 칠 때와 같은 수법이에요. 광룡의 작전도 이제 바닥이 보이나 봐요. 이 함정도 모양은 다르지만 근본은 같아요. 독이 떨어졌으니 변형을 가했나 본데 그뿐이에요. 보세요. 우리는 사혈련이 아니에요. 겨우 한 명으로 광룡의 작전을 깼어요."

지원이 동훈을 보며 어떠냐는 듯이 말했다.

"겨우 한 명이라니요."

동훈이 투덜거렸다. 지원이 중치고는 사람 목숨을 너무 우습게 본다는 생각이었다.

"쓰러진 자에게 소환단을 주어라."

지원이 명령을 내렸다. 부상을 당한 자는 물론이고 주변의 무사들까지 놀랄 만한 명령이었다. 무사들은 자신이 저 암기를 밟아 소환단을 얻어먹어 볼까 하는 생각을 했다. 그러나 그런 행동도 불편해진 동훈의 마음을 풀어주지는 못했다. 그는 소환단의 이름값에 눌리지 않을 만한 지위와 명성이 있었다.

"그래 봐야 재물인 것을."

동훈이 혼잣말로 중얼거렸다.

암기를 피해 우회하면서 정벌대는 다시 이동을 했다. 큰길은 암기로 뒤덮여 있으니 옆의 숲으로 조금이라도 돌아가야 했다. 숲이라고는 하지만 겨울이었다. 나무들은 이파리가 모두 떨어져 있었다. 바닥은 낙엽이 쌓여 푹신푹신했다.

"대사, 여기에 다시 암기가 숨겨져 있을 가능성도 있지 않겠습니까?"

동훈이 물었다. 바닥이 온통 낙엽이니 그 속에 뭐가 있을지 알 수가 없었다.

"그럴듯한 이야기예요. 모두 바닥을 주의하면서 움직이라고 하세요. 숲으로는 조금만 가면 돼요."

지원이 말했다. 그의 말에 따라 무사들은 모두 바닥을 주의 깊게 살피기 시작했다. 바닥에 늘어선 낙엽들을 파헤쳐 가면서 그 속에 뭔가 없는지 살폈다. 자연히 이동 속도가 느려지고 단위 면적당 사람들의 밀도가 높아졌다. 여기저기서 먼지가 풀썩풀썩 올라왔다.

"화살이다!"

다시 화살이 몇 개 날아왔다. 불화살이었다. 바위 뒤에서 조심스레 연기가 나지 않는 불을 피워놓고 기다리던 남무림맹 무사들이 날린 불화살이었다. 무사들에게 날아온 화살은 목표를 명중시키지 못했다. 대비를 하고 있는데도 화살에 맞을 만큼 녹녹한 무사들이 아니었다. 머리가 돌아가고 실력이 되는 고수는 날아오는 불화살을 손으로 잡았다. 그러나 실력이 부족하거나 머리까지 안 되는 무사 몇은 화살을 피하거나 칼로 쳐내는 것이 고작이었다. 칼에 맞은 몇 개의 화살이 불꼬리를 남기며 바닥에 꽂혔다.

불길은 순식간에 퍼졌다. 바닥의 낙엽은 잘 말라 있었고 사람들이 뒤집음으로써 먼지나 잔부스러기들이 허공에 심하게 날리고 있었다. 그곳으로 불이 떨어졌다. 불길은 낙엽과 부스러기를 태우며 폭발적으로 퍼졌다.

"피해라!"

지원이 놀라며 소리를 질렀다. 그가 굳이 명령을 내리지 않아도 사람들은 재빨리 달아나기 시작했다. 불길이 비록 거세게 타올랐지만 시작된 곳은 작았고 몇 군데 없었다. 정의문을 태울 때처럼 기름으로 뒤덮지 못했기 때문에 대부분의 무사들은 불길에 닿기 전에 빠져나올 수 있었다. 그래도 불이 시작된 지점에 있던 몇십 명 정도가 화상을 입거나 타 죽었다.

지원이 화살이 날아온 방향을 보았다. 경공이 빠른 자들만을 골랐는지 날랜 몸놀림으로 달아나는 몇 명이 보였다. 지원이 이를 갈았다.

결국 그들은 다시 큰길로 밀려 나왔다. 그러나 이미 암기가 깔린 지대는 벗어난 후였다. 대열은 완전히 무너져서 무사들이 중구난방으로 흩어져 있었다. 뭔가 안 좋은 상황이란 것이 느껴졌다.

"어서 대열을 정비해라!"

지원이 소리쳤다. 무질서한 부대는 전투력을 발휘할 수 없었다.

"우와아!"

갑자기 함성 소리가 들리며 사람들이 몰려들었다. 지원의 고개가 돌아갔다. 멀찌감치서 수천 명은 될 듯한 무사들이 돌격해 오고 있었다. 아군은 아직 정신을 차리기 전이었다.

"적이다! 겁먹지 마라!"

지원이 소리쳤다. 어느새 적군은 지척으로 다가와 있었다. 모두 달려오는 남무림맹의 무사들을 쳐다보며 긴장을 했다.

"으아악!"

갑자기 뒤쪽에서 비명 소리가 들렸다. 지원의 고개가 다시 획 돌아갔다. 뒤쪽에서 백여 명의 무사들이 약해진 후미를 치고 들어왔다. 가장 앞에서 도를 무섭게 쓰는 사람이 특히 눈에 띄었다. 그의 도가 지나갈 때마다 사람이 토막나면서 죽었다.

"광룡이다아!"

겁에 질린 목소리로 누군가가 소리를 질렀다. 그 목소리에 사천여 명이 몸을 떨었다.

혼자서 매화이십사수를 그 지경으로 만든 광룡이었다. 아무도 광룡과 일 대 일로 싸우고 싶지 않았다. 그건 살아남은 매화이십사수도 마찬가지였다. 매화들은 특히 더 광룡을 상대하기 싫었다. 그들의 경험은 악몽이었다.

광룡이 전룡대를 이끌고 대열의 후미를 공격하자 정벌대 무사들이 그들을 피해 이리저리 휩쓸리기 시작했다. 양 떼를 유린하는 늑대들의 모습이었다. 가뜩이나 중구난방으로 서 있던 정벌대였다. 게다가 정벌대의 진짜 전력은 앞쪽에 몰려 있었다. 단 백 명에 의해서 대열의 후미가 무너지기 시작했다.

"여기 소림의 지원이 간다! 백팔나한대는 나를 따르라!"

폭호 지원이 소리를 지르며 광룡 쪽으로 달려갔다. 이대로 놔뒀다가는 이겨도 이긴 게 아니었다. 눈앞으로 달려오는 적이 문제가 아니었다. 뒷심이 무너진 상태로 싸움을 이길 수는 없었다. 설사 이겨도 상처뿐인 승리는 의미없었다.

지원을 따라 백팔 명의 나한이 움직였다. 손에 목봉 대신 철봉을 쥔 그들이 일사불란하게 반응했다. 열여덟 명씩 여섯 개 조가 살아 있는 것처럼 움직였다. 백팔나한대진이었다.

지원이 후미로 빠진 사이 남무램맹의 전투 부대 연합군인 신의대가 달려들었다. 그들이 북무림맹의 정벌대와 정면으로 충돌했다.

정벌대의 숫자는 일만이었다. 그중 삼백 정도를 사혈련을 칠 때 사망 또는 중상으로 잃었다. 그중 육천을 본대로 보내고 선발대는 삼천칠백의 병력이었다.

반면에 쳐들어온 남무림맹의 전력은 육천이었다. 한 배 반 이상의 숫자 차이였다. 같은 전력을 가졌다면 싸움은 일방적으로 흐를 만한 격차였다.

쳐들어온 부대의 선두는 황제수호검 승현이었다. 무림의 힘의 경계가 무너지는 것을 막기 위해서 나선 그였다. 황제는 그의 안전이 최우선이라고 신신당부를 했다. 그러나 그는 피가 끓는 무인이었다. 그리고 지금 상황은 그가 놀고먹어도 좋을 만한 때가 아니었다. 특히 북무림맹에는 절대고수가 둘이나 있었다. 지원은 후위로 빠진 것이 보였지만 아직 동훈이 남았다. 그의 이번 강호행의 진짜 목표였다.

"동훈이란 자 어디 있는가? 나와 한번 붙어보자!"

승현이 흰 수염을 날리며 달려왔다. 그의 앞을 가로막는 무사들이 없는 것은 아니었다. 그러나 잠시도 저항하지 못하고 쓰러졌다. 일 검에 하나씩이었다. 대충 휘두르는 듯한 검에 일반 무사들은 일합도 버티지 못했다. 막으면 막는 대로 피하면 피하는 대로 승현의 검이 장애물을 타고 넘으며 무사들의 목숨을 끊었다.

그 모습이 동훈의 눈에 띄었다. 자신을 찾는 소리를 고래고래 지르며 압도적인 무위를 보이는 승현이었다. 동훈이 참고 있을 수 없었다.

"멈춰라!"

동훈이 크게 고함을 지르며 달려왔다. 승현의 주위에서 무사들이 순식간에 물러섰다. 동훈이 승현의 앞을 가로막았다.

"내가 동훈이다. 당신은 누구인데 나를 찾는가?"

동훈이 검을 곧추세우며 물었다. 무당의 활검이라 불리는 동훈이었다. 그의 검에는 한줄기 인정이 있었고 그럼에도 불구하고 패한 적 없었다. 그래서 절대고수로 인정받은 동훈이었다. 그의 실력은 진짜배기였다.

황제수호검도 오른팔을 옆으로 뻗어 검을 수평으로 뉘었다. 황제를 지키며 수많은 적을 상대한 그 역시 실전으로 다져진 진짜 절대고수였다.

"한번 겨뤄보고 싶었다. 항상 약한 상대들만 있었거든."

승현이 진심으로 기뻐하며 말했다. 무공이 일정 경지에 이른 이후로 적수라고 할 만한 자와 싸워본 적이 없었다. 자신의 실력을 시험해 보고 싶었다. 그것이 황제의 곁을 떠나 이 싸움터를 찾아온 진짜 이유였다.

"시험의 대가는 네 목숨이다!"

동훈이 공격을 시작하며 말했다. 그에게는 한가롭게 대화를 나눌 여유가 없었다. 시간을 끌수록 정벌군의 피해는 늘어난다. 눈앞의 상대를 가능한 한 빨리 처리하고 다른 사람들을 도와야 했다.

동훈의 장기는 검술이었고 그중 특히 무당 태극검에 능했다. 그의 검은 원을 그리는 듯한 검로로 움직였다. 검이 만드는 원의 크기는 제각각이었다.

승현의 검이 하나의 직선을 만들었다. 수평의 선은 원들을 순식간에 끊고 무너뜨렸다. 동훈의 흐름을 깨기 위해서였다.

동훈의 검이 그리는 원은 산산이 부서졌다. 그와 동시에 동훈의 검이 승현을 노리고 날아왔다. 승현은 그 검의 끝에서 다시 원을 보았다. 벤 것은 허상이었다. 동훈의 원은 아직 살아 있었다.

승현의 검이 다시 곧은 직선을 그렸다. 이번에는 위로 기울어진 사선이었다. 동훈의 원이 빠져나가지 못하고 직선과 마주쳤다. 승현의 검과 동훈의 검이 부딪쳤다. 동훈의 원이 다시 깨졌다. 이번에는 진짜였다. 그의 원은 직선 앞에서 두 번이나 버티지는 못했다. 두 검이 정지했다.

잠깐 서로의 내공을 시험한 둘은 즉시 한 걸음씩 물러섰다. 서로의 무공이 우습게 볼 일이 아님을 느꼈다. 두 수를 겨루었다. 승현이 한 번은 놓쳤고 한 번은 막았다.

"그대는 누군가?"

동훈이 얼굴을 굳히며 물었다. 자신이 전력을 다하지 않았다는 것은 중요하지 않았다. 그건 어차피 상대도 마찬가지이기 때문이었다. 중요한 것은 자신의 태극검의 흐름을 막은 상대의 검이었다. 검에 깃든 경지를 엿보았다.

"겨루다 보면 알 수 있겠지."

승현이 반가운 얼굴로 말했다. 만족스러운 상대였다. 승현의 검이 다시 수평으로 누웠다.

백팔나한대는 대열을 유지하고 있었다. 열여덟 명씩 여섯 개로 나뉜 대열이었다. 그러나 그들이 달리는 곳은 북무림맹 정벌대 제일진의 사천여 명이 늘어선 곳이었다. 그나마도 대열을 잃고 흩어져 있는 처지였다. 폭호 지원이야 한 몸 빠져나가면 그만이었지만 진을 유지해야 하는 백팔나한대까지 그럴 수는 없었다. 사람들이 방해가 돼서 충분한 속도를 낼 수 없었다.

반면에 전룡대는 그런 제약이 없었다. 눈앞을 가로막는 자가 있으면 베어버리고 진격하는 것이 전룡대였다. 그나마의 적도 전룡대의 앞에서 썰물처럼 물러서고 있었다.

"서둘러라! 놈들이 달아나고 있잖느냐!"

지원이 소리를 버럭 질렀다. 전룡대가 멀어지고 있었다. 이미 북무림맹군의 후미를 실컷 유린하고 빠져나가고 있었다. 그에 반해 자신의 뒤를 쫓아오는 백팔나한대는 느렸다. 비록 날랜 움직임이었지만 전룡대보다 느렸다.

지원이 이를 부드득 갈았다. 그렇다고 혼자 달려들 수는 없었다. 단신으로 광룡과 붙은 상황에서 전룡대가 뒤를 친다면 아무리 자신이라도 버틸 수가 없었다. 그는 바보가 아니었다.

"광룡! 놓치지 않는다!"

소리만 버럭 지르는 지원이었다.

양측은 정면 충돌한 상태였다. 그리고 남무림맹이 보낸 무사들의 숫자가 더 많았다. 무려 육천이었다. 북무림맹 정벌대 제일진은 사천이 조금 못 되었다. 두 주먹이 네 주먹을 이길 수 없는 법이니 남무림맹의 일방적인 승리여야 했다.

그러나 현실은 그러지 못했다. 싸움은 난전으로 흐르고 있었고 북무림맹은 그다지 밀리지 않고 있었다. 고수의 숫자 차이 때문이었다.

남무림맹의 육천 중 고수는 총 칠백이었다. 그중에 전룡대가 빠져나가니 남은 고수는 육백이었다. 반면에 북무림맹의 정벌대는 소속된 천 명의 고수 모두가 제일진에 포함되어 있었다. 백팔나한대가 빠져나갔지만 그대로 구백의 고수가 남아 있었다. 고수의 비율이 한 배 반이었다. 이곳이 진정한 본진이었고 본진으로 알려진 곳은 전력으로만 본다면 후위 부대나 다름없었다. 뒤쪽에서 오고 있는 본진에 고수라고는 양손의 손가락으로 셀 수 있을 만큼밖에 없었다. 나름대로 얼굴이 잘 알려진 고수들을 배치해 정말 그들이 본진인 것처럼 만들었다.

결국 무사의 숫자는 남무림맹이 한 배 반이었지만 고수의 숫자는 그

반대였다. 이것이 원인이 되어 두 무리의 싸움은 어느 한쪽이 일방적으로 밀리지 않고 대등한 싸움이 이루어졌다. 지원이 의도했던 상황이었다.

'조금만 더!'

지원은 현 상황 자체에 대해서는 내심 쾌재를 불렀다. 전룡대는 여전히 백팔나한대와의 충돌을 피하며 후미를 빠져나가고 있었다. 피해가 막심했다. 대신에 현재 북무림맹과 남무림맹의 부대는 점점 엉켜들고 있었다. 조금만 더 지나면 빼도 박도 못하는 난전이 벌어질 판이었다. 정말로 광룡과 전룡대만 막는다면 모든 것은 계획대로 진행될 수 있었다.

그리고 지금 북무림맹 정벌대 본진이 죽어라고 달려오고 있었다. 겉보기에는 약해 보이는 정벌대의 정예가 선발대라는 명분으로 움직이다가 남무림맹을 붙들고 있는 것이 계획의 시작이었다. 그리고 일반 무사들로만 구성된 본진이 그들의 배후를 친다는 것이 계획의 마무리였다. 허허실실의 계책이었다.

"대단하시군!"

동훈이 자신의 가슴께를 보면서 말했다. 검에 의해 날카롭게 잘려진 옷자락이 보였다. 비록 옷이 잘린 것뿐이었다. 하지만 이만한 낭패를 당해본 것이 얼마 만인지 기억도 나지 않았다.

"활검 동훈이라. 명성대로요."

승현도 자신의 오른 소매를 들어 보이며 말했다. 그의 소매가 싹뚝 잘려 있었다. 하마터면 검을 든 팔이 날아갈 뻔했다.

“그럼 다시 겨뤄봅시다!”

동훈이 검을 세우며 말했다. 싸움은 이미 동훈의 관심이 아니었다. 이 결투가 더 중요했다. 이만한 고수가 하늘에서 떨어졌는지 땅에서 솟았는지는 알지 못했다. 어차피 무림에 은거 고수는 많았다. 그들 중에 절대고수가 없으리란 법은 없었다. 중요한 건 동훈이 자신 못지않은 고수를 붙잡고 있다는 것이었다. 그렇다면 싸움터에서 제 몫은 하고 있는 거나 마찬가지였다.

승현이 안타까운 표정으로 동훈을 보았다. 그도 정말 겨루고 싶었다. 이런 멋진 싸움은 해본 적이 없었다.

“미안하지만 그럴 수는 없겠소.”

승현이 검을 거두며 말했다. 속이 쓰렸지만 할 수 없었다. 계획은 계획이었다. 동훈이 의아한 듯이 쳐다보았다.

“당신네 저항이 꽤나 거세군. 단숨에 격파하지 못하면 더 이상 싸우는 것은 무의미하다고 광룡이 말했소이다.”

승현의 말에 동훈의 얼굴이 굳어졌다.

“도망가겠다는 말이시오?”

동훈이 따지듯이 말했다. 자신과 견줄 만한 고수가 달아난다는 것은 상상도 하지 못한 일이었다.

“작전상 후퇴가 맞겠지.”

승현이 짧게 대답하며 빠르게 물러섰다. 동훈은 쫓지 않았다.

“전원 후퇴하라!”

승현이 목소리에 내공을 가득 담아 소리 질렀다. 전장을 가득 메우는 목소리였다. 그 소리를 듣지 못하는 사람은 없었다. 남무림맹은 북무림맹과 완전히 엉켜들기 직전이었다. 남무림맹의 무사들이 우르르 빠져나가기 시작했다.

북무림맹의 무사들은 작전의 핵심 내용을 알지 못했다. 남무림맹을 묶어두어야 한다는 것을 몰랐다. 보안을 중시한 폭호 지원이 꼭 필요한 몇 명에게만 가르쳐 주었기 때문이다. 지원은 몇 명의 지휘관들의 힘만으로 두 부대를 엉켜놓을 수 있을 것으로 판단했다. 그 전제는 남무림맹이 쉽게 물러서지 않는다는 것이었다.

그래서 북무림맹의 무사들은 달아나는 남무림맹의 모습을 멍하니 보고만 있었다.

"놓치지 마라!"

지원이 소리를 버럭 질렀다. 그의 목소리도 전장을 울렸다. 남무림맹을 직접 추격하는 것은 위험했지만 어떻게든 적의 발목을 잡아야 했다.

그러나 무사들은 그 목소리에 즉시 반응하지 않았다. 소속 문파가 다른 그들이 지원의 목소리에 익숙해져 있는 것도 아니었다. 난데없이 후방에서 들리는 목소리에 일단 고개부터 돌려봤다.

상당수의 무사들은 지원이 후방에서 소리나 지르고 있는 것에 의아해했다. 지원은 절대고수이고 선두에 서줘야 자신들의 피해가 적었다. 그리고 그게 정파다운 일이었다.

지원이 광룡을 쫓는 것임을 아는 무사들도 있었다. 그러나 북무림맹만 해도 사천여 명이나 몰려 있는 곳이었다. 남무림맹까지 합치면 만여 명이었다. 그런 세세한 상황까지 파악하는 사람은 많지 않았다.

오히려 지원이 안전한 곳에 숨어 있는 것 아니냐는 의아함을 가지는 무사들이 많았다. 그리고 그런 상황이 만든 잠시간의 머뭇거림이 남무림맹에 기회를 주었다.

"잡으라니까!"

지원이 다시 소리를 질렀다. 그때서야 정벌대의 무사들이 슬금슬금 움직이기 시작했다. 정벌대가 명령에 따라 움직이기는 하지만 적극적이지 않은 데는 이유가 또 있었다. 명색이 같은 정파였다. 정파끼리 피를 흘리고 싸우는 것은 조금 거리껴짐이 있었다.

그런 이유들 때문에 정벌대의 움직임은 늦었다. 남무림맹의 주력은 이미 약간의 저항을 뿌리치며 빠져나가고 있는 중이었다.

지원은 속이 터졌다. 각개격파를 좋아하는 광룡을 꼬시기 위해서 일부러 부대를 둘로 나눴다. 그리고 약한 쪽에 고수들을 집중시켜 눈에 띄지 않는 전력을 보강했다. 적이 미끼를 문 것처럼 보였다. 모든 것이 계획대로 됐다고 생각했는데 적들이 어느새 물러서고 있었다. 이제 쫓아도 늦었다. 적의 다른 작전을 걱정해야 했다. 계획이 틀어졌다.

지원은 지장이자 맹장이었다. 그는 주변을 둘러보며 상황을 재빨리 파악했다. 후속 부대가 오려면 시간이 더 필요했다. 두 가지 선택이 있었다. 남무림맹을 추격하거나 광룡을 쫓아야 했다.

"대사, 어떻게 하시겠습니까?"

승현과의 싸움이 중단된 동훈이 어느새 지원 옆으로 달려와서 물었다. 백팔나한대의 경우와는 달리 절대고수인 동훈 개인이 경공술을 발휘하니 그 거리를 이동하는 것은 잠깐이었다.

"남무림맹의 잔당들을 쫓는 것은 피해가 큰 일이지요. 저들이 어떤 준비를 더 하고 있는지도 몰라요. 또 우리가 저들을 따라 남쪽으로 달려가면 아군의 합류도 늦어질 테고요. 그러다 보면 우리 피해도 커지겠지요. 이미 너무 많은 손해를 봤어요."

그 사실이 지원의 자존심을 상하게 했다. 북무림맹은 일방적으로 이겨야 했다. 광룡이 그동안 그래 왔으니 지원도 그래야 했다.

"그럼 이대로 포기하자는 말씀이십니까? 병력을 하나로 모아서 남무림맹의 본거지로 진격하자는 말씀이신지요?"

동훈이 걱정스레 물었다. 그건 더 많은 피를 봐야 하는 일이었다.

"우리는 광룡을 쫓을 거예요."

지원이 담담하게 말했다. 동훈의 얼굴에는 의혹이 한가득 피었다.

"대사, 개인적인 복수라면 지금 상황을 봐서 조금 늦추시지요?"

동훈이 말렸다. 그는 지원이 광룡을 얼마나 싫어하는지 잘 알았다. 지원에게 실패의 쓰라림을 몇 번이나 가르쳐 준 유일한 사람이 광룡이었다. 결정적으로 지원보다 훨씬 더 유명한 정의의 상징이었다. 그것이 지원을 참을 수 없게 했다. 광룡을 반드시 제거하려고 애쓰게 만들었다. 그리고 옆에서 그것을 보아온 동훈은 최근에서야 지원이 그런 생각을 가지고 있음을 깨달을 수 있었다.

"개인적이라니요. 내가 그럴 리가 없잖아요? 대의를 위해서지요. 보세요. 광룡은 놈들의 본대와 떨어져 있어요. 전룡대도 광룡과 같이 있지요. 우리는 저들을 추격해서 잡을 거예요. 우리는 지금 거의 사천이에요. 그중 고수가 천이에요. 후속 부대도 달려오고 있어요. 놈들은 겨우 백이에요. 그리고 도장과 내가 있어요. 우리 둘이 광룡을 잡고 나머지가 전룡대를 잡으면 피해없이 일을 끝낼 수 있어요. 생각해 보세요. 남무림맹에서 광룡이 사라져요. 그럼 그자들은 이제 내 손바닥 안에 있게 돼요. 제갈세가 따위는 내 상대가 되지 못해요. 그러니 우리는 광룡을 잡으러 가야 해요.”

지원이 확신을 가지고 말했다.

“하지만…….”

“됐어요. 이미 결정했어요.”

지원이 정색을 하고 말했다. 동훈의 말을 무시했다.

“전원 나를 따르라! 광룡을 잡아라! 놓치지 마라!”

지원이 크게 소리를 질렀다. 불과 백여 명밖에 되지 않는 전룡대였다. 정벌대는 남무림맹과 싸울 때는 전력은 몰라도 수에서 열세를 경험했다. 이제 백여 명을 추격하라고 하니 사기가 크게 올랐다. 게다가 평소에 시샘하던 광룡과 전룡대였다. 이번에는 엉거주춤 움직이지 않고 재빨리 반응했다. 그들은 전룡대의 진로부터 막으려 했다.

광룡과 전룡대가 한발 더 빨랐다. 그들은 지원의 목소리가 들리자마자 전속 질주를 시작했다. 포위망이 형성되기 전에 강한 충격력으로 대열을 관통했다.

“놈들의 속도가 빠릅니다.”

동훈이 지원의 옆에서 달리며 말했다.

“괜찮아요. 우리 숫자가 훨씬 많아요. 이만하면 몰이를 할 수 있어요. 놓치지 않아요.”

지원이 자신있게 말했다. 그리고 주변의 고수들을 이리저리 보내면서 추격대의 대열을 조절했다. 남무림맹과의 충돌로 이백 정도가 낙오하고 삼천오백쯤 남은 무사들이 지원의 지휘에 따라 일사불란하게 움직였다. 그중에서 일천 고수들은 거의 멀쩡했다. 정벌대의 선발대는 살아 있는 그물처럼 광룡과 전룡대를 몰아가기 시작했다.

　추격은 그리 길지 않았다. 쫓고 쫓기는 추격전이 얼마 되지 않아서 전룡대가 움직임을 멈췄다. 더 이상 전진할 수 없었다. 그들의 앞에는 거대한 벼랑이 입을 벌리고 있었다. 뒤돌아선 그들의 앞에는 삼천오백 정벌대가 살기를 뿌리며 서 있었다.

　"으하하하! 광룡! 광룡도 실수를 할 때가 있군요. 당신들은 완전히 포위됐어요. 이제 그만 목을 내미시지요."

　지원이 큰 소리로 웃으며 소리쳤다. 평소에 짓던 가짜 웃음이 아니었다. 정말로 통쾌해서 웃었다. 정벌대 무사들의 얼굴에도 웃음이 감돌았다. 어쨌든 승리는 손에 잡힐 거리에 있었다.

　광룡이 앞으로 걸어나왔다.

　"폭호! 앞으로 나와라!"

　광룡이 소리를 질렀다. 그 말을 들은 지원의 얼굴이 실룩거렸다.

　"이제 와서 나를 부르는 이유는 목숨을 구걸하기 위해서인가요?"

　지원이 얼굴 표정을 만들기 위해 애쓰며 말했다. 광룡만 보면 일그러지는 얼굴이었다.

　"폭호! 한 명의 피로 이 사태를 해결하자."

　광룡이 말했다.

　"무슨 말인지 모르겠군요?"

　지원이 표정 만들기를 포기하고 일그러진 얼굴로 물었다.

　"너와 내가 겨루자. 겨루어서 내가 이긴다면 우리들을 놓아주어라. 네가 이긴다면 전룡대는 스스로 해체할 것이다. 더 이상 남무림맹의 일에 관여하지 않겠다."

광룡이 제안했다.

"으하하하! 우리가 뭐가 아쉬워서 그런 짓을 한다는 말이냐? 광룡, 나를 바보로 보는 것이냐? 그동안 너에게 당한 자들은 그랬을지 몰라도 나는 폭호다. 소림사의 폭호 지원이란 말이다!"

지원이 다시 시원하게 웃으면서 말했다.

"당신이 나와 겨루지 않는다면 우리는 결사 저항을 한다. 그렇게 되면 당신들의 피해도 만만치 않아. 그러나 당신과 나만이 겨뤄서 승부를 나눈다면 피해는 겨우 한 사람의 목숨뿐이다. 설마 나를 이길 자신이 없어서 그러나?"

광룡이 격장지계를 걸었다.

"푸흐흐. 광룡. 광룡. 이것이 너의 한계냐? 소문이 지나쳤구나. 내너를 잘못 평가했어. 내가 왜 유리함을 놔두고 불리함을 택하겠느냐?"

지원이 비웃으며 말했다. 그는 광룡의 말처럼 하고 싶은 생각이 조금도 없었다. 질 거라고는 생각하지 않았다. 이미 한번 거의 이긴 상대였다. 그리고 광룡의 밑천은 지난번 싸움에서 보여준 것이 전부라고 알고 있었다.

지원에게 유리한 점은 더 있었다. 광룡은 지난번에 심한 부상을 입었다. 아무리 생각해도 그 기력을 모두 회복하기에는 부족한 시간이었다. 지원으로서는 이리 보고 저리 보아도 자신의 승리였다. 여기서 광룡을 시원하게 꺾어버리면 자신의 명성은 더 상승할 수 있었다. 광룡이 가지고 있는 정의의 상징이 지원에게로 넘어올 수도 있었다.

하지만 그는 광룡의 제의를 받아들이지 않았다. 실수가 두려워서였다. 광룡이 어떤 계책을 마련해 두었을 때 미처 대비하지 못할까 걱정해서였다. 지원은 그런 면에서 철저했다.

"대답해 보아라, 광룡. 내가 왜 너와 대결해야 하느냐?"

지원이 비웃으며 말했다.

"왜냐하면 당신의 유리함은 더 이상 유지되지 못하기 때문이지."

광룡이 손을 들어 지원의 뒤쪽을 가리키며 말했다. 지원이 급히 광룡이 가리키는 곳을 돌아보았다. 광룡이 손을 든 것을 신호로 멀찌감치의 숲에서 수많은 사람들이 몰려나왔다. 그들이 서서히 정벌대의 뒤를 포위하기 시작했다. 숫자는 아까 싸운 남무림맹의 전력보다 좀 줄어 있었지만 그래도 수천 명이었다.

"아까 헤어진 남무림맹의 정예다. 네가 싸우지 않는다면 저들과도 겨뤄야 할 것이다. 당신들은 포위되었다. 안쪽에서 우리 전룡대가 공격하고 바깥쪽, 그것도 당신네 뒤쪽을 저들이 공격한다면 어떻게 되겠느냐?"

광룡이 지원을 지그시 보며 말했다. 전룡대는 이 작전을 위해서 스스로 미끼가 되었다. 작전은 성공적이었다. 북무림맹은 걸려들었다. 그리고 지원을 대결의 장으로 압박했다. 정파의 정기를 최대한 지켜주기 위해서는 이 방법이 최선이었다. 광룡과 전룡대는 퇴로가 없이 자신들의 모든 것을 걸었다. 안전을 최우선으로 생각하는 전룡대의 운영 방침과 정반대로 가는 길이었다. 물론 그 배경에는 광룡에 대한 절대적인 신뢰가 있었다.

"으득. 그래도 우리 무림맹은 패배하지 않는다!"

지원이 이를 갈면서 말했다. 이미 당했다는 것을 깨달았다.

“그렇지. 당신네는 패배하지 않을지 모르지. 하지만 당신도 알고 있을 텐데? 지금 전략적으로 불리한 상황이라는 것을. 이렇게 되면 설사 이겨도 살아남는 자는 별로 없다. 그럼 중원의 정파는 끝이다. 우리끼리 상잔하면 앞으로는 사파 세상이다. 하지만 당신이 나와 겨뤄 이긴다면 전룡대는 해체되고 저들은 물러난다. 그것은 정파의 약속이다. 물론 당신이 진다면 당신들이 물러나야지.”

광룡이 지원에게 말했다. 중원 정파를 인질로 삼은 것은 지원만이 아니었다. 지원은 자신이 완전히 당했음을 깨달았다. 상대는 자신과 같은 인질을 가지고 있었다. 그리고 그 결정을 지원에게 미뤄 버렸다. 지원은 치밀어 오르는 화를 억지로 누르며 머리를 열심히 굴렸다.

‘이 상황에서 전면전은 절대 불가다. 그러면 모든 책임은 내가 뒤집어쓴다. 결국 광룡과의 일 대 일 싸움은 피할 수 없다. 여기서 싸우지 않으면 나의 명성은 무너진다. 하지만 싸워서 이기면 나의 이익이고 우리의 이익이다. 뒤를 막은 자들은 돌아가야 하고 우리는 전룡대를 무력화시킨다. 그리고 사기를 잃고 돌아가는 남무림맹을 추격한다면 적당한 피해를 줄 수 있다. 물론 가장 큰 이익은 광룡이 내 손에 죽는 것이겠지.’

지원이 생각을 해보니 손해 보는 장사는 아니었다. 이기기만 한다면 최선의 결과였다. 그리고 지난번 싸움의 경험으로 그는 광룡을 이길 자신이 있었다.

‘하지만 만약 내가 진다면?’

지원은 그 경우도 대비해야 했다. 만에 하나라고 생각했지만 무시했다가 입을 피해가 너무 컸다.

"동훈 도장, 그럴 리는 없지만 만에 하나 내가 패한다고 하더라도 순순히 물러서지 마세요. 어떻게든 시간을 끄세요. 대화를 하든 적의 고수들과 잔 싸움을 하든 상관없어요. 최대 반 각만 버티세요. 그러면 우리의 후위 부대가 올 거예요. 더 빨리 올 수도 있지요."

지원이 동훈만 들을 수 있도록 전음을 날렸다. 동훈의 눈이 커졌다.

"어쨌든 이 땅에 정의는 세워야지요."

지원이 다시 전음을 날렸다. 그 말을 들은 동훈이 고개를 끄덕였다. 지원은 만족했다.

"그래. 네 제의를 받아들이마. 어디 그 알량한 재주를 펼쳐 보아라. 지난번보다 좀 더 나은 수법은 익혔느냐?"

지원이 두꺼운 강철선장을 잡고 나서며 말했다. 지난번 광룡의 칼질에 움푹 파인 자국 두 개가 여전히 남아 있었다.

"기대해도 좋겠지."

광룡이 도를 들며 말했다. 그 모습을 본 지원이 선장을 두 손으로 단단히 잡았다. 광룡의 공격은 대충 막을 수 있는 것이 아니었다. 하지만 한번만 막아내면 반격할 자신이 있었다. 그의 눈이 광룡을 노려보았다.

광룡이 심호흡을 했다. 그의 몸을 내공이 가득 채웠다. 전신을 채운 내공은 오른 다리를 타고 미친 듯이 지나갔다. 광룡의 오른발이 땅을 박참과 동시에 발끝에서 내공이 폭발하듯 쏘아졌다. 땅이 공력의 힘을 이기지 못하고 밀려났다. 광룡의 전진하는 힘에 내공의 폭발력이 더해졌다. 광룡과 지원 사이의 공기가 폭풍처럼 갈라졌다. 광룡의 앞을 막았던 공간이 사라졌다. 곧바로 지원의 앞에 나타났다. 오른손의 도는 높이 든 상태였다. 광룡의 도가 공기를 가르기 시작했다. 일도단천의 시작이었다.

'됐다!'

그 짧은 순간에도 지원은 속으로 쾌재를 부를 여유가 있었다. 광룡의 도의 길이 보였다. 그는 광룡의 공격을 막고 나서 반격할 궁리까지 하고 있었다. 자신의 승리를 자신했다.

지원의 몸도 내공이 가득 채우고 있었다. 달마역근경으로 쌓은 내공이 소림금강신공으로 화해 그의 몸에 힘을 불어넣었다. 그의 온몸에서 막대하고 정순한 내공이 소용돌이쳤다. 지원은 있는 힘껏 두 팔을 하늘로 번쩍 들었다. 내공이 그의 팔과 어깨, 척추와 다리 등에 집중되었다. 양손에 든 무거운 철봉이 광룡의 도를 향해 용솟음치듯 솟아올랐다.

지원도 필사적이었다. 지난번에 광룡은 같은 수법인 일도단천을 썼지만 실패했다. 광룡이 철봉을 자르지 못했다. 그럼에도 같은 수를 쓰는 것을 보고 단단히 대비했다. 그때보다 더 강한 힘이 담긴 일도단천을 예상했다. 그것을 막기 위해 전력을 다해서 철봉을 치켜들었다.

광룡의 도와 지원의 철봉이 충돌했다.

지원의 두 팔이 만세를 불렀다. 광룡의 손에 있던 도는 허공으로 날아갔다. 도는 지원의 철봉과 가벼운 접촉이 있었을 뿐이었다. 지원의 두 팔은 기대했던 저항이 없자 계속 솟아올랐다. 그 때문에 그는 두 팔을 들고 만세를 부르는 자세가 되었다.

광룡은 일도단천을 펼치던 도중 도를 놓아버렸다. 도는 힘없이 지원의 철봉을 스치고 날아갔다.

지원은 날아가는 광룡의 도를 보고 이기어도를 걱정했다. 저리 허술하게 도를 튕겨낼 수 있을 리가 없었다. 광룡이 도에 무슨 수작을 부린 것이라고 생각했다. 광룡은 이미 이형환위라는 전설을 만든 사람이었다. 그러니 이기어도라는 한 차원 더 높은 전설을 만들 가능성도 있었다.

적어도 회선도쯤은 될 거라고 생각했다. 자신이 지난번에 사용한 것이 회선봉이었다. 광룡이라고 회선도를 못할 이유는 없었다. 도는 봉보다 회선의 수법을 걸기가 더 편했다. 당장 도가 날아와서 뒤통수에 꽂힐 수 있었다.

광룡의 일도단천은 일단 시작된 후에 멈춘 적이 없었다. 지원은 그 사실을 잘 알고 있었다. 그래서 최선을 다해서 팔을 뻗어 막았다. 그것은 헛손질이었다. 거기에 더해 적의 수법에 대한 의심까지 했다.

그래서 지원은 아주 짧은 순간 당황했다. 눈 한번 깜빡일 시간 동안 그의 가슴은 완전히 비어 있었다. 그러나 그는 절대고수였다. 그 상황에서도 뒤로 몸을 날렸다. 팔을 끌어내려 앞을 막으려고 했다.

광룡의 몸을 채우고 있는 내공이 다시 한 번 다리를 타고 바닥을 후려쳤다. 땅거죽이 밀려나며 광룡의 몸이 앞으로 쏜살같이 튀어나갔다. 일보경혼이 다시 한 번 펼쳐졌다. 지원은 어떻게든 광룡을 막아보려고 했다. 그러나 광룡의 일보경혼은 무섭도록 빨랐다. 지원은 급히 봉에서 손을 놓았다. 두 팔로 광룡의 두 주먹이 날아오면 막으려고 했다. 권법에도 자신이 있는 지원이었다. 잘하면 최소한의 피해로 광룡의 공격을 막을 수 있을 것 같았다.

일보경혼을 펼쳐 초고속으로 날아온 광룡의 머리가 지원의 턱을 받아버렸다. 박치기였다. 요란한 소리가 지원의 턱에서 터져 나왔다.

지원으로서는 정말 상상도 하지 못한 한 수였다. 그가 기다린 주먹 공격은 없었다.

턱을 받힌 지원의 머리가 덜컥 소리가 나도록 뒤로 젖혀졌다. 광룡도 머리가 얼얼함을 느꼈다. 그러나 내공으로 단단히 보호한 머리와 예상 못하고 맞은 턱의 충격이 같을 리가 없었다.

광룡의 몸이 뒤로 넘어가는 지원에게 바짝 붙었다. 팔꿈치가 지원의 얼굴을 찍었다. 지원은 그 와중에도 고개를 젖혀 공격을 피했다. 그러나 다른 데까지 신경을 쓰기에는 그가 받은 타격이 너무 컸다. 광룡의 무릎이 어느새 그의 사타구니를 후려치고 있었다.

"크윽!"

엄청난 고통이 밀려왔지만 지원은 정신력을 바탕으로 신음 소리만 내면서 물러섰다.

"이럴 수는 없다!"

지원이 절규했다. 팔을 뻗어 광룡을 후려치려고 했다. 그에게는 백보신권도 있었고 나한권도 있었다. 소림금강수도 있었고 소림금나수도 있었다. 그러나 연이은 충격에서 벗어나지 못한 그의 몸은 최고의 상태가 아니었다. 그가 뻗는 팔의 속도는 빨랐지만 광룡을 잡을 만큼은 아니었다.

광룡은 지원을 두들겨 패기 시작했다. 무공이나 초식 따위는 없었다. 그가 쓰는 것은 십 년 전 개망나니 시절 싸울 때 쓰던 잡싸움의 기술이었다. 언뜻 보면 막돼먹은 주먹질이었고 무작정 사용하는 발길질이었다. 그리고 지영 등이 쓰던 전룡대의 실전 격투술이었다.

"이것은 너의 욕심에 죽은 사람들의 몫이다."

광룡이 주먹을 지원의 배에 꽂으며 말했다. 지원의 뱃속이 충격으로 흔들렸다. 단전이 충격을 받으며 내공이 흐트러졌다. 지원의 움직임이 더욱 느려졌다.

"이것은 너의 잘못된 정의에 죽은 사람들의 몫이다."

광룡이 발로 지원의 다리를 걸어차며 말했다. 지원의 다리 하나가 부러졌다. 중심을 잃은 지원이 나뒹굴었다.

"이것은 너에게 농락당한 나와 전룡대, 그리고 정의문의 몫이다!"

광룡이 발로 쓰러진 지원을 걷어찼다. 지원의 몸이 풀썩 떠올랐다. 몇 걸음 거리를 날아가 떨어졌다.

"자, 잠깐!"

바닥에 나뒹군 지원이 손을 들어 광룡을 향하며 말했다.

"뭐냐?"

광룡이 몸을 멈추며 말했다. 이미 지원은 저항 능력의 상당 부분을 상실하고 있었다.

"나는 지원이다. 소림의 폭호 지원이다. 나를 상대하려면 제대로 된 무공을 써라."

지원이 숨을 헉헉거리며 말했다.

"너는 개새끼다. 네 욕심만 채울 줄 아는 개새끼다. 너에게는 이런 개싸움이 어울린다."

광룡이 천천히 다가가며 말했다.

"나는 이 땅에 정의를 세우기 위해서 모든 일을 계획하고 실행했다. 내가 어째서 개새끼라는 말이냐?"

지원이 억울하다는 듯이 항의했다.

"나도 정의를 좋아한다. 그러나 너는 정의라는 명분의 뒤에서 구대문파가 지배하는 무림을 계획했다. 그러기 위해서 무림맹을 만들었다. 네가 원하는 것은 정의가 아니다. 구대문파가 통제하는 무림이다. 구대문파가 썩는 순간 독재로 변하는 무림이다. 그리고 지금 이 순간에, 과연 너희 구대문파가 깨끗하다고 장담할 수 있느냐?"

광룡이 걸음을 멈추고 물었다.

"나는, 우리 구대문파는 변질되지 않는다. 설사 변한다고 하더라도 우리가 마지막으로 변한다. 다른 놈들은 언제 변할지 모른다. 우리가 감시하다가 변한 놈들은 솎아내야 한다. 모두 쳐 죽여야 한다. 그러기 위해서 무림맹의 힘이 필요하단 말이다. 너 같은 놈이 그 큰 뜻을 아느냐?"

지원이 항변했다. 그는 이미 냉정함을 잃고 있었다. 내공은 요동쳤고 기혈은 상했다. 화가 나면 힘을 내는 지원이지만 그것도 한계가 있었다. 짙은 패배감에 싸이고 절세무공이 아닌 개싸움에게 졌다는 분노에 잠식되었다. 이미 스스로 통제 가능한 범위를 넘어서고 있었다.

그리고 그의 말에 북무림맹에 소속된 정파 사람들의 안색이 조금씩 변하고 있었다. 그들이 원하는 것은 구대문파를 등에 업고 한몫 벌어보려는 것이지 지배받는 것이 아니었다. 게다가 조금 성향이 변했다고 해서 쳐 죽임을 당하는 것은 더욱 아니었다.

"그 구대문파는 너희 소림이 통제하고?"

광룡이 지원을 내려다보며 말했다.

"소림이 어때서? 구대문파에서 다시 마지막까지 변질하지 않을 곳은 소림사뿐이다. 누가 있어 그 일을 맡는다는 말이냐. 너냐? 네가 할 수 있냐?"

지원이 소리를 질렀다.

"나는 아니다. 하지만 너도 아니다. 너의 방법은 틀렸다. 정의는 전체와의 합의에 의해서 만들어야 한다. 혼자만의 것이 아니란 말이다. 네가 하려고 하는 일에 남들이 동의하느냐? 저들은 너를 믿고 모여 있다. 그러나 저들이 네 진심을 알고 있느냐? 네가 무림을 통제하려고 하는 것을 아느냐? 네가 정한 기준을 만족하지 못하는 문파는 모두 부숴 버리려고 하는 것을 아느냐? 그것을 알고 너를 따르느냐? 너 혼자, 아니, 너희 몇 명이 주장하는 정의는 정의가 아니다. 너는 황제가 되고 싶은 것이냐?"

광룡이 다시 걸음을 걸으면서 말했다.

"네 죄는 피로 지은 것이니 피로 갚아라. 이제 그만 죽어라!"

광룡의 말에 지원의 눈이 번쩍였다. 시간은 충분히 벌었다. 비록 다리 하나가 부러진 상황이었지만 상관없었다. 진탕되었던 내공이 돌아오고 어지러웠던 머리가 안정된 것으로 충분했다. 소림에는 봉술도 유명했지만 권법이 더 유명했다.

광룡이 가까이 다가왔을 때 지원이 한 다리로 벌떡 일어서며 주먹을 내질렀다. 그의 몸에 있던 내공이 맹렬히 회전하면서 팔을 타고 전진했다. 내뻗는 주먹의 속도가 내공에 더해졌다. 내공의 힘이 주먹 끝에서 빛을 내며 터져 나왔다. 그 힘이 공기를 아우르며 돌진했다. 주변의 공기가 주먹의 기세를 타고 회전하였다. 사람들의 눈에 폭호의 주먹에 서부터 시작되는 한줄기 회오리바람이 보였다.

익히기 어렵기로 손에 꼽한다는 소림 백보신권이었다. 정말로 백보나 날아가지는 않지만 주먹이 닿지 않는 곳에도 타격을 입힐 수 있는 최고의 권법이었다. 지원은 이 일 권에 모든 것을 걸었다. 광룡이 급한 공격에 맞아도 좋았고 물러서도 좋았다. 백보신권은 뒤로 물러선다고 해서 피해지는 무공이 아니었다.

옆으로 피하지만 않으면 되었다. 이렇게 가까운 거리라면 피하기 어려웠다. 백보신권이 광룡에게 명중했다.

광룡이 지원의 시야에서 사라졌다.

일보경혼이 펼쳐졌다.

일보경혼은 상대의 눈앞에서 옆으로 움직일 때 제대로 된 위력을 발휘한다. 그때 상대는 허상을 보게 되고 진정한 이형환위가 만들어진다. 지원이 바로 눈앞에서 제대로 된 일보경혼을 본 것은 처음이었다. 그는 진심으로 경악했다. 백보신권은 광룡에게 명중했지만 그건 허상이었다. 광룡이 그의 시야에서 완전히 사라졌다.

지원은 일단 피하고 싶었다. 그러나 힘을 쓸 수 있는 다리는 하나뿐이었다. 그 다리는 백보신권을 펼치느라 땅을 굳건히 받치고 있었다.

광룡이 지원의 옆에 나타났다. 그의 주먹이 지원의 턱을 올려쳤다. 지원의 몸이 타격음과 함께 공중으로 솟아올랐다. 광룡이 땅을 박찼다. 지원의 몸보다 높이 솟구쳤다. 지원이 공중에 떠 있었고 광룡의 몸은 그 위에 있었다.

광룡이 지원에게 내리 꽂혔다. 그의 발이 일보경혼의 묘리를 담아 지원의 머리를 찍었다. 몸을 가득 채운 내공은 다리를 타고 흐르며 집중된 후 발끝에서 폭발했다. 내공이 땅바닥이 아닌 지원의 머리와 격돌했다.

지원의 머리가 사라졌다.

광룡의 몸은 방금 펼친 한 수의 반동으로 한층 높이 솟아올랐다. 사람들이 광룡을 보기 위해서 고개를 위로 들었다. 광룡은 천천히 떨어지고 있었다. 바짝 긴장한 사람들의 눈에는 광룡이 하늘에 떠 있는 것처럼 보였다.

광룡이 보여준 신위는 절대적이었다. 사람들에게 더 크게 다가온 것은 광룡이 지원을 제압하는 데 사용한 무공이었다. 그건 흔하디흔한 쌈박질이었다. 그러나 광룡은 그 쌈박질로 절대고수인 지원을 제압했다.

광룡이 일도단천이라 불리는 한 칼로 만들어낸 것은 지원의 작은 허점이었다. 지난번 지원과의 대결에서 지원의 순간적인 흐트러짐을 보고 생각해 낸 수법이었다. 그리고 그것이면 충분했다. 제대로 된 타격을 받은 지원은 그의 손에서 놀아났다.

그리고 마지막에 지원을 죽인 것은 권법이 아니었다. 일보경혼이라 불리는 한 걸음이었다. 단지 그것을 하늘에서 펼친 것뿐이었다. 그 한 걸음에 밟혀 지원이 죽었다.

그건 사람들의 상식을 파괴하는 일이었다. 아무리 힘이 뛰어나다고 해도 보법으로 사람을 죽이기는 어려웠다. 그것도 지원 같은 절대고수를 죽이기는 불가능했다. 하지만 광룡은 불가능을 가능하게 만들었다.

"광룡강림."

누군가가 중얼거렸다. 그 의미가 사람들의 가슴을 진동시켰다.

"천하제일고수."

다른 목소리는 사람들에게 이 순간이 어떤 의미인지를 일깨워 주었다. 그들은 천하제일고수가 탄생하는 장면을 지켜보고 있었다.

땅으로 내려선 광룡이 지원의 시체를 물끄러미 바라보았다. 중원에 정의를 세운다는 목표를 위해서 온갖 악독한 계략을 만들어내던 지원의 머리는 흔적도 없이 사라졌다. 남은 것은 움직일 줄 모르는 몸뚱이 뿐이었다.

광룡이 몸을 돌리며 북무림맹의 정벌대를 바라보았다. 광룡이 한 걸음 앞으로 나섰다. 그 혼자의 움직임이었으나 수천 명의 무사들이 저절로 한 걸음 물러섰다. 광룡이 뿜어내는 위압감에 눌린 결과였다.

"약속을 지켜라."

광룡이 말했다. 그 말에 활검 동훈은 지금의 처지를 이해했다. 광룡이 폭호를 이기면 그들은 물러서기로 약속했다. 동훈이 잠깐 갈등했다. 정파라면 물러서야 했다. 그러나 지원의 유언이 그의 발목을 잡았다. 어쨌든 지원의 말마따나 정의는 세워야 했다.

"그 약속은 지원 대사 혼자 한 것이지 않소? 우리가 그의 말대로 하기에는 그간 흘린 피가 너무 많소이다. 그리고 당신을 놓아준다면 앞으로 흘릴 피도 많겠지."

동훈이 속으로 미안해하는 마음을 감추며 말했다. 광룡을 놓아주는 것은 너무 위험한 일이었다. 그를 견제할 수 있는 유일한 사람이라 믿었던 지원도 죽었다. 머리로 광룡을 감당할 수 있는 사람이 북무림맹 수뇌부 중에는 없었다.

활검 동훈 자신도 절대고수였다. 그가 광룡과 목숨을 두고 겨룬다면 누가 이길지 알 수는 없었다. 그러나 동훈은 그러고 싶은 마음이 없었다. 그가 광룡에게 져서 목숨을 잃는다면 북무림맹은 끝장이었다. 절대고수가 하나도 남지 않는 것도 문제였지만 북무림맹의 수뇌들은 너무 거칠었다. 그들은 진짜 매파였다. 자신이 견제하지 않으면 무슨 짓을 벌일지 몰랐다. 이제는 북무림맹에서 가장 발언권이 강화된 자신이 선을 넘지 않도록 조율해야 했다. 그래서 그는 죽을 수 없었다. 그것이 그의 명분이었다. 그렇게 스스로를 설득했다.

"너도 약속을 헌신짝처럼 버리는 자냐?"

광룡이 동훈을 보며 말했다. 광룡의 눈에 한심해하는 빛이 감돌았다. 동훈은 울컥함을 느꼈다. 절로 뛰쳐나가 광룡과 한바탕 겨뤄보고 싶었다. 그러나 참았다. 광룡과의 싸움은 적당히가 없었다. 죽거나 죽이거나였다.

"그 약속은 폭호의 것이었다 하지 않소? 우리 모두의 약속이 아니오!"

동훈이 소리를 높였다. 그는 시간을 끌어야 했다. 이제는 죽어버린 폭호의 말처럼 후속 부대를 기다려야 했다. 오랜 시간은 필요하지 않았다. 그들이 광룡과 전룡대를 추격하며 이동한 방향은 후속 부대의 이동로와 멀지 않은 곳이었다.

"네 주위 사람들에게 물어라. 너와 함께 온 수천 명의 무사들에게 물어라. 그것이 누구의 약속인지."

광룡이 동훈을 보고 말했다. 그 말에 동훈이 주위를 둘러보았다.

사람들의 시선은 대체로 싸늘했다. 그들은 폭호와 광룡의 싸움을 보았다. 광룡의 신위를 보았다. 절대고수 폭호 지원을 맨손으로 개 패듯이 패 죽인 광룡이었다. 그들은 광룡에게서 천하제일고수의 모습을 보았다. 도저히 싸우고 싶지 않았다.

그리고 그들은 폭호와 광룡의 대화를 들었다. 폭호의 최종 목표가 구대문파가 주축이 된 무림 지배임을 들었다. 그리고 다른 정파들이 정의에 다소 어긋나는 짓을 한다면 처벌할 것임을 들었다.

어느 문파도 항상 정의로울 자신은 없었다. 문주가 정의롭고 문파가 정의로워도 그중에는 말썽을 부리는 문도들도 있는 법이었다. 그런 일이 처벌의 핑계가 될 수 있었다. 구대문파가 다른 정파를 치는 명분이 될 수 있었다.

폭호가 원한 것은 구대문파가 모든 것을 통제하는 이상적인 무림이었다. 구대문파가 완벽하게 정의롭기만 하면 언제나 평화로운 그런 무림이었다.

아무도 그런 것을 바라지 않았다. 그들은 자기네 문파의 이익을 위해서, 그리고 약간의 정의감을 더해서 북무림맹에 참여했다. 하지만 구대문파의 지배를 받으며 살 바에야 자기네 지방에 웅크리고 속 편하게 사는 게 나았다. 구대문파의 그늘과 배경은 원했지만 지배받는 것은 싫었다. 지배를 원했다면 애초에 문파를 바치며 속가 비슷한 개념이 되는 것이 나았다. 하지만 자존심 강한 무림인들이 그럴 리가 없었다. 그런 나약한 생각으로는 이 자리에 올 만한 수준의 문파를 유지할 수도 없었다.

더 중요한 문제도 있었다. 만약 활검 동훈이 고집을 부려 지금 전면전을 한다면 공멸이었다. 사기가 떨어진 그들이 불리했다.

시선이 싸늘해질 수밖에 없었다.

"왜들 그러시오?"

동훈이 의아해하면서 사람들을 보고 물었다.

"지원 대사의 말이 사실인지요?"

천교파의 장문인인 천교일격 천무의가 앞으로 나서며 물었다.

"아, 뭔가 오해가 좀 있는 듯한데……."

활검 동훈이 난처해하며 말했다.

"우리는 설명을 원합니다."

천무의가 동훈의 말을 끊었다.

동훈이 광룡을 향해 돌아섰다.

"당신이 요구한 문제에 대해서는 우리끼리 합의가 좀 필요할 것 같소이다. 기다려 줄 수 있겠소?"

동훈이 광룡에게 제의했다.

광룡이 가볍게 고개를 끄덕여 동의를 표했다.

동훈의 얼굴이 밝아졌다. 그는 시간을 벌 수단을 마련했다.

“자, 먼저 내 말을 들어보시오. 무당 활검의 말이오. 내 말을 일단
들어본 후에 생각을 하시오.”

동훈이 말을 하기 시작했다. 평소에도 도를 논하는 입이었다. 필요
하다면 하루 종일이라도 떠들어줄 수 있었다.

동훈이 한참을 떠드는 동안 광룡의 곁으로 전룡대원들이 다가왔다.

“다치신 곳은 없는지요?”

섭병삼이 혹시나 해서 물었다.

“나는 괜찮다. 너희들은 어떠냐?”

“놈들의 대열을 관통할 때 경상자가 조금 있습니다만 그뿐입니다.
어차피 후방을 교란하여 전면전을 방지하고 저들을 이곳으로 끌어들이
는 것이 저희 임무였으니까요.”

섭병삼이 얼굴에 가벼운 웃음을 띠며 대답했다.

“이놈이 바로 그 괴수 지원이군요.”

학도림이 지원의 시체를 보고 말했다.

“자신의 목적을 위해서 정의를 사랑하던 다른 사람들을 죽음으로 몰
아넣은 자다. 죽어도 싸다. 하지만 그는 정의를 숭상하던 사람이다. 방
법이 틀려 악에 물들었을 뿐. 그러니 정중히 다루어라.”

광룡이 지원의 시체를 보며 말했다. 그는 지원의 의지를 알 수 있었
다. 그러나 최종 목적이 좋다고 해서 아무 수단이나 써도 되는 것은 아
니었다.

“힘은.”

광룡이 고개를 들어 중얼거렸다.

"올바르게 써야 가치가 있는 법이지."

동훈은 이마에서 땀이 흐르는 것을 느꼈다. 사람들은 그다지 동훈의 말에 호의적이지 않았다. 뒤통수를 맞은 사람들이었다. 동훈도 지원과 한통속으로 보고 있었다. 마음의 문을 닫고 귀를 막았다.

그런 상황에서 전멸을 각오하고 남무림맹과 싸우고 싶은 사람은 없었다. 동훈은 초조해졌다.

갑자기 동훈의 얼굴이 확 밝아졌다. 기다리던 것이 왔다.

"알겠습니다. 잠시 기다려 주시지요."

동훈이 돌아서며 말했다. 그리고 광룡 쪽으로 몸을 움직였다.

"미안하게 됐소만. 이제 상황이 조금 변한 것 같지 않습니까?"

동훈이 손을 들어 뒤를 가리키며 말했다. 그가 가리키는 곳으로 몰려드는 무사들이 보였다. 육천 명의 본대였다. 광룡을 정벌대 선발대가 포위했다. 그 뒤를 다시 광룡 쪽의 일단의 무사들이 포위했다. 이제 그 외곽을 방금 도착한 정벌대 본대가 포위하기 시작했다.

"허허. 이제 우리가 훨씬 유리한 것 같소만?"

동훈이 웃으며 말했다. 선발대 사천은 싸움에 동의하지 않았지만 후발대 육천은 아직 상황을 몰랐다. 그리고 총 일만이면 일부의 반대가 있더라도 싸움은 승리할 수 있었다.

"그것이 너의 대답이냐?"

광룡이 얼굴을 굳히고 물었다.

"내가 말했잖소. 그대가 들은 것은 폭호의 약속이었다고."

동훈이 대답했다.

“활검 동훈. 무당 최고수. 그리고 절대고수. 당신이 아까와 같은 조건으로 나와 다시 붙는 것은 어떠냐?”

광룡이 제의했다.

“미안하지만 나는 싫소이다. 나는 폭호가 아니니까. 대신에 지원 대사와는 다른 조건을 제의하겠소. 대사는 당신의 목숨을 원했지만 나는 그렇지 않소. 나는 평화가 좋소. 당신들이 항복한다면 받아주겠소. 모두 무림맹으로 압송되는 것은 피할 수 없지만 최대한 공정한 재판을 받도록 해주겠소. 그리고 광룡 당신도 재판받도록 해주겠소. 항복하시오.”

동훈이 말했다. 그의 말은 진심이었다. 그는 최대한 피의 양을 줄이고 사태를 해결하고 싶었다. 이미 너무 많은 피가 흘렀다.

“거절한다면?”

광룡이 싸늘하게 말했다.

“거절하지 마시오. 당신들은 이길 수 없소. 우리는 만 명이오. 그러나 당신들의 숫자는 이제 겨우 삼사천. 우리를 상대할 수가 없소. 이 싸움, 일방적이 될 거요. 당신들은 다 죽을 거요. 그러니 항복하시오. 당신과 전룡대 백 명만 항복한다면 나머지는 다 보내주겠소. 그리고 다시 협상을 하겠소. 오대세가의 권익이 최대한 보호되는 선에서 협상이 이루어지도록 약속하겠소. 이건 나 동훈의 약속이오.”

활검 동훈이 진심을 담아 말했다. 그 말을 들은 광룡의 입가에 가느다란 미소가 생겼다.

“당신은 그리 나쁜 사람은 아닌 것 같군.”

광룡이 말했다. 활검의 얼굴이 확 밝아졌다.

"고맙소. 그러니 나를 믿고 항복하시오. 그것이 남무림맹이 살아남
는 길이오."

동훈이 신이 나서 말했다. 이야기가 잘 풀릴 것 같았다.

광룡이 땅에 꽂힌 그의 도를 천천히 들었다. 그 모습에 정벌대 선발
대 소속 무사들이 모두 몸을 움찔거렸다. 그들은 이미 광룡에게 마음
속부터 지고 있었다.

"진정 이러시기요? 다 죽고 싶소?"

동훈이 안타까워했다.

"우리가 죽으면 너희들도 죽는다."

광룡이 도를 들어 정벌대를 가리키며 말했다.

"전력이 상대가 되지 않는다고 하지 않았소! 왜 이렇게 미련하시
오?"

동훈이 마침내 화를 버럭 냈다.

"상대가 되지 않는다고? 그것은 누구의 계산이냐? 너의 계산이냐?
뒤를 다시 돌아보아라."

광룡이 말했다. 동훈은 뒤쪽에서의 움직임이 좀 과하다는 생각을 하
는 중이었다. 그의 고개가 획 돌아갔다. 정벌대 본대 육천 명이 외곽을
포위하는 중이었다. 그리고 그 뒤 멀찌감치에서 그만한 숫자의 무사들
이 몰려오고 있었다. 그들은 정벌대 본대를 다시 포위하기 시작했다.
본대의 포위망 구성이 끝나기도 전이었다.

"헉!"

동훈이 신음 소리를 냈다.

"어, 어떻게 저런 병력이! 이건 말도 안 돼! 남무림맹에는 저런 전력

이 없소!"

동훈이 광룡을 향해 소리쳤다. 동훈뿐이 아니라 정벌대의 다른 무사들도 모두 당황한 모습이었다. 특히 선발대의 혼란이 심했다. 그들은 이제 수적 우위도 잃었다.

"저들은 남무림맹에서 너희를 견제하러 나왔던 바로 그 부대다. 이미 한번 싸워보지 않았느냐?"

광룡이 친절하게 설명했다.

"뭣이? 그럼 이자들은 무엇이오? 우리 사이에 끼어 있는 저 수천 명의 무사들은 무엇이냔 말이오?"

동훈이 흥분해서 말했다.

"그들은 정의문이다. 그리고 정의문과 가까운 정파들이다. 북무림맹에는 참여하지 않은 곳들이지."

광룡이 대답했다. 동훈의 턱이 떡 벌어졌다.

정의문은 보유하고 있는 모든 전력을 끌어 모아서 달려왔다. 문파에는 아무도 남겨놓지 않았다. 도둑놈이 털어가는 것 따위가 걱정인 상황이 아니었다. 광룡이 위험했다.

정의문은 그간 수많은 사파를 무찔러 왔다. 그 와중에 사파의 위협에서 벗어나게 된 정파가 한둘이 아니었다. 그들 하나하나는 중소규모의 자그마한 정파들이 대부분이었다. 북무림맹에서는 관심도 가지지 않는 작은 곳이었다.

그리고 그들은 정의문에게 진심으로 감사하고 있었다. 특히 광룡이 전룡대를 데리고 전장을 몰아치면서 사파들을 무찌르고 그들을 구해주던 기억을 간직하고 있었다. 그 광룡이 위험했다. 여러 문파가 나섰다.

문파를 지킬 인원만을 남겨놓고 이번 작전에 참여했다. 무공이 있는 무사들의 대부분이 달려나왔다. 목숨 빚을 갚기 위해서였다.

정의문과 정파들의 숫자를 합치니 삼천을 넘어 사천에 가까웠다. 정벌대의 선발대와 비슷한 숫자였다.

그들은 처음부터 약속된 장소에서 매복하고 있었다. 광룡과 전룡대가 예정된 장소에서 정벌대의 선발대에게 포위되자 그들은 계획대로 움직였다. 선발대를 다시 포위해 버린 것이었다. 그때는 원래 싸웠던 남무림맹의 무사들은 후퇴한 상태였다.

지원이 남무림맹의 잔존 병력이라고 생각한 것은 정의문이 동원한 무사들이었다.

“그런 말도 안 되는. 광룡! 아까는 저들이 남무림맹이라고 하지 않았느냐? 네가 거짓말을 했다는 말이냐? 네가 명예를 안다면 그럴 수 있느냐?”

동훈이 화를 냈다.

“나는 무게도 달 수 없는 명예 따위는 모른다. 내 편 사람들의 목숨 무거운 줄만 알지. 맞다. 나는 거짓말을 했다. 그리고 네가 속았다.”

광룡이 대답했다.

동훈의 얼굴이 서서히 창백해졌다. 정벌대 무사들의 반응은 싸늘했다. 상황이 이 지경이라면 그들을 설득하기가 불가능에 가까웠다.

“광룡! 네가 원하는 것이 무엇이냐? 우리가 충돌해서 정파의 정기가 여기서 사라지는 것을 원하느냐?”

동훈이 물었다.

광룡이 대답하지 않고 서 있었다. 수많은 정벌대의 무사들이 모두 침을 꿀꺽 삼켰다. 그들은 정말로 생명의 위기를 느끼고 있었다. 처음 지원의 말을 듣고 쳐내려올 때와는 상황이 많이 달라져 있었다. 일을 주도하던 지원은 죽었고 현재 상황에서 병력의 우위도 없었다. 게다가 광룡을 상대로 싸워야 했다.

"돌아가라. 우리는 정파끼리의 싸움을 원하지 않는다. 이미 사혈련은 무너졌다. 이제 사파들은 마음만 먹으면 손쉽게 제거할 수 있다. 하지만 이렇게는 아니다. 무림맹은 무림을 평화롭게 하고 지키기 위해서만 존재해야 한다. 무림은 어느 특정한 세력이 무림맹을 통해서 지배해서는 안 된다. 아무리 구대문파나 오대세가라고 하더라도 다른 문파의 위에 군림할 수는 없다. 무림은 어느 한 세력이 손에 쥐고 흔드는 곳이 아니다. 각자 독립적인 존재들이 유기적으로 뭉쳐서 돌아가는 곳이다. 그러니."

광룡이 말을 끊었다. 슬픈 표정을 짓고 사람들을 돌아보았다. 그는 정말로 슬펐다. 정의에 뜻을 둔 사람들이 이렇게 싸워야 하는 현실이 싫었다.

"돌아가라."

광룡이 얼굴의 표정을 순식간에 지우며 말했다. 그리고 도를 들었다.

"남는 자는 악으로 판단하고 내가 직접 베겠다."

광룡이 두 다리로 땅을 단단히 짚고 도를 든 채로 말했다.

동훈은 광룡의 모습이 크게 눈에 들어왔다. 큰 인물이란 무엇인지 느껴졌다.

어차피 동훈에게 선택의 여지는 없었다. 그는 매파이되 비둘기파였다. 매파가 지나치게 행동하는 것을 막는 역할을 자처했다. 그리고 이제 매파의 수장이 되었다. 수장은 책임이 있었다. 목적을 위해서 모두를 죽일 수는 없었다.

"휴우."

동훈이 한숨을 쉬었다. 그간 해온 일에 대한 아쉬움이 남았지만 그건 미련을 버리면 될 일이었다.

"돌아갑시다."

동훈이 정벌대 무사들을 돌아보고 말했다. 사람들의 얼굴이 눈에 띄게 밝아졌다. 그 모습을 본 동훈이 다시 한 번 한숨을 쉬었다. 싸우기 전에 이미 졌음을 알았다. 정말로 붙었다면 양패구상이 아니라 북무림맹의 패배였음을 깨달았다. 이미 마음이 떠나도 기세에 눌린 부대가 이길 수 있을 리가 없었다. 그리고 광룡도 그것을 알리란 것이 생각났다. 그리고 광룡이라면 그걸 제대로 이용할 능력이 있음도 알았다. 광룡이 놓아준 것임을 알았다.

'내가 어쩔 수 없는 크기의 사람이구나!'

동훈이 진심으로 승복하며 생각했다. 광룡이 방금 내다버린 것은 무림의 지배자가 될 수 있는 기회였다.

"돌아가면."

동훈이 광룡에게 말했다.

"남무림맹과의 협상을 본격적으로 진행해 보도록 하겠습니다. 우리끼리 싸우는 일은 이제 그만둬야 하겠지요."

동훈이 포권을 하며 말했다. 광룡이 가볍게 고개를 끄덕여 동의를 표시했다.

사람들의 얼굴이 밝아졌다. 양쪽 무림맹의 총 이만여 무사들 중 대부분의 얼굴이 밝아졌다. 그들은 이런 슬픈 싸움에서 죽고 싶지는 않았다.

남무림맹이 길을 터주고 북무림맹은 서서히 물러가기 시작했다. 동훈을 위시한 구대문파의 대표자들은 그 과정에서 오대세가의 가주들과 협상일자 등에 대한 협의를 간단히 진행했다. 더 이상 싸움은 없었다. 지루한 협상만이 남아 있었다.

"여, 이게 누구야? 나 당신 알아!"

최초 매복자들 중에 포함되어 있던 석민이 후퇴하는 정벌대 무사들 중 하나를 손가락으로 가리키며 말했다. 그 말에 지명당한 무사 하나가 화들짝 놀랐다.

"뉘시오?"

그 무사가 석민을 보고 물었다.

"우리 서로 만난 적 있잖아?"

석민이 반가워하면서 말했다.

"언제 본 적이 있다 그러시오? 나는 댁을 처음 보오!"

무사가 쌀쌀맞게 대답했다.

"이거 왜 그래? 당신 점창파 제자라며? 우리 전에 검군장에서 봤잖아? 기억 안 나?"

석민이 싱글거리며 말했다. 검군장이라는 말이 떨어지자 점창파 제자인 종기는 기겁을 했다. 그도 검군장에서 시비가 붙을 뻔했던 건방진 표국이 바로 칠성표국임을 알고 있었다. 그리고 이제는 그 칠성표

국이 바로 광룡이 있는 광룡지처임을 알았다. 그리고 자기가 예전에
했던 일이 얼마나 죽을 짓임을 깨달았다. 방금 전에 광룡의 모습을 보
니 등골이 다 오싹했다. 그런데 자기를 알아보는 자를 발견했다.

"미, 미안하오. 미안하오. 본의가 아니었소. 그분에게 잘 말해 주시
오. 내 본의가 아니었소. 몰라서 그런 거요, 몰라서."

종기가 떨리는 목소리로 급히 변명하며 물러섰다. 그러다가 뒤도 돌
아보지 않고 달아나기 시작했다.

"으하하하! 꼴좋구만!"

석민이 시원하게 웃었다.

황제수호검 승현은 북무림맹이 물러서는 것을 멀찌감치서 바라보았
다. 그도 이 싸움에 미련은 별로 없었다. 절대고수 동훈과 대등하게 싸
워봤다는 것에서 만족감을 느꼈다. 절대고수의 명성을 얻고 난 후에
그의 마음 한구석을 채우고 있던 일말의 불안감이 사라졌다. 그는 우
물 안 개구리가 아니었다. 황궁에서만 절대고수가 아니었다. 더 이상
싸움은 무의미했다. 그의 몸은 그의 것이 아니었다. 그가 다치거나 죽
으면 황제를 암살하겠다고 나서는 놈이 생길지도 몰랐다. 그러면 정국
이 불안해지고 백성들이 괴로워진다.

"어떻게 생각하느냐?"

승현이 혼잣말처럼 중얼거렸다.

"대단한 인물입니다."

그가 직접 가르친 근위대 무공교두가 공손히 대답했다. 사제 간이나
다름없는 관계였다. 그렇기에 승현은 마음속의 말을 하는 데 부담이

없었다.

"대단하다는 말로도 부족하다. 유래를 찾을 수 없을 정도로 엄청난 자다. 그리고 더 좋은 건."

승현이 씨익 웃었다.

"권력에 대한 욕심이 없어 보이는구나. 이미 모든 것을 얻을 기회를 스스로 버렸다. 나중에 기회가 닿는다고 해도 반란을 꿈꿀 일은 없겠지. 그리고 다음 대 황제 폐하가 잘못된 길로 들어선다면 바로잡아 줄 굳은 마음도 있고. 정말 다음 대 황제수호검으로 광룡만큼 어울리는 사람은 없다."

승현은 만족했다.

"권력에 대한 욕심이 없으면 그를 무엇으로 끌어들인다는 것입니까? 그가 그 고된 일을 스스로 맡으려 하겠습니까?"

무공교두가 의문을 가지고 물었다.

"세상일이 그렇게 쉬워서야 되겠느냐? 나 역시 권력을 보고 폐하를 호위한 것은 아니니까. 그건 황태자 전하의 하기 나름이겠지. 어차피 마음을 얻으려면 직접 나서야 하는 일이니까. 포섭하는 데 성공한다면 나중에 편안한 황제 생활이 될 거고, 실패해도 손해는 아니다. 저만한 인물과 친분을 가진다는 것은 황태자 전하에게도 좋은 일이니까. 하하하."

승현이 유쾌하게 웃으면서 말했다. 다음 대 황제수호검은 직접 키우는 것이 불가능했다. 가르친다고 모두 절대고수가 되는 것은 아니었다. 마음까지 바른 자는 더 찾기 힘들었다. 돌아가서 황제에게 보고할 일을 생각하니 기분이 좋아졌다.

＊　　　＊　　　＊

"푸흐흐흐!"

하북팽가의 가주 팽도수가 웃음을 흘렸다.

"경망스럽게 웃지 좀 마시오. 허허!"

제갈세가의 가주 제갈화일이 팽도수를 질책했다. 그러나 그의 입에도 웃음이 떠나지 못하고 있었다.

"경망이 어때서. 내가 이렇게 웃는다고 누가 감히 뭐라 하겠소? 당금 무림에서 말이오. 푸하하하!"

팽도수가 화도 내지 않고 신나게 웃었다.

"그건 그렇소이다. 하하하!"

제갈화일도 소리 내어 같이 웃었다.

"자, 자! 그런 의미에서 한잔 쭉 들이키시지요."

남궁세가의 가주 남궁전성이 잔을 들고 말했다. 오대세가의 가주들이 모두 술잔을 들었다.

"이제 구대문파의 영화는 빛을 바래고 우리 오대세가의 영광이 무림을 뒤덮겠지요. 그것을 위해서."

남궁전성이 운을 떼고 술을 단숨에 마셨다. 다른 가주들도 마찬가지였다. 밤새도록 이러고 있으니 술에 취하지 않을 수가 없었다.

"하지만 이번 일이 우리 오대세가의 무림제패를 의미하지는 않습니다."

당문의 가주 당태명이 조금은 아쉽다는 듯이 말했다.

"어허! 모든 것은 차근차근. 서두르지 마십시오. 이제 우리 오대세가의 위상이 구대문파와 동급, 보기에 따라서는 더 높이 올라갔다는 것으로 충분하지요. 당장은 그렇단 말입니다. 이제 우리는 발판을 마련했으니 본격적으로 힘을 키워볼 만하지 않습니까? 사람들이 오대세가 밑에 구대문파가 있다고 할 날이 올 겁니다. 그런 날을 우리 생전에 볼 수 있을지도 모른단 말입니다. 그 가능성이 있다는 것만으로도 어찌 즐겁지 않겠습니까?"

남궁전성이 기뻐하며 말했다. 구대문파 위의 오대세가. 그건 그의 오랜 꿈이었다. 다른 가주들도 마찬가지였다.

"광룡만 있어도 훨씬 쉽게 이룰 수 있는 일인 것을."

당태명이 중얼거렸다. 그 말에 웃고 떠들던 가주들의 얼굴이 굳어졌다.

"하지만 이미 떠난 사람인데 뭐!"

팽도수가 투덜거렸다.

"하하, 걱정하지 마시지요. 그가 간들 어디로 가겠습니까? 설마 하늘로 솟거나 땅으로 꺼지겠습니까? 시간을 두고 천천히 포섭하면 언젠가는 넘어오지 않겠습니까? 포섭이 어렵더라도 관계를 잘 유지하면 나중에 도움은 받을 수 있겠지요. 우리가 구대문파와 다시 싸워야 할 날이 오지 않는다고 누가 보장합니까? 안 그렇습니까?"

제갈화일이 웃으면서 말했다.

오대세가는 축제 분위기였다. 구대문파와 오대세가는 서로 평화 회담을 진행하기로 약속되어 있었다. 오대세가는 양측의 무림맹을 해체하는 쪽으로 방향을 잡을 작정이었다. 그것에 특별한 어려움이 있을

거라고 생각하지는 않았다. 겉보기에는 무승부였지만 오대세가에서
보기에는 명확한 승리였다. 그들의 애초 목표가 바로 북무림맹의 해체
였다. 그것을 위한 남무림맹이었다. 그리고 이제 오대세가는 구대문파
와 어깨 높이를 겨룰 수 있게 되었다.

"어쨌든 사람들도 더 이상 우리 오대세가를 구대문파의 아래에 두지
않겠군요. 뒷일은 뒷일이고 지금은 그것만으로도 축하할 일입니다."

남궁전성이 만족한 웃음을 지으며 말했다. 그것이 오대세가의 한이
었다.

"일단 광룡과 좋은 관계를 유지하는 것이 가장 중요합니다. 시간은
많습니다."

제갈화일이 제안했다. 이제 오대세가의 할 일이 결정되었다.

*　　　　*　　　　*

"우리가 너무 쉽게 물러선 건 아닌지요?"

아미파의 현정 사태가 불평을 했다.

"아무래도 그런 생각을 떨쳐 버릴 수가 없군요. 객관적인 전력은 우
리가 우위 아닙니까?"

곤륜파도 불만이 있기는 마찬가지였다. 다른 문파도 불만이 많았다.

"당시는 광룡이 만든 분위기에 휘말려서 물러섰지만 이건 뭔가 손해
라는 느낌이 강해요."

심지어 구대문파 중에서 비교적 세력이 약하다고 평해지는 점창파
까지 쉽게 승복하지 않았다.

"누가 그들과, 아니, 그가 이끄는 그들과 싸운다는 말입니까? 우리 구대문파는 힘을 쓸 수 있겠지요. 그러나 다른 문파들이 이전처럼 적극적으로 협조를 하겠습니까? 그때 그들의 표정을 보지 않으셨습니까? 광룡에게 기가 죽은 그 모습들을, 그리고 배신당했다는 듯한 그 얼굴들을. 우리의 힘만으로 될 거라고 보십니까?"

동훈이 사람들이 애써 언급하지 않은 부분을 꺼냈다.

"우리 구대문파에게 그런 힘이 없다고 생각하시는 겁니까? 다시 붙으면 이길 수 있습니다."

화산파가 항의했다.

"구대문파가 전력을 기울여도 쉽게 이긴다 보장은 못합니다. 중요한 건 우리 구대문파가 우리 의견을 따라 전력을 기울일 리가 없다는 것이지요. 힘을 모아봤자 우리의 힘이 닿는 선까지입니다. 사태가 이 지경이 됐는데 각 문파에서 적극적인 협조를 해줄 리가 없잖습니까? 모두들 무림맹이라는 영광에 취해 있다 보니 잊으셨습니까? 우리가 왜 그렇게 오랜 세월 동안 정의회를 만들어 일을 꾸몄는지? 우리 구대문파의 수뇌들은 샌님들입니다. 그들은 칼을 들어 싸우는 것보다 대화로 풀어나가는 것을 좋아합니다. 그게 싫어서 정의회를 만들고 그 많은 일들을 꾸민 것 아닙니까? 구대문파는 우리가 무림맹을 대세로 만들었으니 할 수 없이 따라왔지만 앞으로도 그럴 리는 없습니다."

동훈의 말에 사람들이 입을 다물었다. 그들도 그걸 알고 있었다. 인정하고 싶지 않을 뿐이었다.

"당장 지원 대사를 잃은 소림만 보십시오. 소림이 어떻게 나오고 있습니까? 복수를 선언했습니까? 아니지요. 소림의 장문인인 대원 대사는 오히려 사과를 했습니다. 지금의 유혈 사태에 소림의 책임이 없다 할 수 없으니 정중히 사과한다고 발표까지 했습니다. 우리가 그 발표를 막으려고 얼마나 애를 썼습니까? 씨도 먹히지 않았습니다. 소림은 이미 무림맹에서 완전히 떨어져 나가겠다는 뜻입니다. 소림이 없는 무림맹이라니. 그리고 얼마나 많은 문파들이 더 떨어져 나갈지 모르는 무림맹이라니. 의미가 없습니다. 무너지는 집을 붙들고 바동대는 추한 모습만 보일 뿐입니다."

아무도 대답하지 못했다. 동훈의 말은 정곡을 찌르고 있었다. 그들은 힘을 잃었다. 자존심을 조금이라도 건지려면 여기서 물러서야 했다.

"우리는 그들에게 졌습니다. 아니, 광룡에게 졌습니다. 그만 없었다면 성공했을 수 있었겠지요. 하지만 이제 그건 중요하지 않습니다. 우리는 졌습니다."

동훈이 선언했다.

"하늘은 우리 편인 줄 알았거늘."

한 사람이 중얼거렸다.

"처음엔 우리 편이었지요. 하지만 광룡이 하늘을 빼앗아갔습니다. 자기편으로 만들어 버렸습니다."

동훈의 말에는 무게가 있었다. 그가 가진 절대적인 무공이 만들어주는 무게였다. 그리고 다른 사람들도 그 말에 딱히 반발할 건더기가 없었다.

"하지만 이대로 물러선다는 것은 너무 아쉽습니다. 그동안 우리가 희생한 것이 얼마인데! 그동안 죽어간 동지들이 얼마인데! 그동안 쓴

시간이 얼마인데! 우리의 이상이 손에 잡힐 것 같았는데! 이렇게 끝다
나니 너무 원통합니다!"

아미파의 현정이 비통해하며 말했다.

"아직 끝나지 않았습니다."

동훈이 슬쩍 웃음을 지으며 말했다.

"무슨 말씀이신지?"

"광룡은 정파의 인물입니다. 이번에도 보지 않으셨습니까? 그는 우
리 정파끼리의 상잔을 최대한 막으려고 애썼습니다. 방법이 조금 과격
했지만 우리는 더 이상의 피해 없이 싸움을 그치지 않았습니까? 제대
로 붙었다면 무척 많은 사람들이 죽었겠지요."

"그 말씀은?"

"그는 뼛속까지 정의로운 남자란 뜻입니다. 지금부터 시작입니다.
다른 것은 필요없습니다. 우리는 그를 천천히 설득해야 합니다. 그렇
게 해서 우리의 이상이 진실임을 깨닫게 해야 합니다. 그도 정의로운
사람이니 언젠가는 이해할 겁니다. 그렇게 되면 다음번에는 이런 실수
는 없습니다. 성공하면 광룡이 우리와 함께합니다. 그때는 반드시 우
리의 뜻대로 될 겁니다. 몇 년이 걸리더라도 상관없습니다. 우리는 이
미 많은 시간을 투자했습니다. 좀 더 투자한들 어떻겠습니까?"

동훈이 말에 사람들의 얼굴이 환해졌다.

"그러니 우선, 광룡과 좋은 관계를 만들어야지요. 우리는 지금 그와
다소 서먹한 관계이니."

동훈이 푸근한 미소를 지으며 말했다. 고개를 끄덕이던 현정은 문득
뭔지 모를 이질감을 느꼈다. 그는 동훈의 미소가 이미 죽은 지원의 것

과 참 닮았다고 생각했다.

＊　　　　＊　　　　＊

"서재걸 이 개새끼! 그리고 지선 이년! 반드시 씹어먹어 버린다!"

염방주가 이를 갈며 욕을 했다. 그는 그 치열한 싸움터에서 살아남았다. 지선방의 지둔조원들이 공격할 때도 살아남았다. 곧바로 들이친 북무림맹 무사들 덕분이었다.

습격해 온 북무림맹 정벌대의 무사들은 다리 한 짝 없이 바닥을 굴러다니고 있는 노인에게 신경 쓰지 않았다. 그래서 살아남았다. 그는 그곳에서 죽음의 공포를 충분히 맛보았다.

"녹림맹주 서재걸은 북무림맹이 습격해 왔을 때 달아나다가 복면인들에게 뒤통수를 멋지게 한 방 먹었다고 합니다. 그런데 서재걸을 습격한 복면인들이 지선방이라는 소문이 있습니다. 그래서 녹림맹이 지금 지선방에 대해서 이를 갈고 있다고 합니다. 복면을 썼다는데 어떻게 들켰는지 이상하기는 합니다만……."

"이상할 것 없어. 그거 내가 소문 낸 거야."

염방주가 가볍게 말했다. 서재걸도 괘씸했지만 감히 자기를 죽이려고 했던 지선을 용서할 수는 없었다. 소문만 내면 뒤처리는 서재걸이 해줄 거라고 기대했다.

보고를 하던 염방의 부하가 잠시 벙찐 얼굴이 되었다.

"그래도 두 무림맹이 해체된다고 하니 다행입니다."

그의 부하가 정신을 차리고 말했다.

261

"다행이지, 다행이야. 다 광룡 덕분이다. 광룡이 해체시킨 거나 다름없어. 아무리 그자가 정파라고는 하지만 고맙지 않으면 내가 개새끼지. 그런 자가 우리 염방에 있었다면 정말 좋았을 것을. 아쉽구나! 그 반만한 사람만 있었어도 이 지경이 되지는 않았을 텐데."

염방주가 한스럽게 말했다.

"아직 늦지 않았습니다."

"무슨 말이냐? 안 늦기는 뭐가 안 늦어?"

염방주가 의아해하는 얼굴로 물었다.

"광룡과 가까워진다면 나중에 조금이라도 도움을 받을 수 있지 않겠습니까? 그래도 우리 염방은 광룡과 같이 일한 적이 있잖습니까? 다른 문파들보다 유리합니다."

"으음. 하지만 그는 정파의 대표 격인 남자다. 이제는 능히 천하제일고수라고 불리고 있다. 정파제일고수도 아니고 천하제일고수. 사파인 우리를 쳐다보기나 하겠냐?"

"손해는 아니잖습니까? 웃는 얼굴에 침 못 뱉는다고 했습니다. 평소에 그의 일에는 무조건 양보하고 도와줄 일이 있으면 맨발로라도 달려가는 겁니다. 그리고 명절마다 선물 같은 거라도 보내고. 그것만 해도 나중에 덕을 볼 일이 있을 겁니다. 적어도 마주쳤을 때 박대는 안 하겠지요. 최소한 미움을 받지는 않을 겁니다. 그게 어딥니까? 상대는 정의문주에 천하제일고수입니다."

"좋아, 까짓거 한번 해보지 뭐. 앞으로 광룡은 우리 염방의 제일 손님이다."

떡 줄 광룡은 생각도 않고 있는데 김칫국부터 마시고 있는 염방의 두 사람이었다.

그리고 그런 일은 상당히 많은 사파에서 공통적으로 벌어지고 있었다. 살생부에 올랐던 사파들의 대부분은 광룡에게 알게 모르게 고마움을 느끼고 있었다. 이유야 어쨌든 그들은 멸문을 겨우 면했다. 전력 손실이 워낙 심해 앞으로 얼마나 버틸 수 있을지 몰랐지만 그래도 당장은 살아남았다. 사혈련의 회심의 한 수를 깨버린 것도 광룡이었지만 두 개의 무림맹이 해체되는 것도 광룡 덕분이었다. 광룡 덕분에 죽었지만 광룡 덕분에 살았다.

그들 외에 이름 좀 알려졌다는 사파들은 광룡과 적어도 나쁜 관계는 맺지 않으려고 발버둥 쳤다. 그들은 사혈련의 전철을 밟고 싶지 않았다.

정파들의 입장도 다름이 없었다.

원래 정의문의 신세를 졌던 문파들의 경우 광룡에 대한 지지는 절대적이었다. 광룡의 말이라면 물불 가리지 않을 문파들이 많았다. 그 배경에는 광룡만 따라가면 불패라는 생각도 깔려 있었다. 그리고 그 문파들은 이번 싸움에 적극적으로 참여함으로서 말만의 지지가 아님을 보였다.

그 외에 남무림맹에 참여한 정파들도 광룡에 대한 시각을 달리했다. 과거에는 여러 정파에 소속된 무사들 중 상당수가 광룡에 대해서 부정적인 시각을 가지고 있었다. 그리 많지 않은 나이에 절대고수가 된 것에 대한 질시였다. 광룡에 대한 이야기는 애써 헛소문으로 치부했다. 어차피 정파의 무사가 사파와 싸우는 광룡의 무위를 직접 볼 일은 별로 없었기 때문에 그런 것이 먹혀들 수 있었다.

그러나 최근 두 무림맹과 사혈련 사이의 쟁투에서 그들은 전설을 보았다. 혼자서 화산파의 자존심이라는 매화이십사수의 절반을 부순 남자. 사혈련이 재기를 노리고 단단히 준비한 혈사대를 맞아 남무림맹 고수들을 이끌고 거의 피해없이 몰살시켜 버린 남자. 그리고 소림사의 폭호 지원이라는 절대고수를 막싸움으로 죽인 남자. 그가 보여준 전투는 모두 전설이 되고 남을 이야기였다. 그것이 그들이 본 무인 광룡이었다.

그리고 북무림맹이 남무림맹을 치기 위해서 준비해 온 일천 명의 고수들과 구천 명의 무사들을 덫으로 끌어들인 지략가. 개인의 명성을 기반으로 수천 명을 더 끌어 모은 지도자. 총 일만의 무사들을 완벽하게 배치하고 통제한 전술가. 그리고 그들을 별 피해 없이 쫓아내 버린 협상가. 수천 명의 적을 상대로 가장 앞에 서서 싸움을 걸고 아군의 사기가 오르도록 만든 승부사. 그것이 그들이 본 대장 광룡의 모습이었다.

북무림맹 정벌대의 숫자에 겁먹었던 남무림맹의 무사들은 그 모습을 보면서 희열을 느꼈다. 광룡의 가치를 두 눈으로 똑똑히 보았다. 소문은 현실을 반의반도 반영하지 못했다는 것을 깨달았다.

그래서 남무림맹에 소속되었던 정파들, 그리고 그들과 가까운 관계를 유지하는 문파들은 더 이상 광룡을 저평가하지 않았다. 광룡의 명성이 과장된 소문의 덕분이라거나 그의 업적은 사실 전룡대나 정의문의 것이라는 말은 언제 있었냐는 듯이 사라졌다. 모두 광룡 그 자체를 인정했다. 그리고 그와 한편에서 싸운 것을 자랑스러워했다.

자연히 그들은 광룡에게 호의적이 될 수밖에 없었다. 뭐니 뭐니 해도 광룡은 별 피해 없이 남무림맹에게 전술적 승리를 안겨준 사람이었다. 결국 그들을 살려준 사람이었다.

북무림맹에 소속된 정파의 사람들은 다른 것을 느꼈다. 그들의 느낌은 복합적인 것이었다.

그들은 자신들의 최고의 힘 중 하나가 한 명의 개인에게 완패했다는 사실을 알았다. 매화이십사수라고 하면 어지간한 중소문파는 하룻밤만에 쓸어버릴 수 있는 유명한 전투 부대였다. 그리고 그들은 광룡에게 패했다. 가히 일인 전투 부대라고 할 만한 존재였다.

그리고 정벌대 선발대에 참여한 무사들은 광룡의 무위를 보았다. 그들이 믿고 있던 지원을 죽이고 만 명의 무사들을 끌어 모아 정벌대를 위협했으며 결국 남북무림맹이 모두 해산되도록 만들었다.

북무림맹에 소속되었던 정파들이 느낀 것은 공포였다. 그들은 광룡에게 두려움을 느꼈다. ‘운이 좋아 신공을 익힌 놈’ 이라는 말을 입에 올리는 사람은 더 이상 없었다. 그들에게는 다시는 싸우고 싶지 않은 사람이었다.

거기에 더해서 그들이 가지는 것은 이율배반적인 고마움의 감정이었다. 공포와 어울리지 않는 이 감정은 그가 지원의 계획을 분쇄해 주었기 때문에 얻은 것이었다. 광룡과 지원의 결투. 그 과정에서 흘러나온 말은 군소정파들이 사태를 파악할 수 있게 해주었다.

지원의 계획은 결국 무림을 구대문파의 지휘 아래에 두고 그들의 기준을 충족시키지 못하는 문파는 도태시켜 버린다는 것이었다. 아무도 바라지 않는 일이었다. 그것이 현실이 될 뻔했다는 것도 깨달았다. 아무리 작아도 독립된 문파는 자존심이 있었다. 그러나 지원의 계획대로 됐으면 위에 상전을 모시고 살아야 할 판이었다. 등에 식은땀이 흐르는 일이었다.

그래서 북무림맹에 참여한 문파들은 광룡에 대해서 공포를 느끼면서도 호감을 가지는 묘한 처지에 빠졌다. 그리고 그런 뒤섞인 감정은 남무림맹 소속 문파들보다 훨씬 심한 광룡 우상화를 불러일으켰다.

지원은 이미 죽었다. 아무것도 변명할 수 없었다.

第十一章

광룡과 석민은 객점에서 느긋한 식사를 하고 있었
다. 광룡은 자신이 밟은 길을 다시 확인하며 칠성표국으로 돌아가는
중이었다.

광룡은 자신이 한 일이 정말로 옳은 것인지 확인하고 있었다. 그래
서 석민만을 대동하고 움직였다. 미진마저도 전룡대를 호위로 붙여 곡
부의 칠성표국으로 돌려보내고 하는 여행이었다. 그리고 지금 그 마지
막 장소로 와 있었다. 어렵게 수소문해서 찾은 자가 이 객점의 주인이
었다. 객점은 사람들이 북적거렸고 주인은 자리를 비우고 없었다.

그들이 한참을 기다리자 상인 하나가 객점의 주인과 같이 들어왔다.

"대인, 정말 감사합니다."

상인은 객점 주인에게 연신 감사 인사를 했다.

"그 정도 가지고 감사는. 서로 돕고 살아야 하지 않겠나? 그 잡놈들
이 보호세 따지면서 오면 언제든지 이야기하라고. 다음번에는 내가 가
서 아주 기둥뿌리를 뽑아버릴 테니까."

사내가 왼손으로 가슴을 탁탁 치며 호탕하게 말했다. 오른팔이 없는
사내였다. 얼굴에 보이는 흉터로 험한 삶을 살았음을 알 수 있었다. 그
러나 그런 사내를 보는 상인의 얼굴은 존경으로 가득했다.

"자네도 어서 가서 장사해야지."

"그래도 이거 고마워서."

"정히 그럼 내가 이따가 찾아갈 테니 술이나 한잔하자고."

주인이 목소리를 낮추며 말했다.

"대인의 객점에서도 술을 파는데 어찌 다른 곳에서 마시겠습니까?
당연히 여기서 마셔야지요."

상인이 그럴 수 없다는 듯이 말했다.

"어허, 우리 마나님은 무섭다고. 여기서 먹으면 마나님 눈치 보느라
고 맛만 보고 말잖아. 내가 살 테니 걱정 말라고. 자네는 대작이나 해
주게."

주인이 히죽 웃으며 말했다. 그 말에 무슨 뜻인지 알아챈 상인의 얼
굴이 환해졌다.

"제가 사야지요. 어떻게 대인이 사시게 하겠습니까?"

"그런가? 그럼 자네는 술을 사게. 내가 안주를 사지. 약속한 거네.
그럼 이따 일 끝나고 봄세."

외팔이사내가 웃으면서 말했다.

"시원한 사람이네요? 외모와 다르게."

석민이 감상을 말했다.

"점소이."

민택이 갑자기 점소이를 불렀다. 훈련이 잘된 점소이가 즉시 달려왔다.

"뭐, 추가로 필요하신 것이 있으신지요?"

점소이가 웃으면서 말했다.

"무슨 일인지 궁금해서 불렀습니다."

민택이 정중히 말했다. 그 말에 점소이가 주인 쪽을 힐끗거렸다. 그리고는 자랑스럽다는 듯이 어깨를 폈다.

"우리 주인님 말씀이십니까?"

점소이가 당당하게 말했다.

"싸움이라도 있었던 겁니까?"

민택이 물었다.

"싸움은 무슨. 어디서 뜨내기 몇 놈이 나타나서 시장 상인들한테 보호세니 뭐니 떠들었다고 하더군요. 가서 밟아주고 오신 겁니다. 여기서는 흔한 일입니다."

사내가 뿌듯한 듯이 말했다.

"좋은 일을 하고 계시군요."

"그렇지요? 우리도 모두 그렇게 말합니다. 그런데 주인 어른은 다르게 생각하시나 보더라구요. 술을 마시면 예전에 지은 죄가 참 많았다고 하시곤 합니다. 잘 상상이 안 가는 일입니다만. 하여간 그 죄를 갚고 싶은데 방법이 없다고, 이 정도 일로는 백분의 일도 갚을 수 없다고 하십니다. 멋진 분이시지요."

사내가 피식 웃으며 말했다.

"지은 죄요?"

"잘은 모르겠는데 옛날에 안 좋은 일을 좀 하셨다고 하네요. 부하들도 많았나 봅니다. 그러다가 어떤 독한 놈에게 걸려서 나쁜 짓은 그만두게 되셨답니다. 그 후에 쌓아놓은 원한들을 상대하느라 팔도 잘리시고 이리저리 치이셨다더군요. 원한이 대충 정리되고 나니 수중에 남은 것이 없이 쫄딱 망했답니다. 빈털터리가 돼서 생각해보니 주인 어른 자신이 참 나쁜 놈이었다는 생각이 드시더랩니다. 후회를 했지만 이미 늦은 일이지요. 그래도 살아야겠길래 겨우 챙긴 재산 털어서 마나님이랑 객점을 차리셨다지요. 사실 이 객점 생긴 지 그리 오래되지도 않았습니다. 그런데 일단 객점을 만드니까 날파리들이 꼬이지 않겠습니까? 그래도 한때는 힘 좀 쓰셨다는 주인 어른이 가만히 있으셨겠습니까? 한 팔로도 몽땅 다리몽둥이를 분질러 버리셨답니다. 그 후로 시장에 건달들이 찾아와서 시비를 걸면 주인 어른이 나서서 해결해 주시게 됐지요."

점소이가 자랑스럽게 말했다.

"대단하시군요. 그런데 그렇게 싸움에 개입하면 위험하지 않은지?"

"하하, 걱정없습니다. 사실 이런 말 하면 안 되는 건데 우리 주인 어른은 다 마나님 믿고 하시는 겁니다. 주인 어른도 한싸움 하시지만 그것도 마나님과 비교하면 새 발의 피입니다. 우리 마나님은 대단한 미인이시고 가녀린 분이시고 주인 어른 없이는 못산다는 분이시라 우리도 그런 줄 몰랐습니다. 그런데 전에 주인 어른께 얻어터진 건달들이 돈으로 무림인을 하나 사 왔더라구요. 사파 놈이라는데 무공을 하는 놈이랍니다. 그때 우리 주인 어른은 어디로 피하시고 나타나지도 않으셨지요. 우린 다 죽었다 했는데 아 글쎄, 마나님께서 나타나셔서는 그 놈을 곤죽을 만들어서 쫓아버리시더라구요. 마나님이 하늘을 붕붕 나시는데 우리는 모두 박수를 쳤습니다. 우리 마나님 꽤 센 무림인이셨나 보더라구요. 어쩐지 주인 어른이 꼼짝 못하시더라니. 어쨌든 그 이후로 우리 시장의 안전은 주인 어른이 맡다시피 하시지요."

점소이가 대답했다.

"고맙소이다."

광룡이 점소이에게 철전을 몇 개 내밀면서 말했다. 이야기 값이었다.

점소이가 다시 볼일을 보러 간 후 석민이 광룡을 쳐다보았다.

"그런데 저 주인 놈, 제 눈이 삐었는지 만사대행문주 금의기처럼 보이는뎁쇼?"

석민이 조그마한 목소리로 물었다.

"그래. 그리고 안주인이란 건 아마 하북요화 미파랑이겠지."

광룡이 미소를 지으며 대답했다.

"그놈 어디서 저렇게 얻어터졌을까요? 팔까지 잘려 있는데."

"문파가 망할 정도면 싸움이 얼마나 많았겠느냐? 그 와중에 당한 것이지."

"허, 참. 그래도 저놈은 쌍검술로 날리던 놈 아닙니까? 원래 두 팔 다 쓰던 놈이니 한 팔이 없다고 하더라도 무공이 꽤 남아 있을 텐데요. 왜 여기서 객잔 따위를 하는 건지."

"글쎄다. 원수들이 많아서일 수도 있고, 무림에서 은거하고 싶어서
일 수도 있지. 아니면 문파 유지에 질려 버렸던가. 어쨌든 자신을 드러
내는 것은 그리 원하지는 않는 것 같구나. 아무리 팔을 하나 잃었어도
그의 무공이 하북요화보다 못할 리는 없는데 오히려 숨었다니."

"그렇다면 객잔이 아니라 산에라도 들어가야지요. 객잔에 사람이 얼
마나 많이 오는데……."

"사람들이 없는 곳은 싫었겠지. 더 이상 문주가 아니더라도 사람들
과 섞여 살고 싶었겠지. 앞뒤가 맞지 않는 일이지만 인생이란 그런 것
아니겠느냐? 그의 의도가 무엇이든 그는 약속을 지켰구나."

광룡이 말했다. 그가 전룡대원들과 함께 복면을 쓰고 습격해 금의기
와 그의 부하들을 때려잡은 적이 있었다. 그것이 만사대행문이 망한
직접적인 원인이었다. 그리고 그때 정파로 거듭나겠다는 약속을 받고
금의기를 놓아주었다. 지키지 못한다면 다시 찾아가겠다는 경고와 함
께였다. 지금의 금의기는 그 약속을 지켰다. 어쨌든 더 이상 사파인의
모습은 아니었다.

광룡은 만족했다. 그는 자신의 행동에 대한 결과를 확인하러 다니고
있었다. 금의기가 그 마지막이었다.

그가 그동안 이 땅에 정의를 세우기 위해서 한 일은 헛된 것이 아니
었다.

"재호가 없다고?"

석민이 눈썹을 세우며 말했다.

"남궁 표두님께서는 잠시 자리를 비우셨다고 하지 않았소?"

칠성표국 하북지국에서 문을 지키고 있던 표사가 석민의 인상에도 조금도 꿀리지 않고 대답했다.

"아 그 씨발 놈은 일은 안 하고 어디를 싸돌아다니는 거야? 하여간 뺀질거리기는."

석민이 투덜거렸다.

"말을 조심하시오. 그분이 누구신지 알면서도 그리 함부로 말한단 말이오?"

표사가 화를 내기 시작했다.

"그 씨발 놈이 누군데?"

석민이 비꼬았다.

"이자가 정말. 감히 칠성표국 하북지국 앞에 와서 행패라니. 간이 배 밖으로 나온 놈이로군. 여기는 칠성표국의 지국이란 말이다. 그리고 그분은 이곳의 표두이시고. 아직도 이해가 안 가냐?"

표사의 말도 거칠어졌다.

"그래서 그게 왜? 칠성표국 총단도 아니고 지국에서 표두인 게 뭐가 어떻다고?"

석민이 슬슬 짜증을 내기 시작했다. 자신은 총단 소속의 소표두이자 조장이었다. 그런데 하북지국에 왔더니 남궁재호가 어디로 사라지고 없었다. 여기서는 소자도 빼먹고 표두라고 불리고 있었다. 그리고 현지에서 뽑았는지 처음 보는 표사가 감히 칠성표국의 유명인이자 소표두이신 자신을 알아보지 못하고 있었다.

"그만 되었다. 잠시 얼굴이나 보려고 했는데 안 되겠구나. 가자."

민택이 말했다. 지나는 길에 만나보는 건 포기했다. 재호가 뺀질거

리는 사람이란 건 잘 알고 있었다. 어디서 삐대고 있는지 알 수 없었
다. 언제 돌아올지 모르는데 얼굴 한번 보려고 마냥 기다리고 있을 수
는 없었다.

"예, 대장님. 에이 씨발."

석민이 투덜거리며 물러섰다.

"남궁 표두님 오셨습니까?"

저녁때쯤에 돌아온 남궁재호를 향해 표사가 공손히 인사를 했다.

"여, 만 표사. 근무 잘 서고 있지? 별일없었나?"

술이 살짝 올라 얼굴이 발그스름해진 재호가 손을 흔들며 말했다.

"별일은 없었습니다만, 낮에 남궁 표두님을 찾아온 놈들이 몇 있었
습니다."

"나를 찾아와? 누군데?"

"늘상 찾아오는 그런 놈들 있잖습니까? 남궁 표두님도 잘 모르면서
일단 표국에 들어오려고 하는 놈들. 그리고 공짜로 신세 좀 져 보려고
하거나 부탁거리만 늘어놓는 놈들 말입니다. 행색을 보아하니 그런 놈
들이 둘이 왔더군요. 하나같이 산적처럼 생긴 놈들이라 쫓아 보냈습니
다."

"어떤 놈인지 알아나 보지 그냥 돌려보냈나?"

재호가 궁금해서 물었다.

"규정상 그러면 안 되잖습니까? 어지간하면 저도 그자들이 묵는 객
잔이라도 알아보려고 했습니다. 그런데 아 글쎄 남자 놈들 중 하나가
어찌나 씨발거리는지. 정이 뚝 떨어졌습니다."

만 표사가 인상을 찌푸리며 말했다.

"응? 씨발거려?"

"예. 덩치 좋은 놈이 그 큰 입으로 얼마나 욕을 잘하는지. 귀가 다 더럽혀졌습니다."

만 표사가 석민의 모습을 생각하고 피식 웃었다.

"입 큰 놈이 씨발거려? 다른 이상한 건 없고?"

재호는 설마 했다.

"아, 그 입 큰 놈이 얼굴에 칼자국 있는 놈을 보고 대장님이라고 부르더라구요. 겨우 두 놈 있으면서 한 놈이 다른 놈에게 대장이니 뭐니 하는 걸 보니 어이가 없었습니다."

만 표사의 말에 재호의 얼굴이 창백하게 굳어졌다.

"나를 왜 찾았다고 하더냐?"

긴장한 재호의 목소리가 갈라졌다.

"그게. 그냥 지나다가 잠시 들렀다고 했습니다만?"

만 표사는 재호의 목소리에서 뭔가 이상한 분위기를 느끼고 말꼬리를 줄였다.

"결국 문전박대를 했다는 말이구나."

재호가 몸을 덜덜 떨었다. 민택에게 맞던 일들이 머리 속을 주욱 스쳐 갔다.

"왜 그러시는지요?"

표사가 조심스럽게 물었다. 자신이 뭔가 잘못한 것 같다고 느끼고 있었다.

"만 표사, 자네 실수했어. 그 씨발거린다는 놈이 항산적이다."

재호가 중얼거리듯 대답했다.

"헉! 항산적 장석민. 그분이시라구요? 그분은 우리 칠성표국의 유명한 고수이시지 않습니까?"

만 표사도 기겁을 하며 말했다.

"그래, 그놈이다."

"하지만 그분은 천하제일고수이신 광룡 대협을 수행하러 떠났다고 알려진… 설마……."

만 표사의 몸도 덜덜 떨리기 시작했다.

"얼굴이 칼자국이 있는 분이 계셨다며? 조장님도, 아니, 광룡 대협도 얼굴에 칼자국이 있으시지. 자네 이제 큰일났어."

재호의 말에 만 표사가 자리에 털썩 주저앉았다.

"지국주님을 뵈야겠다. 조장님이 돌아오신다니 얼른 사람들을 모아서 찾아봐야지."

재호가 급히 대문 안으로 들어가며 말했다.

"아!"

재호가 갑자기 걸음을 멈췄다.

"만 표사, 너무 걱정하지 마. 조장님이 이런 일로 한식구를 두 조각 내 버리지는 않으시니까. 대신에 한번 시원하게 다져질 거야. 나도 한번 맞아봤는데 그럭저럭 맞을 만해. 힘내라고."

재호가 씨익 웃으며 말했다. 멋모르고 민택을 따로 불러내서 쥐어박아 주려다가 원없이 맞은 기억이 났다. 같은 중원표국 출신 숨겨둔 한 수였던 네 명의 다른 소표두들도 나중에 신나게 타작을 당했지만 그때 그것만으로는 좀 부족했다. 아직도 본전을 다 못 찾았다. 몇 놈 더 맞이주면 소화가 잘될 것 같았다.

*　　　*　　　*

"그래, 곡부에는 무슨 일로 가시는지?"

표행을 이끌던 칠성표국 하북지국의 조장이 민택에게 물었다. 이 조는 하북지국에서 표사를 고용해서 만든 인원이었다. 십여 명의 소규모로 운영하는 표행으로 목표는 곡부에 있는 칠성표국 총국이었다. 곡부에 가서 물건을 넘겨주면 다시 다음 조가 인계받아 다른 지역으로 이동하는 장거리 표행이었다.

"고향입니다."

민택이 대답했다. 그들은 돌아가는 길에 칠성표국의 표행을 만났다. 반가운 마음에 잠시 같이 길을 가고 있는 중이었다.

"허, 곡부가 고향입니까? 우리 칠성표국의 총단도 곡부에 있는데."

조장이 반가워하며 말했다.

"그럼 혹시 광룡 대인의 얼굴을 직접 뵌 적 있으신지요? 곡부가 고향이면 어쩌면 알지도 모르겠군."

조장이 혹시나 해서 물었다.

"글쎄요."

민택이 대답을 아꼈다. 자기 얼굴이니 동경에 비춰본다면 모를까 직접 본 적이 있을 리가 없었다.

"하긴, 그분처럼 대단한 분은 태생부터 다르실 텐데. 보통 사람이 함부로 뵐 수 있을 리가 없지."

277

조장이 고개를 끄덕거리며 말했다. 나름대로 납득한다는 의미였다. 민택은 쓴웃음만 지을 뿐이었다.

"우리는 칠성표국 하북지국에서 채용된 표사들입니다. 그래서 광룡대인을 뵌 적이 없지. 혹시 그분에 대해서 아나 싶어 물었는데."

조장이 아쉬워하며 말했다.

그들은 가벼운 잡담을 하며 길을 걸었다. 묻는 것은 민택이었다. 주로 요새 칠성표국은 어떻게 돌아가는지를 물었다.

그러나 오랜 질문은 필요없었다. 칠성표국의 현 상황을 한눈에 알 수 있는 일이 일어났다.

"멈춰라!"

이십 명이 넘는 사람들이 손에 검이나 도, 도끼 등을 들고 그들의 앞을 가로막았다.

"이놈들! 우리는 산중호걸들이시다! 보아하니 조그마한 표행 같은데 불리함을 안다면 물건을 놓고 얼른 사라지거라! 내 너희들의 목숨만은 손대지 않으마! 만약 반항한다면 모조리 목을 쳐버리겠다!"

산적들 중 하나가 앞으로 나서서 큰 소리로 외쳤다. 칠성표국은 일개 조가 보통 열 명 정도였다. 산적들이 두 배로 많았다. 훨씬 많은 머릿수에서 오는 자신감이 그의 목소리에서 묻어나고 있었다.

"허허, 이거 낭패로군. 놈들의 숫자가 더 많은데. 그렇지 않습니까?"

표국의 조장이 민택을 보고 살짝 웃으며 말했다. 조장의 얼굴에는 여유가 넘쳐흘렀다. 그리고 그는 떨고 있을 거라 생각한 민택 일행의 표정에 변화가 없는 것을 보고 의아해했다.

"뭐, 댁한테는 장난도 안 통하는군. 저들은 내가 쫓아버리겠습니다."

조장이 앞으로 나서면서 말했다. 그리고 숨을 크게 들이마셨다.

"이놈드을! 우리는 칠성표국이다아!"

그가 크게 소리를 질렀다. 그 소리에 산적들이 펄쩍 뛰면서 놀랐다.

"으아, 칠성표국!"

"사, 살려주세요."

"우, 우린 그냥. 에라, 튀엇!"

산적들이 울상을 짓고 물러서다가 처음 사내의 명령에 곧바로 달아나기 시작했다. 꽁지가 빠지도록 달렸다.

"하하하, 이놈들! 아무리 무식하더라도 다음부터는 네 글자는 익히고 다니란 말이다. 칠성표국이다. 그 네 자는 배워놓거라. 으하하하!"

조장이 시원하게 웃었다.

"저런 잡산적들이야 일도 아니지요."

조장이 두 손을 털며 말했다.

"그런데 여행자 분들도 칼 좀 쓰십니까?"

조장이 갑자기 정색을 하고 물었다.

"한 몸 지킬 정도는 됩니다."

광룡이 대답했다.

"고향이 곡부라고 하시니 특별히 하는 제의입니다. 표사 일 해보실 생각 없으십니까?"

조장이 제의했다. 이미 칠성표국의 신위를 한번 보였으니 이야기가 잘 먹힐 것 같았다. 대화를 해보니 사람도 나쁘지 않아 보였다. 칼을 들었으니 쓸 줄도 알 것 같았다. 특히 석민은 그 넝치가 크고 인상이 험악한 것이 설사 칼을 못 쓴다고 하더라도 외모만으로도 먹어줄 것 같았다.

칠성표국은 현재 확장일로에 있었다. 믿을 만하고 칼을 잘 쓰는 사람은 언제나 귀했다. 모든 표사들에게는 쓸 만한 사람이 있으면 추천하라고 지시가 내려져 있었다. 그리고 그 사람이 표사로 합격한다면 추천한 사람에게도 금전적 보상을 주기로 되어 있었다.

조장은 일석이조를 노렸다. 첫째가 포상금이었고 둘째가 인맥이었다. 곡부가 고향인 사람이 합격하면 그는 총국에 소속될 가능성이 높았다. 자신은 총국에 아는 사람이 없었다. 총국에 자신과 인연이 있는 사람을 두고 싶었다. 자기가 추천한 사람이 채용된다면 적어도 소식 정도는 들을 만한 관계가 될 수 있었다.

민택이 대답없이 조용히 웃을 뿐이었다.

"잘 몰라서 망설이나 본데 우리 칠성표국에는 광룡 대협께서 계십니다. 사실 잘 안 믿어지시지요? 하지만 틀림없는 사실인 것을 어쩌겠습니까? 그분이 이끄시던 표행은 하나하나가 전설이었다고 하더군요. 그런 분이 계신 표국이니 칠성표국의 앞길은 탄탄대로입니다. 표사라고 해서 우습게 보지 마시지요. 광룡 대협이 바로 우리 표국의 표사시잖습니까? 천하제일고수의 직업이 표사란 말입니다."

조장이 입에서 침을 튀기며 설득 작업에 들어갔다.

"안 그러면 아까 그 산적 놈들이 왜 이름만 듣고도 꽁지가 빠지도록 도망갔겠습니까? 감히 우리 표국을 건드리는 도적 놈들은 없습니다. 이렇게 안전하고 전도유망한 직업이 어디 또 있다는 말입니까? 그러니 표사가 한번 돼보시는 것이 어떠시겠습니까? 내가 특별히 힘을 써서 쉽게 채용되도록 도와주겠습니다.”

조장의 말은 계속 이어졌다. 민택은 그저 웃을 뿐이었다.

“예전에 중원표국과 우리 칠성표국 사이에 시비가 붙은 적이 있습니다. 그때 우리 칠성표국의 광룡 대인께서 중원표국주를 찾아가서 담판을 지으셨답니다. 내용이야 모르지요. 중원표국주도 최근 들어서야 그런 일이 있었다는 것을 밝혔으니까요. 그런데 그 중원표국주가, 한때는 무림 제일 표국이었던 중원표국의 국주가 지금은 그 일을 자랑 삼아 떠들고 다닙니다. 자기는 광룡 대인과 일 대 일로 담판을 지은 적이 있는 사람이라고요. 우리 칠성표국이 그런 곳입니다.”

조장이 입이 부르트게 말을 하는데도 민택의 반응이 그저 그렇자 조금 답답해졌다.

“아, 표국 간의 일은 잘 모르시겠군. 그럼 하북에서 오셨으니 정사협동문을 잘 아시겠군요. 정사협동문의 문주인 도무영 대인이 요새 어깨에 힘을 잔뜩 주고 다닙니다. 정파인 정사협동문이 사파인 만사대행문을 무찌른 적이 있습니다. 그 일 때문에 만사대행문은 결국 멸망했지요. 그런데 만사대행문을 치는 일이 정사협동문 혼자 한 것이 아니라 광룡 대인과 전룡대, 그리고 우리 칠성표국과 함께 한 일이라는 거지요. 정사협동문주는 자신이 광룡과 함께 적을 무찌른 사람이라고 큰소리치고 있습니다.”

조장이 침이 튀도록 말해도 민택은 그저 가볍게 웃어줄 뿐이었다. 석민만이 입이 간지러워 들썩거렸다.

“허 참. 정사협동문의 최고수는 비천단창 금천교라는 사람인데, 이

사람은 그 일 이후에도 광룡 대인과 함께 우리 표국의 일에 관여했다
고 하더군요. 그 사람은 자세한 이야기를 떠들고 다니지 않아 내막은
모르겠습니다. 다 도무영의 말이지요. 하지만 중요한 건 그게 아니라
정사협동문처럼 큰 문파도 우리 칠성표국, 그리고 광룡 대인과 일한 것
을 자랑스러워한다는 거지요. 어느 문파를 들어가 보십시오. 정사협동
문쯤 되는 문파가 같이 일했다고 자랑스러워하는 문파가 있을지. 아무
곳도 없습니다. 우리 표국에 들어온다면 그야말로 자부심이 쑥쑥 자랍
니다."

조장은 기어코 민택과 석민을 칠성표국의 표사로 끌어들일 작정인
지 끝없이 이야기를 늘어놓고 있었다. 잠깐 만난 사이이니 다시 헤어
지기 전에 최대한 강한 인상을 심어주기 위해서였다.

*　　　　*　　　　*

"어?"
술잔을 기울이던 조장림이 고개를 갸웃거렸다.
"형님, 왜 그래요?"
같은 녹림 출신의 소표두가 물었다.
"이상하다. 내 눈이 삤나? 왜 대인을 본 것 같지?"
조장림이 고개를 갸웃거렸다.
"에이. 대인이 왜 여기 계시겠어요? 무림을 뒤흔든 분이신데."
소표두가 말도 안 된다는 듯이 말했다.
"그렇지? 그런데 꼭 대인을 본 것 같단 말야."

"겨우 그 정도 술에 맛이 가다니. 우리 형님도 이제 다됐군. 쯧쯧!"

소표두가 혀를 찼다.

"이노무 자식이!"

조장림이 눈을 부라렸다. 술을 다시 마시며 생각해 보았다. 아무리 생각해도 민택을 본 것 같았다.

"저기, 큰형님께서 대인이라고 하시면 누구를 말씀하시는 건지?"

긴장한 채 술을 깨작거리던 신입 표사 하나가 조심스레 물었다. 열세 명의 신입 표사가 조장림의 앞에서 군기가 잔뜩 든 채로 술을 마시고 있었다.

"당연히 광룡 대인이시지."

조장림이 자랑스럽게 말했다. 그 말에 열세 명이 몸을 바짝 굳혔다. 전룡대에게 당한 것만 해도 치가 떨렸다. 그 대장이라는 광룡에 대해서는 이름만 들어도 두려웠다.

그들은 예전에 곡부에 잠입했던 녹림맹의 첩자들이었다. 미진을 잡아 광룡에 대한 정보를 얻으려다가 전룡대의 함정에 빠져 모조리 붙잡힌 사람들이었다. 두 명이 심문 과정에서 죽고 남은 열셋이었다. 순순히 불었으니 죽일 수는 없어 그동안 전룡대의 비밀 장원에 가둬둔 자들이었다.

이제 녹림은 힘을 잃었고 광룡의 정체는 밝혀졌다. 전룡대는 더 이상 숨지 않고 당당히 나섰다. 그래서 전룡대는 그들을 풀어주려고 했다.

그리고 그들은 조장림의 부탁에 의해서 이번에 칠성표국의 표사가 되는 조건으로 풀려났다. 조장림은 이 열세 명을 책임지고 관리하겠다고 보증했다. 조장림은 그 열세 명에게 자신처럼 밝은 곳에서 살 기회를 주고 싶었다.

"지금은 우리 칠성표국이 신규 표사를 모집하는 기간이다. 우리의 모습 하나하나가 지원자들의 마음을 움직이게 된다. 따라서 우리는 걷는 데도 절도가 있어야 한다. 그런데 너희들의 그 비루먹은 강아지 같은 모습은 뭐란 말이냐? 그것이 대칠성표국 표사들의 걸음걸이란 말이냐!"

암룡대장이 그의 조원들을 늘어놓고 일장 연설을 하고 있었다. 그의 조는 시장을 돌며 칠성표국 표사 모집 공고를 붙이는 중이었다. 그러나 히히덕거리면서 흩어져 걸어가는 조원들의 모습이 암룡대장의 눈에 거슬렸다. 시장 한복판에서 그의 잔소리가 시작되었다.

"바른 정신에서 바른 기운이 나오는 법이다. 너희들의 걸음걸이 하나만 보더라도, 어?"

한창 말을 하던 암룡대장이 고개를 갸우뚱거렸다.

"왜 그러시는지요?"

옆에서 난처하게 서 있던 부조장이 물었다.

"뭔가 이상하군. 사람들 틈에서 잘 아는 분을 본 것 같은 기분이 들어."

암룡대장이 말했다.

"누구를 보신 것 같길래……."

"전룡대장님 같았는데……."

암룡대장이 자신없어하며 말했다. 스쳐 지나간 모습이지만 꼭 민택처럼 생긴 사람을 본 것 같았다. 그러나 그가 지금 여기 있을 거라고 생각하지 않았기 때문에 자신의 눈을 의심했다.

“야, 이게 누구야. 표행을 온 거냐?”

녹림맹 정보대 출신 고수인 운상원이 남궁재호와 마주치자 반갑게 손을 흔들었다. 간만에 만난 친구라 반가웠다.

“여기 오셨냐?”

남궁재호가 다짜고짜 물었다.

“오시긴 누가 오셔?”

운상원은 뭔 흰소리냐는 표정이었다.

“우리 조장님 말이다. 오셨냐고?”

맘이 급한 재호가 독촉했다.

“이 녀석이 뭘 잘못 먹었길래 이 난리냐? 대인이 왜 여기 오시냐?”

운상원이 남궁재호를 일깨웠다.

“아냐. 우리 조장님이 하북지국을 방문하셨다. 그럼 여기 오셨을 수도 있잖아.”`

재호가 고개를 흔들며 말했다.

“뭐? 대인이 하북지국에? 그래서? 잘 계시든?”

운상원이 깜짝 놀랐다.

“그건 나도 모르지. 대장님과 엇갈려서 찾으러 나선 참이다. 하북을 아무리 뒤져도 안 보이시길래 혹시나 해서 총국까지 와본 거다. 그런데 안 오셨다니. 그럼 어디로 가셨을라나?”

재호가 실망 가득한 얼굴로 말했다.

"간만에 얼굴이나 뵈었으면 좋으련만."
운상원도 아쉬움 가득한 얼굴로 말했다.

석민의 어깨가 쭉 펴졌다. 표국이 눈앞에 보였다.
"제가 앞장서겠습니다, 한 조장님!"
석민이 그렇게 말하고 표국 쪽으로 발걸음을 빨리했다. 민택보다 조금 먼저 도착해서 정문을 활짝 열어두기 위해서였다.
더 이상 자신이 천재가 아님을 아는 석민이었다. 말썽만 부리는 멍충이임도 깨달았다. 하지만 그동안 광룡과 많은 모험을 했다. 보통 사람은 평생 경험할 수 없는 일들이었다. 그것만으로도 가슴 뿌듯한 일이었다. 그가 가슴을 당당하게 내밀었다.

광룡 한민택을 향해 불던 피비린내 가득한 폭풍은 끝났다. 하늘이 참 맑았다.

鏢師

마지막 장

"어허! 어디 감히 문을 함부로 열려고 하는 게요!"

문을 지키던 표사가 버럭 소리를 질렀다. 막 문에 손을 대던 석민이 멈칫하며 정지했다.

"열면 안 되냐?"

석민이 삐딱하게 물었다. 자기 집이나 다름없는 곳으로 들어가겠다는데 막아서는 것이 거슬렸다.

"이곳은 대칠성표국의 총국. 아무나 그 문에 손을 댈 수는 없단 말이오. 뉘시오! 정체를 밝히고 목적을 이야기하시오!"

표사가 엄히 말했다. 그는 자부심으로 똘똘 뭉쳐 있었다.

"흥. 못 보던 얼굴인 걸 보니 신입 표사군. 내가 누군지 알아?"

그러나 석민은 콧방귀를 뀌었다.

"내가 어찌 알겠소! 누군지 먼저 밝히라니까!"

표사의 목소리가 커졌다. 그는 설사 눈앞의 거한이 무림고수라고 하더라도 두렵지 않았다. 칠성표국은 광룡이 있는 곳이었다.

"항산적이라고 들어는 봤냐?"

석민이 한껏 턱을 들고 말했다.

"물론이지. 그분은 우리 표국의 대단한 고수이시오. 기골이 장대하시고 큰 입이 특징으로… 헛! 설마?"

표사가 석민의 용모를 읊다가 화들짝 놀랐다. 눈앞에 서 있는 남자의 모습이 자신이 들어 알고 있던 항산적 장석민과 같았기 때문이다.

"혹시 항산적 장 대인이십니까?"

표사가 정중하게 물었다.

"그렇지. 내가 바로 항산적이다."

석민이 조금은 쑥스럽게 말했다. 이제는 자신의 무림명이 허명임을 알기 때문이었다.

"헛! 어서 오십시오. 수고하셨습니다."

표사가 석민을 향해 절을 꾸벅 하면서 말했다.

"수고는 무슨."

석민이 머리를 긁적거렸다. 수고한 게 없으니 머쓱했다.

"수고가 아니면요. 광룡 대협을 수행하는 임무를 무사히 마치시고 돌아오신 것 아닙니까? 광룡 대협은 잘 계신지요? 저는 소문만 들어도 가슴이 벌떡벌떡합니다."

표사가 신이 나서 말했다. 의외의 말에 석민이 조금 당황했다.

그때 조금 늦게 걸어온 민택이 표국의 정문을 걸어 들어갔다.

“어이, 당신. 어딜 함부로 들어가는 거야. 서라!”

표사가 즉시 정색을 하고 소리쳤다. 한 손으로 창을 들어 민택을 향했다. 민택이 예전에 검군장의 낙화검 함성호에게 했던 자세였다. 그러나 힘이 모자라 창끝이 흔들리고 있었다.

“이봐, 뭔 짓이야!”

석민이 당황하며 표사의 창을 잡아챘다.

민택은 신경 쓰지 않고 표국으로 들어갔다. 총표두부터 만나야 했다.

“고생 많았다.”

칠성표국 총표두 강대영이 민택을 보고 말했다. 손 안의 제자 예정자이자 부하인 줄 알았더니 그 유명한 광룡이었다. 어느새 훌쩍 커서 올려다보기도 힘든 위치에 있었다. 그래도 이리 마주 앉으니 그가 알던 그 개망나니 한민택이었다. 변한 것은 많았다. 변한 관계는 없었다.

“심려를 끼쳐 드려 죄송합니다.”

민택이 사과했다. 그가 떠난 이후로 칠성표국에 많은 일이 있었음을 짐작할 수 있었다. 표국의 건물은 변하지 않았으나 표국은 변했다. 다행히 그 변화가 좋은 쪽인 것 같아 안심이 되었다.

“그래, 이제 무엇을 할 생각이냐?”

강대영이 물었다. 광룡 한민택이 앞으로 하려고 하는 일이 궁금했다.

“조만간 휴가를 좀 길게 얻었으면 합니다.”

민택이 말했다. 돌아오자마자 휴가 타령이었다. 예전 같으면 불호령이 떨어질 일이었다. 그러나 강대영은 화내지 않았다. 칠성표국에는 광룡의 이름값만 있으면 충분했다. 직접 칼을 들고 산적들을 토벌하러 다닐 필요는 없었다.

사실 그동안도 광룡이 표사 일을 할 필요는 없었다. 그럼에도 군소리없이 성실히 수행해 왔다. 그러니 나중에라도 돌아와서 표행을 이끌겠다고 할 수도 있었다. 그러면 그것도 좋았다.

어쨌든 휴가는 원하는 만큼 줄 수 있었다. 기쁜 마음으로 줄 수 있었다. 민택은 그만한 자격이 있었다.

"무엇을 하려는 게냐?"

강대영이 호기심에 물었다. 전 무림의 지지를 받는 천하제일고수가 장기 휴가를 얻어 해야 하는 일이 무엇인지 궁금했다.

"찾아야 할 사람이 있습니다."

민택이 조용히 말했다. 그는 하수련을 찾아야 했다. 민택은 하수련의 흔적을 발견하지 못했다. 북무림맹을 닦달해도 그들도 모르는 일이었다. 시체도 없었다. 어딘가에 살아 있을 거라고만 생각했다.

아무도 모르는 것이 당연했다. 하수련의 사망 사실을 아는 사람 중 살아 있는 것은 그녀의 호위무사 겸 부엌때기였던 서희가 유일했다. 그리고 그녀는 잠적한 상태였다.

민택의 말을 듣고 그가 찾는 것이 하수련임을 즉시 눈치 챈 사람이 있었다.

"대장님, 제가 도와드리겠습니다!"

석민이 당당히 말했다. 그는 둔했다. 그는 민택의 말의 의미를 눈치 채지 못했다. 하지만 민택이 가고자 하는 곳에 그가 빠질 수는 없었다.

언제까지나 따라다니고 싶었다. 다시 모험을 시작하고 싶었다.

"그러려무나."

민택이 허락했다. 말썽도 많았지만 자신을 위기에서 구한 석민이었다. 박대하고 싶지 않았다.

"감사합니다. 하하! 지영 낭자. 나는 떠나지만 꼭 돌아올 테니 안심하고 기다리고 계세요."

석민이 칠성표국에 와 있던 지영을 보고 말했다.

지영이 그런 석민을 보고 피식 웃어주었다. 석민의 입이 쭉 찢어졌다. 지영이 자신의 말에 웃어주는 기억은 그의 머리 속에 존재하지 않았다. 꿈이 아닌가 볼을 꼬집어보았다.

지영은 석민을 더 이상 미워하지는 않았다. 자신이 죽음의 위기에 닥쳤을 때 석민의 행동을 기억했다. 예전의 잘못은 이제 그만 용서해 주기로 했다. 그렇다고 좋아진 것은 아니었다. 첫인상이 너무 나빴다. 그래도 간다는데 웃어줄 만큼의 마음은 있었다.

멋모르는 석민만 좋아서 어쩔 줄을 몰랐다.

"대인, 저도 따라가겠사옵니다."

미진도 나섰다. 영리한 그녀는 민택의 말의 의미를 깨달았다. 그가 하수련을 찾으러 간다는 것을 알았다. 가만 놔뒀다가 잘못하면 민택을 불여우에게 빼앗길 판이었다. 하수련은 그녀가 만나본 여자들 중 미모 면에서 한 수 접어줘야 하는 단 한 명의 여자였다. 그리고 광룡과 뭔가가 있어 보이던 유일한 여자였다. 반드시 따라가서 감시해야 했다.

그리고 광룡과의 여행은 즐거웠다. 몸은 고단하지만 마음은 기뻤다. 그걸 마다하고 싶지 않았다. 더구나 눈치를 보아하니 이번 여행은 산길을 헤매는 짓은 안 할 것 같았다.

"쉽지 않은 길이다."

민택이 말렸다.

"대인과 함께라면 가시밭길이라도 상관없사옵니다."

미진은 단호했다. 물러서지 않았다.

민택이 미진을 물끄러미 쳐다보았다. 미진은 눈길을 돌리지 않았다. 그녀는 당당했다.

민택은 자신의 마음을 스스로도 몰랐다. 하지만 하수련을 찾아야 한다고 생각했다. 그녀가 가지고 있던 방울은 지금 그의 품속에 있었다. 그 방울은 자신이 그녀에게 처음으로 주었던 선물이었다. 그는 그녀가 그 방울을 간직하고 있었다는 것에 큰 의미를 부여했다.

그녀를 찾아서 진실을 듣고 싶었다. 그녀의 마음을 알고 싶었다. 그녀의 진심을 확인하고 싶었다. 그 후의 일은 그때 생각하려고 했다. 미리 그에 대한 계획을 세우는 것을 그의 마음속 깊은 곳에서 막았다.

하수련을 찾는 데 하미진을 데려가고 싶지는 않았다. 하지만 미진이 따라온다고 하니 뭔지 모를 반가움이 들었다. 그리고 그 당황스런 감정 때문에 잠깐 갈등했다.

광룡이 손을 뻗어 똑바로 쳐다보고 있는 미진의 머리를 덮었다. 그리고 손을 흔들어 그녀의 머리카락을 흐트러뜨렸다.

"이잉!"

미진이 울상을 짓더니 머리카락을 재빨리 매만졌다. 조금 전의 당당한 모습은 없어지고 신경 써서 머릿결을 만지는 귀여운 미녀의 모습만 남았다. 이미 소녀의 모습은 사라지고 있었다. 일 년도 안 되는 짧은 시간 동안 미진은 여인으로 성장했다.

"그러자꾸나."

광룡이 피식 웃으며 말했다. 바쁘게 움직이던 미진의 손이 멈췄다.

"헤에."

그녀가 배시시 웃었다. 초승달을 그리는 눈이 예뻤다. 광룡의 가슴이 작게 두근거렸다.

허락을 받으니 마냥 좋은 미진이었다.

민택은 표국 마당에 발을 디디고 서서 주변을 둘러보았다. 새로 지은 건물들 사이로 그가 지내던 옛 표사 대기소가 보였다. 십 년 넘게 전에 처음 무공을 배운 연무장도 보였다. 겨울이었지만 햇빛이 따사로웠다. 마음이 편안했다.

표국은 그의 마음의 고향이었다.

'여기서 조금만 쉬어야겠다. 그리고 출발해야지.'

민택이 숨을 크게 들이마셔 표국의 냄새를 느끼며 생각했다.

광룡 한민택은 표사였다.

천하제일고수인 일개 표사였다.

표사 이야기 끝

후기

표사는 제가 읽고 싶은 글을 쓴 것입니다.

표사를 처음 쓴 것은 1997년입니다.
그때쯤에 기연 위주의 무협이나 일검에 수천 명씩 죽는 무협에 질리게 되었습니다. 그런 식의 무협을 너무 많이 읽은 때문이지요.
그러다 보니 제가 읽고 싶은 무협이 쓰고 싶어졌습니다.

어느 날 친구가 길을 걷다 반보붕권의 이야기를 해주었습니다. 예전에 중국에 실제로 살았던 사람의 이야기입니다. 반보를 내디디며 일권을 지르는 것만을 죽도록 수련했던 사람이라더군요. 그것만을 끝없이 수련한 결과 나중에는 그 반보붕권을 막아내는 자가 없었다는 이야기였지요.
그 이야기를 듣고 광룡을 만들었습니다.

1997년의 우리나라 무협에서 표사라는 캐릭터는 엑스트라였습니다. 그때 표사들은 말 그대로 죽어주기 위해서 등장했습니다. 악당이 습격하면 언제나 몰살당하는 역할이었습니다. 그래서 표사를 줄기로 삼았습니다.
그리고 나서 지금의 이야기를 만들었습니다.

그 당시 표사는 PC통신 하이텔의 무림동에 연재했습니다. 장편소설로서의 시작은 창대했지만 그 끝은 작았습니다. 1권도 채 끝내지 못하고 중단했습니다. 워낙 일이 바빠 글을 쓸 시간을 낼 수가 없었습니다.

　한번 꺾은 키보드는 다시 펴기 어려워지고, 결국 7년 동안의 연재 중단의 시절이 있었습니다. 삶에 치여 살다 보니 아쉬움만 있을 뿐 다시 시작하지 못했습니다. 그러나 언젠가는 저것을 끝맺음을 해야 하겠다는 미련이 있었지요.

　어느 날, 표사의 끝을 내보자는 생각이 들었습니다. 그게 2004년 여름입니다.

　표사를 다시 시작하는 데 가장 부담이 되는 것은 여가 시간 부족이었습니다. 실제로 해보니 처음에는 문제가 되었습니다. 해결은 간단하더군요. 표사의 대부분은 출퇴근 시간에 지하철에서 노트북으로 썼습니다. 덕분에 출퇴근길이 지루하지 않아서 좋았습니다.

　이제 다시 2005년 여름입니다. 표사를 다시 써서 완결 짓는 데 얼추 1년 정도 걸렸습니다.

　표사의 이야기가 끝났습니다. 제가 하고 싶었던 이야기가 끝났습니다.

　시원섭섭합니다. 아쉬운 걸 보니 아직도 미련이 남았나 봅니다. 할 말을 다 했는지도 의문입니다. 하지만 이야기는 끝났습니다.

　이건 제가 읽고 싶던 이야기였습니다. 읽으실 만하셨습니까?

청 어 람 신 무 협 판 타 지 소 설

제1회 신춘무협 공모전에 『보표무적』으로 금상을 수상한 작가 장영훈의 신작!!

일도양단(一刀兩斷) / 장영훈 지음

한 겹 한 겹 파헤쳐지는 음모의 속살을 엿본다!

『일도양단』 (一刀兩斷)

그의 이름은 기풍한.

천룡맹(天龍盟) 강호 일급 음모(一級陰謀) 진압조(鎭壓組) 질풍육조(疾風六組)의 조장이다.

임무를 위해 출맹한 지 사 년이 지난 어느 겨울날 새벽,
돌아온 그에게 천룡맹 섬서 지단 부단주가 말했다.

"질풍조는 이미 해체되었네."

그리고…
그의 존재를 알던 모든 이들이 죽었다.